東方選書

三国志演義の世界

【増補版】

金文京

東方書店

三国志演義の世界【増補版】

金文京

東方書店

目次

一

物語は「三」からはじまる

◈「三国志」と三民主義

一九八九年の六月四日、北京の天安門広場に自由と民主主義をもとめてあつまった学生、市民たちの声が、人民解放軍の戦車によって圧殺された事件は、いまだわれわれの記憶に新しい。この事件ののち、多くの進歩的な学生、知識人が投獄されたが、なかでも上海在住の老作家、王《おう》若望《じゃくぼう》の逮捕は、心ある人々に大きな衝撃をあたえた。

王若望(一九一八―二〇〇一)は、八六年の反自由化の嵐の中で、物理学者の方励之《ほうれいし》、作家の劉《りゅう》賓雁《ひんがん》とともに共産党を追われた現代中国を代表する良心的知識人のひとりである。その王若望が、出獄後に書いた自叙伝が香港で出版されたが、*1 そのなかで彼は、自らの幼年時代と父にまつわる次のような回想を述べている。

王若望の父は、上海からやや奥に入った地方都市、常州近郊の、とある小学校の教師で、王若望はその学校の生徒であった。この教育熱心な田舎教師は、授業がおわると、毎晩近くの村民をあつめ、講釈をして聞かせるのが楽しみであったらしい。講釈の内容は、『聊斎志異』の怪奇譚などさまざまであるが、なんといっても人気の高かったのは、「三国志」である。

時はあたかも辛亥革命によって満州人の清王朝(一六一六―一九一一)がたおれたのち、各地に軍閥の割拠する乱世である。辛亥革命（一九一一）の指導理念であった孫文の三民主義にすっかり共鳴したこの田舎教師は、ある時から「三国志」のまえに三民主義の話を村人にして聞かせるようになったのである。

王若望によれば、彼の父の三民主義の講話は、「三国志」にまけずおとらず村人の興味をひいたようである。王若望少年自身も、大人たちにまじって、熱心に父の話に耳を傾けたであろうことは言うまでもない。

このささやかなエピソードは、「三国志」、正確にいえば小説『三国志演義』という書物が、中国の民衆にとってどのような意味をもっていたかを、われわれに物語っているであろう。

村人にとって、三民主義が「三国志」におとらず面白かったということは、逆にいえば、「三国志」は、三民主義と同じように、時代の成り行きとそのなかでの個人の生き方を見定めるうえで、人々の指針となりうる面があったということにほかならない。その意味で、小説『三国志演義』は、単なる小説をこえた小説であった。

中国の数ある小説のなかで、もっとも広く人々に愛された作品は『三国志演義』と『水滸伝』であろう。しかし、この両者のなかでさらにひとつを選ぶとすれば、読みつがれ、語りつがれた時間の長さから言っても、また上は権力者から下は暗黒社会の秘密結社にいたるまで幅広く浸透した影響力の強さから言っても、軍配は自ずと『三国志演義』の側にあがらざるをえない。

明代（一三六八—一六四四）、北京の紫禁城の大奥では、おもにそこではたらく宦官たちの教養と娯楽のために出版が行われていた。もし読書好きであれば、皇帝もむろんその読者のひとりとなりえたであろう。明代後期の宦官、劉若愚が著した『酌中志』に、当時の宮中出版リストが載っているが、『資治通鑑』や『孝経』『古文真宝』などの教養書とならんで、小説として唯一『三国志通俗演義』が選に入っている。劉若愚によれば、宦官たちがもっとも愛読したのは、その『三国志通俗演義』であった。

一方、明代末期の農民一揆軍の首領で、四川に入り大虐殺を行ったことで悪名の高い張献忠は、『三国志演義』そして『水滸伝』を日頃から人に語らせ、作戦の参考にしていたという。またその張献忠の部下の李定国は、やはり『三国志演義』の講釈を聞いて翻然と旧非を改め、その後は関羽、張飛をもって自ら任じ、王室のために忠義を尽した。

それとほぼ同じ頃、うちつづく農民の反乱などによってすっかり疲弊した中国を、東北の一隅から虎視眈々とねらっていた満州人は、『三国志演義』を満州語に訳して、配下の武将たちに読ませていたのである。彼らは、中国を征服する前段階としてまず隣りのモンゴル人を懐柔するために、自らを劉備に、モンゴル人を関羽にたとえて桃園の義を結び、関羽の義勇をしきりにたたえることによって、モンゴル人の歓心を買うという手段をさえとったと言われる。のちに満州人の清朝が関羽を尊崇したのは、ひとつにはモンゴル人対策であったことになろう。その清朝の統治の転覆と、明朝の復興をひそかにたくらむ中国人の秘密結社が、これまた桃園結義の原理によってうごいていたのであるから、なんとも面白い。

そして現代、中華人民共和国と人民解放軍の創立者、毛沢東が、子供のころ学校で教科書の下にかくして『三国志演義』を耽読したことは、エドガー・スノーの『中国の赤い星』が証言するとおりである。彼がのち、その著書のなかに好んで『三国志演義』を引用することもよく知られている。彼もまた『三国志演義』を愛読し、それを自らの戦略の糧とした指導者のひとりであった。

このように、さまざまな時代、さまざまな階層の人々によって、『三国志演義』が実際の戦略、もしくは政略のための書として読まれたのは、そこに中国人の世界観と歴史観、乱世に身を処す個人の倫理意識、それを生きぬくための智恵、そしてそのなかでとるべき生き方のさまざまなモデルが集約的に、しかも無類の面白さをもって語られているからにほかならない。民国初年の田舎町で、王若望の父が三民主義と『三国志演義』をならべて説いたのは、決して偶然ではなかったのである。まことに『三国志演義』こそは、中国と中国人を知るための必読の書と言わねばならないであろう。そしてそれは、必ずしも過去の中国にのみ局限されるものではなく、現在および未来の中国についても当てはまると思える。

目下のところ、中国人の世界は、大まかに言って、大陸本土の中華人民共和国、台湾の中華民国、そして九七年までは英領の植民地であった香港をはじめとする海外の華僑集団という三つの領域に分れている。この三者の関係が今後どのようになってゆくのかは、ある意味では世界史的な関心事であろうが、この重大な問題を考えるうえでも、『三国志演義』は大きな示唆をあたえてくれるはずである。

戦後的感覚をぬきにして「三国志」は語れないと言ったのは花田清輝であったが、『三国志演義』の世界は、まさにすぐれて今日的な世界であると言えよう。

◈事は「三」なくして成らず

「三国志」の面白さの秘密はなにか、と問われれば、色々と答えようはあるであろうが、なかでもまっさきにまずあげねばならぬもの、それは「三」という数字であるにちがいない。こころみに『三国志演義』を開いてみられよ。そこでは「三」が要所要所で、巧みに話のなかにくみこまれていることに気がつくであろう。

題名は当然として、まず桃園の三結義、いやその前に張角・張宝・張梁の黄巾三兄弟が出て先駆けをなす。ついで、「虎牢関三戦呂布」「陶恭祖三たび徐州を譲る」「屯土山にて関公三事を約す」とつづいたあとは、言わずと知れた「三顧草盧の礼」に「三分隆中の策」、ついでに「荊州城にて公子三たび計を求む」。そして赤壁の戦いが三江口で行われたあとにほうほうのていで逃げる曹操が三たび笑い、ついで孔明が趙雲にあたえた三つの錦嚢の計、「孔明三たび周公瑾を気《いか》らす」、後半のやまば孔明の北伐では「諸葛亮三城を智取す」、最後は「姜維一計にて三賢を害す」でしめくくられる。作者が小説のなかで、意識的に「三」をつかっていることは明らかであろう。

中国の民衆に人気のある「相声《シャンション》」（漫才）の代表的な作品のひとつに「三国志」を題材とした「歪批三国」があるが、そこでは、この他「劉備三たび妻を捨てる」をはじめ、物語のなかの「三」にちなむ話がおもしろおかしく語られている。[*2] 三国ばなしの筋が「三」と密接な関係にあることは、人々のよく知るところであった。

そもそも中国人によって、「三」は特別な数であったと思える。中国人の考え方によれば、およそ数というものは、一と二、三以上に分類されるのであって、三はそれ以上無限大にいたるすべての数を代表しているのである。

このことは、また中国人の世界観もしくは宇宙観と密接に関連している。

万物を創造するおおもととしての「道」、その「道」には「陰」と「陽」、ふたつのはたらきがあり、「陰陽」の相互作用によって万物が生み出されるのであるが、そのようにして出来上がった世界をもっとも単純化して、象徴的に表現すれば、「天、地、人」の、いわゆる「三才」になる、というのが、古代中国人の世界観であった。『老子』に、「道は一を生み、一は二を生み、二は三を生む」、また司馬遷の『史記』の中の「律書」に、「数は一に始まり、十に終わり、三に成る」(これが石田三成の名の由来である)と言うのなどは、みなそのことを述べたものにほかならない。

「われ日にわが身を三省す」「孟母三遷の教え」など、三をつかった言いまわしが多いのもそのためで、三は三以上のすべての数を代表しているのであるから、この場合の「三省」「三遷」は、必ずしも三回ということではなく、しばしば、何回も、という意味になるのである。

それればかりではない。三はまた、その音声が、数のなかでは特別な位置を占めている。

よく知られているように、中国語には、ふつう四声《しせい》とよばれる高低のトーンがある。ひとつひとつの漢字は、すべてこの四声、すなわち四つのトーンのうちのどれかによって発音されているのである。そして、その四声は、さらに平らなトーンである平声《ひょう》と、かたむいたトーンである仄《そく》声に大別されるが、この平声と仄声、略して平仄《ひょうそく》は、中国語のなかで、さまざまなはたらきを示す。たとえば、絶句や律詩などの漢詩を作るには、一定のきまりに従って、平声の字と仄声の字をバランスよく配列し、韻律の諧調をはかる必要がある。いわゆる平仄を合わせる、というのがそれである。

ところで三は、一から十までの数字のなかで、実は唯一の平声なのであって、他の一、二、四、五、六、七、八、九、十は、すべて仄声である。したがって、数字のなかだけで平仄のバランスをとるとすれば、三は半分の比重を占めることになるのである。他の数にくらべて、三をつかった言いまわしが特に多いのには、このような音声面の理由もあったことを知らねばならない。

要するに、その象徴的意義から言っても、また実際的音声から言っても、三は、中国人にとって、特別な意味のある数字であった。近代中国の誕生に際し、その歩むべき道の指針として、孫文によって提唱された、民族主義、民権主義、民生主義のいわゆる三民主義も、このような三に対する伝統的な意識と決して無縁ではない。「民は三に生きる」(『国語』「晋語」、ただしこの場合の三は、君、師、父)という古い言葉は、その間の事情を物語っていよう。

『三国志演義』のなかで、三という数字が物語の展開にしばしば利用されている背景に、三に対する中国人の深い思い入れがあったことは、もはや言うまでもないであろう。三民主義と「三国志」は、この点でも遠く響き合っている。

まことに中国は、「事無三不成」――事は三なくして成らず――のお国がらであった。この道理を喝破したのは、『三国志演義』『水滸伝』とならぶ古典小説の傑作『西遊記』の人気者、三蔵法師の三人の弟子のうちのひとり、かの愚鈍なる猪八戒であった(第八十三回)。

◈さまざまな「三国志」物語

今日、日本でふつうに「三国志」と言われているものが、実は『三国志演義』という小説であることは、すでに述べた。『三国志演義』は、十四世紀の人、羅貫中《らかんちゅう》の作とされているが、それはさらに、のちに詳しく述べるごとく、それ以前の講談の世界に淵源をもっている。宋(九六〇―一二七九)、元(一二七一―一三六八)時代、都市の盛り場を中心に行われた講談には、さまざまなジャンルと作品があったが、なかでももっとも人気の高かったのは、三国時代(二二〇―二八〇)に取材した「説三分」であったらしい。そして、そのまた前の唐代(六一八―九〇七)には、すでに多くの三国志説話の存在が確かめられるのである。

三国というひとつの歴史的時代が、後世の人々からこれほどまでに愛され、語りつづけられたのも、やはり「三」という数と無縁であったとは思われない。宋、元代の講談のなかで、歴代の興亡のさまを語ったものを特に「講史」とよんだが、それはおおむね戦乱と分裂の世をあつかったものであった。平和で治まった時代の話などは、聞いて面白いというものではないであろう。

しかし、分裂の乱世がいかに面白いとはいえ、あまりにも複雑に多極分化してしまっては、話としてはまとめにくい。逆に両雄対決というのは、ともすれば単調におちいるおそれがある。とすれば、その間の三つどもえぐらいが、もっとも適当な規模ということになるであろう。

しかも三者鼎立というのは、分裂と抗争の関係のなかではもっとも安定した性質をもっていると言える。両雄は並びがたいが、三強の鼎立と競合は、ある種の構造的な安定を生み出すのである。そこでは、安定の中に抗争があり、抗争の中に安定がある。それが、持続する緊張感に富む、きわめてスリリングな関係であることは、いわゆる三角関係に如実にあらわれていよう。ある意味で、われわれはそこに、あらゆる人間関係の原型をみることさえできるのである。

中国は古来、いくたの分裂と戦乱の世を経て来たが、三つの勢力が鼎立し、拮抗したのは、三国時代をおいてない。しかもこの三者には勝者というものが存在しないのである。魏、蜀、呉の三国は、統一を目指してともに争い、そしてともに成功することなく相前後して亡んだ。このことは、この時代が純粋なロマンとして成立するためのもうひとつの重要な条件となっているであろう。

まことに三国時代は、後世の物語と講談のために存在したような時代であった。三分の計を考え出した諸葛孔明は、劉備のためによい軍師であった以上に、後世の物語作家と講釈師にとってよき素材提供者であったと言ってもよい。

三国という関係のこの普遍性こそが、多くの人々を「三国志」の物語にひきつけてやまない究

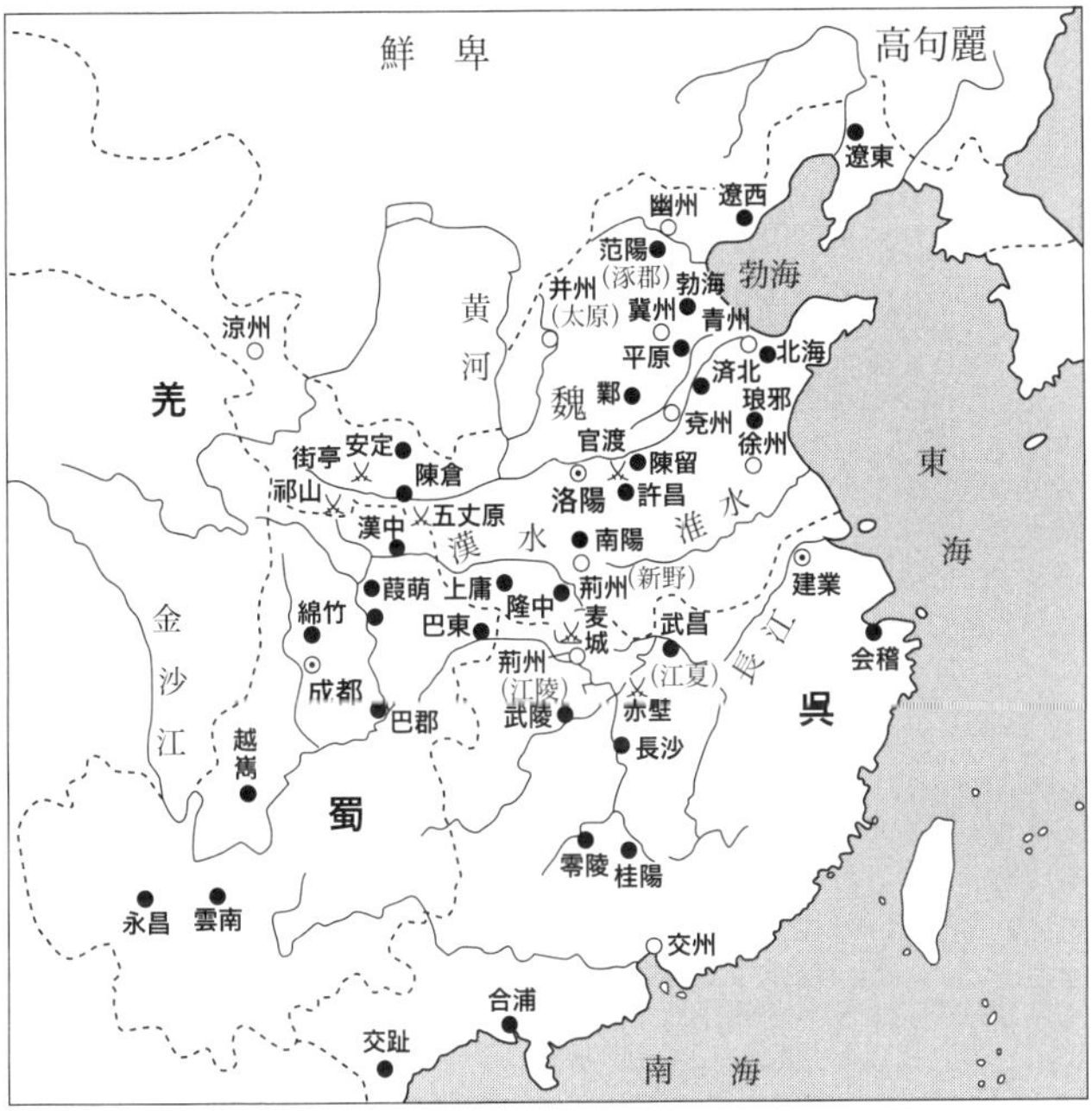
鮮　卑
高句麗
遼東
幽州
遼西
范陽
(涿郡)
勃海
勃海
并州
(太原)
冀州
青州
黄
河
涼州
平原
北海
済北
鄴
魏
羌
琅邪
兗州
徐州
官渡
街亭
安定
陳倉
陳留
東
海
祁山
洛陽
許昌
五丈原
漢中
漢　水
南陽
淮　水
建業
(新野)
葭萌
上庸
荊州
金
沙
江
綿竹
隆中
巴東
麦
城
武昌
会稽
荊州
(江陵)
(江夏)
長
江
成都
巴郡
武陵
赤壁
呉
越
嶲
長沙
蜀
零陵
桂陽
永昌
雲南
交州
合浦
交趾
南　海

三国鼎立図

極の原因である。江戸時代の『傾城三国志』、『風俗女三国志』などから「次郎長三国志」、「政界三国志」まで、時空を超えて、この物語の構造がさまざまな世界に応用されるのも、そのためであろう。

各々の時代の人々は、三国という個別特殊な過去の時代の歴史を核としながら、それを自らの時代精神によって解釈し、またそこに各々の時代の思い入れを托すことによって、歴史をロマンに転化させ、ふくらませてきた。それは時代によってばかりではなく、同じ時代にあっても、ジャンルの相違によって、さまざまな様相を呈している。

実際、「三国志」の物語は、小説、語り物、演劇、講談から、影絵芝居、漫才、劇画にいたるさまざまなジャンルによって、古くから独自の発展をとげ、人々に親しまれてきたのである。そういう意味では、人形劇、劇画、アニメ、映画、そしてファミコンゲームと、多様な広がりを見せる平成日本の三国志ブームは、この物語の伝統の正当な申し子であって、一部の人々が考えるような異常な事態では決してない。

さまざまな「三国志」の物語の成立と変遷を、その頂点に立つ『三国志演義』を中心に描いてみようというのが、本書のねらいである。それはまた同時に、この物語を通じて、世界でもっとも古く、そして新しい文化をもつ、この国の人々の思考形態をさぐることにもなるであろう。

この章の最後に、講談の一種である「評書《ピンシユウ》」の名人、袁闊成が、かつてラジオ放送で『三国志演義』を語ったのに対して寄せられた、一聴取者からのファンレターを、ここに紹介してみたい。*3

袁闊成同志
私の孫は中学生ですが、あなたが放送する『三国志演義』を聞くのをとても楽しみにしています。私もむろんあなたの熱心な聴衆です。孫はあなたが放送する時は、いつもラジオをつけて周波数を合わせてくれます。それは、私のように年老いた、そして病気をもった人間にとっては、あなたの話に耳を傾けることが、本当に楽しくかつ有益なことであるからです。この老いぼれはすっかりファンになってしまいました。孫たちも同じくファンです。私は彼らに、袁おじさん(私が年寄り風をふかすのをゆるして下さい)の話を聞くのは、国語の勉強に役立つと言っています。まったく、彼らはあなたを尊敬し、敬愛しているのです。
闊成同志、私は数多くのあなたの熱心な聴衆のひとりとして、あなたにお願いしたいことがあります。どうか三国の主要人物のせりふを、原作から選択しながら、もっとふやして下さい。私は公務のひまに、またはラジオを聞いた後に、本をめくって読みながらそう感じたので、ここに謹んで申し上げる次第です。ご健康を祈ります。併せて、中華文化の振興のためにすぐれた貢献をされますよう祈ります。

手紙の主は、王震《おうしん》(一九〇八—一九九三)、中華人民共和国のもと国家副主席で、六・四天安門事件当時、王若望ら民主的知識人、学生を弾圧した保守派の大立者である。王震は一九九三年三月に死去したが、北京の翠花湾九号の自宅に残された蔵書のなかの『三国志演義』には、「死を怕《おそ》れず、功を貪らず、銭を愛さず、真の将軍なり」という自筆の書き入れがあったそうである。[*4] 彼もまた『三国志演義』を人生の指針としたひとりの典型的な中国人であった。

ちなみに王というのは、中国人にもっとも多い姓であろうが、漢代の字書『説文解字』は、「一の三を貫くを王となす」という孔子の言葉によって、この字を説明している。この場合の三とは、三才、すなわち先に述べた天、地、人である。

＊1――『王若望自伝』(香港・明報出版社　一九九一年)。また『明報月刊』一九九一年三月号、王若望「少年不識愁滋味」を参照。
＊2――『伝統相声集』(上海文芸出版社　一九八一年)に、劉宝瑞整理本を収める。
＊3――袁闊成改編播講『評書三国演義』上(雲南人民出版社　一九八六年)の巻頭に載せる。
＊4――『光明日報』一九九三年三月十九日の記事「普通的遺産、宝貴的財富」。

二

『三国志』と『三国志演義』……歴史と小説

◈七実三虚

小説『三国志演義』は、三国時代に取材した作品である（中国ではふつう『三国演義』というが、これはその方が語呂がよいためで、正しくは『三国志』の演義、すなわち『三国志演義』である）。したがってその内容は、むろん三国時代の歴史事実にもとづいている。しかし、ではそこに書かれていることがすべて歴史事実に合致しているかといえば、これまた当然ながら、決してそうではないのである。

こころみに三国時代の実録である陳寿（二三三―九七）の『三国志』、范曄（三九八―四四五）の『後漢書』もしくは司馬光（一〇一九―八六）の『資治通鑑』の該当部分と『三国志演義』をつき合わせてみれば、大部分の人物と事実の大まかな流れは一致するものの、事件の細かい経緯となると、史実とくい違うもの、あるいは史書には全く見えないフィクションが意外に多いことに気がつくであろう。清代の歴史学者、章学誠は、これを「七分実事、三分虚構」（『丙辰札記』）と言って、読者を惑わすものだと非難した。二分や四分と言わず、三分と言っているところがご愛嬌だが、しかしこの非難は当を得たものではあるまい。

そもそも現実の歴史のなかで次々に継起する事件には、必ずしも前後に一貫する因果関係があるとはかぎらない。たとえあったとしても、それは一見して明らかなようなはっきりとしたかたちをとらず、事件の錯綜した関係の背後にかくされている場合がしばしばであろう。歴史は、偶然と必然が複雑にからみあった混沌である。

しかし文学作品、ことに『三国志演義』のように民間の講談に起源をもつ通俗文学の世界では、それではこまるのである。そこでの物語は、誰でもが読めば容易に納得できる明らかな因果関係のもとに語られ、しかも読者の興味を引っぱってゆくだけの魅力をそなえていなければならない。そのためには史実をさまざまなかたちでアレンジし、場合によってはフィクションを用いることも必要となってくるであろう。

そのうえ、史実とフィクションと言っても、それは必ずしも截然と区別されるものではない。史実を記録したとされる史料のなかにも、実はさまざまなレベルのフィクションが複雑に混入しているからである。それらをトータルに把握したうえで、大胆かつ細心に物語を構成してゆくことが求められているのであって、作者のストーリーテラーとしての力量も、当然またそこにあるわけである。

このことは、おそらく古今東西あらゆる歴史文学に共通するであろうが、『三国志演義』のように史上有名な時代をあつかい、しかも作品が長い歳月の間に多くの人々によって形成された場合はなおさらである。その史実とフィクションとの関係は、「七分実事、三分虚構」と一言でいってしまえるような単純なものでは決してない。

◈実と虚のパターン

『三国志演義』には、たとえば官渡の戦い(第三十回)のようにほぼ史実どおりの部分と、赤壁の戦い(第四十九―第五十回)のように大幅にフィクションを交えた部分とがある。もし『三国志』『後漢書』『資治通鑑』などの史書と、『三国志演義』とを綿密に比較して、両者の異同を調べたならば、この小説の性格と魅力、あるいは欠点のおよそが分るはずであろう。その詳細をここに述べることはむろんできないが、いくつかの典型的な例をパターンごとにあげてみることにしたい。なお一口に『三国志演義』と言っても、その内容はテキストによって実は一様ではない。またその形成には複雑な歴史的過程があるのであるが、それについてはのちに述べることとして、ここではおもに、現在もっともふつうに読まれている清代の毛宗崗《もうそうこう》が整理したテキストを用いて議論をすすめることにする。文中に示す回数も、すべて毛宗崗本におけるそれである。

❶――史実の前後を入れかえる――十八路諸侯対董卓・馬超対曹操

現実の歴史事件の経過を、より納得しやすい因果関係にくみかえるやり方である。

曹操のよびかけのもと、袁紹を盟主とする関東十八路の諸侯連合軍が董卓を討つ話は、『三国志演義』(以下、『演義』と省略)前半のひとつのクライマックスであろうが、そこでの先鋒をつとめた長沙太守の孫堅は、部将の程普が敵将、胡軫を討ち取りせっかく緒戦をかざったにもかかわらず、孫堅の活躍をねたむ袁術が兵糧をあたえなかったために飢えに苦しみ、敵襲にあって、自分の頭の赤幘(赤いずきん)を部下の祖茂にかぶせ、かろうじて死地を脱するという惨敗を喫してしまう(第五回)。

『三国志』の孫堅の伝や『資治通鑑』によれば、袁術が孫堅に兵糧をあたえなかったこと、また孫堅が董卓軍に攻められ、自分の赤ずきんを祖茂にかぶせて自分のように見せかけ、九死に一生を得たこと、いずれも事実であった。ただし叙述の順序は、敗戦がさきで兵糧の件はあとであり、

十八路諸侯位置図

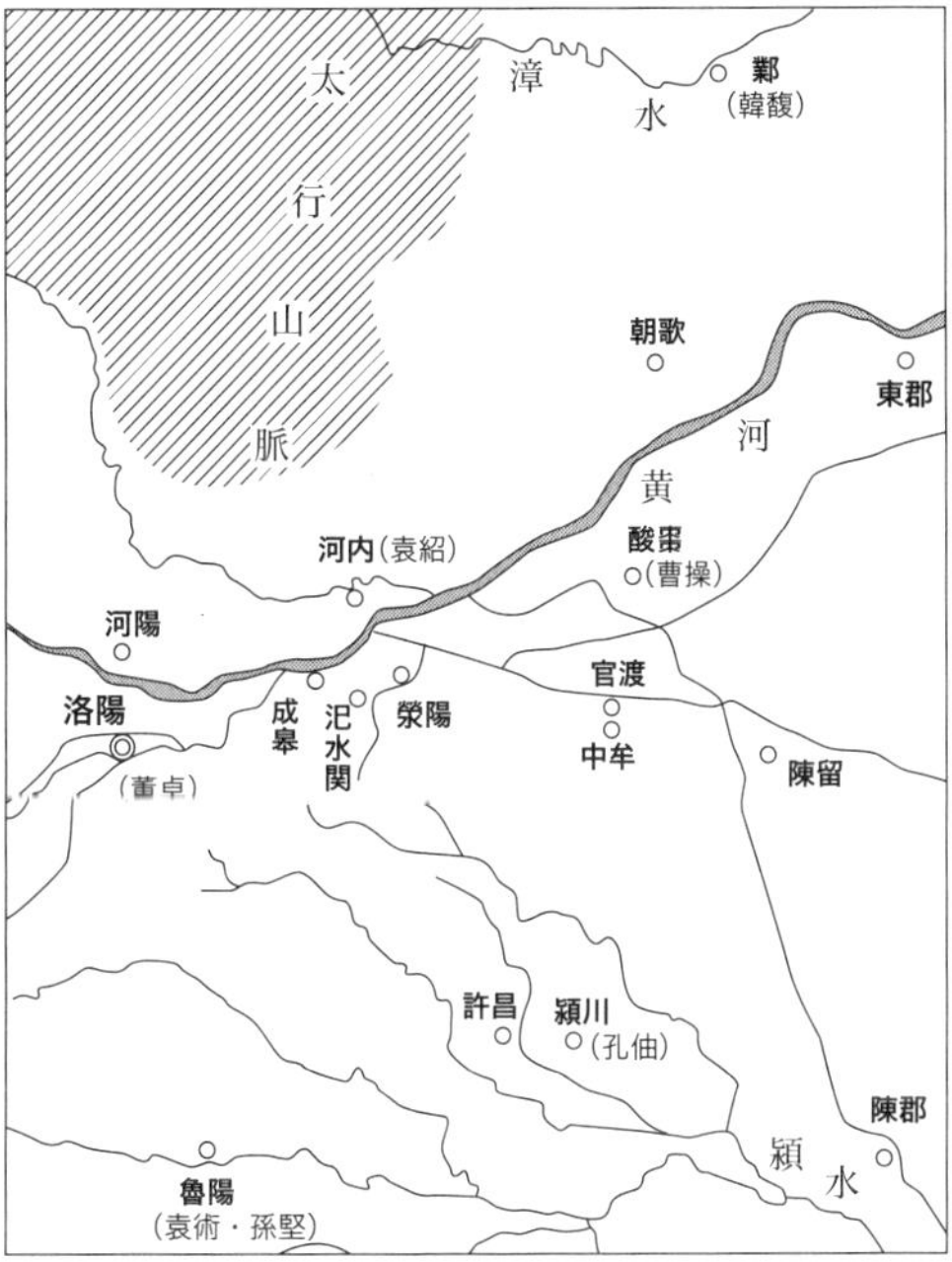

両者の間になにか因果関係があるようには書かれていない。『演義』はそれを入れかえ、袁術が兵糧を送らなかったばっかりに孫堅は敗れたのだ、という風にしたのである。この方がわかりやすいことは言うまでもないであろう。

またこの十八路諸侯軍と董卓の対決で、戦いに敗れた董卓は、天子をおびやかして都を洛陽から西の長安に移してしまうということに『演義』ではなっているが(第六回)、これも実際は逆で、長安への遷都がさき、孫権の敗戦を含めた一連の戦いは遷都のあとであった。このため、長安へと逃げる董卓を追撃した曹操軍が、あらかじめ待ち伏せしていた董卓の部将、徐栄の軍によって滎陽《けいよう》で大敗し、流れ矢に当たって落馬した曹操は、従弟の曹洪の馬を借りてほうほうのていで逃げかえるという『演義』の話も、実は遷都とは無関係である。

曹操の生涯にいく度かあった絶体絶命の危機脱出の最初の例であるこの滎陽の敗戦を、長安遷都と結びつけたのは、もとより『演義』の工夫であったが、しかし『演義』はここでひとつのミスを犯している。というのは、曹操が待ち伏せされた滎陽というところは洛陽の東にあるのである(地図参照)。洛陽のはるか西の長安をさして逃げてゆく董卓を追った曹操が、東側の滎陽で董卓軍の待ち伏せにあうという道理はない。これは明らかに、史実の前後関係を入れかえたため地理関係が矛盾してしまった例であろう。破綻といえば破綻である。『演義』にはしばしばこのようなケースが見られるのであって、『演義』の作者は、特に北方の細かい地理にうとかったのではないかと思えるふしがある。

しかしこの入れかえの手法は、おおむねなかなかに有効であって、『演義』のなかではしきりに用いられている。もうひとつだけ例をあげてみよう。

『演義』の第五十八回、「馬《ば》孟起《もうき》兵を興《おこ》して恨みを雪《そそ》ぎ、曹阿《そうあ》瞞《まん》鬚《ひげ》を割き袍《うわぎ》を棄てる」は、潼関《どうかん》で馬超と対戦した曹操が馬超のためにさんざんに打ち負かされ、危機一髪のところを、先に述べた滎陽の時と同じくまたしても曹洪にたすけられる話、曹操の危地脱出のこれが最後のしめくくりである。馬超が曹操と戦ったのは、その前に、都で天子への忠義立てのため曹操を除こうとしてかえって曹操に殺された父、馬騰の仇を討つためであったとされているが、これが実はそうでない。史実では逆に、父の馬騰が殺されたのは、息子の馬超が曹操に反旗をひるがえした結果だったのである。『演義』は、のち蜀の五虎大将のひとりとなる馬超に父を見殺しにしたという汚名をきせぬため、また曹操には逆に、忠臣馬騰を殺したという汚名をこうむらせるために、このような操作をしたのであろう。ここでは因果関係のためというよりは、『演義』のもつ価値観、あるいは登場人物のイメージを守り、強調するために、事実のくみかえが行われている。

『演義』の現存するもっとも古いテキストである明代の嘉靖《かせい》元年序刊の『三国志通俗演義』(従来、この本は嘉靖本とよばれてきたが、本書では同じく嘉靖年間刊行の葉逢春本と区別するため、以後、序文作者の名をとって張尚徳本とよぶことにする)では、馬超に攻められた冀城の参軍、楊阜《ようふ》が馬超について、「父に背き君に叛いた」と述べるところがあり、それはさらに『三国志』の楊阜の伝にもとづいている。張尚徳本でも馬超は父の仇をとるために曹操と戦うことになっているから、「父に背く」

というのはおかしい。ここには、物語が現在のようにくみかえられる前の姿が顔を出していると考えられるであろう。通行の毛宗崗本では、「背父」の二字はすでに削られており、矛盾はない。

❷――複雑な史実を単純化、一本化する――六出祁山・劉岱

十八路の諸侯と董卓との対決で、『演義』では十八人の諸侯がみな同じ場所にいっしょにいたように書かれているが、実際はそうではない。史実は、袁紹と王匡は洛陽の北東の河内に、韓馥はさらに北の鄴に、曹操と劉岱、張邈、張超、橋(『演義』では喬)瑁、袁遺、鮑信らは東の酸棗《さんそう》に、孔伷は東南の潁川に、また袁術と孫堅は南の魯陽にそれぞれ陣取っていた。各々のグループは袁紹を盟主に戴いて連絡をとりながらも、独自に複雑な動きをみせており、とくに南にいた袁術と孫堅は、袁紹や曹操とは明らかに別行動をとっている(一九ページ図参照)。しかしそれでは話がバラバラになってしまうので、『演義』はそれらを一本にまとめたのであろう。

なお十八路諸侯のうち右に名のみえぬ孔融、陶謙、馬騰、公孫瓚、張楊の五人は、実際は連合軍に参加しておらず、ただ『演義』が十八の数を満たすために名を借りてきたにすぎない。

また『演義』後半のクライマックスは、言うまでもなく諸葛孔明の北征、いわゆる「六出祁山」(六たび祁山《きざん》に出づ、第九十二回―第一百四回)であろうが、実際はのちにも述べるように(一二二ページ)、蜀軍が祁山方面に出ていったのは二度にすぎず、あとはそれぞれに状況が異なる。しかし『演義』はそれらをすべて祁山というひとつの場所に結びつけ、統一することによって、印象を鮮明にしようとしているのである。ちなみに、十八路諸侯、七擒七縦、六出祁山、五虎大将、そ

れに三顧の礼のように、あるストーリーや人物を数によって表現しようとする傾向が『演義』にはある。これはおそらく講談などの語り口と無関係ではないであろう。

このような単純化、一本化に似たケースに、同名異人のふたりの人物をひとりにしてしまう例がある。十八路諸侯のひとり、兗州《えんしゅう》刺史の劉岱は、『演義』ではのちに曹操の部将となり、徐州にいる劉備を攻めて張飛と戦い生け捕りにされることになっている(第二十二回)。しかしこの生け捕りにされる劉岱は、実は兗州刺史の劉岱とは全く別の人物で、後者はそれ以前にすでに黄巾賊に攻められて戦死しているのである。『演義』は知ってか知らないでか、両者を同一視しているわけであるが、実際『演義』のような通俗小説のなかで、今度の劉岱は前のとは同名異人などという説明をするのは、ただ話をややこしくするだけであったかもしれない。

❸——別々の事がらをひとつに結びつける——徐庶と孔明登場

右の同名異人の同一視にやや類似した例で、本来別々の時に起こった無関係な二つの事件をひとつの因果関係によって結びつける場合がある。この手法がもっとも成功を収めたケースとして、諸葛孔明の存在が劉備に知られるまでのプロセスをあげることができよう。

荊州の劉表のお家騒動にまきこまれた劉備は、命をねらう襄陽《じょうよう》からの追手を的盧《てきろ》馬が檀渓《だんけい》を跳び越えたことでからくもふりきり(第三十四回)、そこで水鏡先生司馬徽《しばき》にめぐりあう。水鏡先生は劉備に、伏竜と鳳雛のどちらかを得れば天下を治められるというが、それが誰を指すのかは教えない。その晩、水鏡先生の家に徐庶がやってくる。翌朝、新野に帰った劉備のところへ単福と名を変えた徐庶が訪れ、劉備はこれが伏竜、鳳雛ではなかろうかと心ひそかに疑う。徐庶は劉備につかえて、曹操の派遣した曹仁の軍を破るが、それを知った曹操は徐庶の母親を捕え、母親の手紙を偽造して徐庶をおびきよせようとする。親孝行な徐庶はまんまとこの術にはまり、泣く泣く劉備と別れ曹操のもとへ赴くが、その時、劉備に孔明を紹介し、彼こそが伏竜であることを明かすのである（第三十五・第三十六回）。水鏡先生司馬徽と徐庶の二人を介し、伏竜、鳳雛の謎に曹操の陰謀をからめ、最後に孔明にスポットライトをあてる『演義』の語り口は、なかなか見事であろう。では史実はどうであろうか。

劉備が的盧馬で檀渓を越えて追手をかわしたことと、彼が司馬徽を訪ねて伏竜、鳳雛の名を聞いたことは、『三国志』の「先主伝」と「諸葛亮伝」の注に引く『九州春秋』『襄陽記』という書物にそれぞれ見えている。しかしこの二つの事件の間には本来なんの関連もない。しかも『襄陽記』では、伏竜と鳳雛が誰であるかを司馬徽がすぐに教えてしまっているのである。

また徐庶が劉備につかえたことは事実だが、それは司馬徽とは無関係だし、彼が劉備に孔明を推薦したのは、劉備のもとを去るずっと前のことであった。つまり徐庶と孔明はしばらくの間、ともに劉備につかえていたのである。さらに徐庶の母が曹操に捕まったため、徐庶が劉備のもとを去ったのは事実だが、それは別に徐庶の活躍をきらっての曹操の計略によるものではなかった。したがって手紙を偽造する話はむろんフィクションである。そもそも徐庶が劉備と別れたのは、荊州が曹操の手におち、劉備が南へと逃走するさなかのことである。徐庶の母はおそらく混乱のなかで偶然に捕虜となったのであろう。すくなくとも『三国志』の書きぶりはそうである。

このように史書のなかではてんでバラバラな個々の事件を、『演義』は巧妙に一本の糸でつなぎ、さらにそこへさもありなんと思えるフィクションを加え、細工をほどこすことによって、物語中随一の重要人物である諸葛孔明の名がはじめてあらわれる場面を、きわめて印象深く描いているのである。

❹――事件を他の人物の上に置きかえる――鞭打督郵・博望焼屯・温酒斬華雄・草船借箭

実際には甲がやったことを乙のこととして描く方法、いわゆる「張冠李載」（張の冠を李がかぶる）である。その例としてすぐ思いつくのは『演義』第二回の「張翼徳怒りて督郵を鞭うつ」であろう。

黄巾賊を討った功によりようやく安喜県の県尉となった劉備のもとへ督郵（郡の視察官）がやってきたが、その傍若無人な態度に怒った張飛が、督郵を木にしばって柳の枝でうちすえる、それを劉備があわててとめるという、乱暴者の張飛と万事慎重な劉備の性格を対照的に描いたおなじみの場面である。ところが史実では、督郵を鞭うったのはなんと劉備自身であった。

『三国志』「先主伝」の注に引く『典略』によれば、当時、軍功によって県の役人となった者を審査して免職せよとの布告が出たため、自分も免職になるのではないかと疑った劉備が、むりやりに役所に押し入って督郵を縛り上げ、自分の官印を督郵の首にぶらさげて、百回あまりも杖でたたき、殺そうとしたが、督郵が哀願したのでゆるして立ち去ったという。張飛顔負けの大変な乱暴者であろう。

『演義』での劉備は、ただひたすらやさしいばかりの優柔不断ぶりで、ことあるごとに泣くので、「泣いて天下をとった」とさえ言われているが、実際には乱世を生きぬいたしたたかな人物である。右のような側面が大いにあったであろうことは想像に難くない。ここには、劉備は仁君、張飛は莽漢《がさつもの》という『演義』の人物造型の一端があらわれていよう。ちなみに、博望坡で夏侯惇らの軍勢を火攻めで破ったのも、『演義』では孔明のこととなっているが(第三十九回)、実際はやはり劉備自身の計略であった。

このほか、十八路諸侯と董卓との戦いで、関羽が敵の勇将、華雄をあっという間に斬ってしまう「温酒斬華雄」の話(第五回)。これは関羽の颯爽たる武勇を遺憾なく見せつける最初の名場面であるが、華雄を討ったのは、実際には孫堅の軍であって関羽ではない。

また赤壁の戦いの前夜、十日間で十万本の矢を準備せよとの周瑜の無理難題を、霧の夜、草をつんだ船を曹操の陣営に接近させ、船の両側に敵の矢を受けて帰ることでなんなく達成して、周瑜をくやしがらせる「草船借箭」の話(第四十六回)は、孔明の知謀を示す場面として有名であるが、これまた残念ながら孔明とは関係がない。この奇策を思いつき実行したのは孫権であり、場所も赤壁ではなく、のちに魏と呉が再度対決した濡須口であった。

この手法を用いたものは、右に見たように関羽や張飛、諸葛孔明など蜀の人物についての例が多い。『演義』は、三国時代の歴史をできるだけ忠実に描くとともに、これらのヒーローたちを存分に活躍させねばならない。しかしこの両者は、なかなかに両立がむずかしいのである。この手法は、そこから生まれたいわば苦肉の策であろう。つまり、必ずしも蜀が主役とはいえない実際の三国時代を、蜀を中心として描こうとする『演義』の基本的な姿勢が、このような手法を作者に用いさせたのである。

❺——事件の一部を他の事件に援用する——荊州攻めの変装

『演義』の第六十一回、劉備が四川に行っている留守に、孫権は荊州にいる妹の劉備夫人を劉備の一つぶだね、阿斗もろとも呉に連れ帰ってしまおうと、部下の周善を荊州に送る。周善は、兵士をみな商人に変装させて、船で荊州にむかう。一方、第七十五回、荊州の関羽が北の樊城を攻めているすきに、呉の呂蒙は荊州を奪うべく、軍勢を商人に変装させて、船でひそかに荊州に入る。

右はどちらも商人に変装して船で荊州に行く点が共通しているが、史実に見えるのは後者のみである。孫権が劉備夫人と阿斗を呉に連れ帰ろうとしたのは事実であるが、その詳細は述べられていないし、周善という人物も存在しない。これは両者が類似の状況であるのを利用して、一方からもう一方へ話を借用したに相違ないであろう。

『演義』は小説であるから、事件の顛末をできるだけ詳しく、しかも興味深く描かなければならない。しかし現実には、面白そうな事件でも史書では一言二言で簡単にかたづけられてしまっている場合が多いのである。それをなんとかふくらまそうとする時、この手法が用いられることになる。ただし類似の状況というものが、そうおあつらえ向きにあちこちにあるものではない。借用法には限界があろう。そこで、いきおいフィクションを用いることになるのである。

❻――史実を利用したフィクション――桃園結義・貂蟬

史書のなかではごく簡単にしか書かれていないことを、フィクションによってふくらませる方法。フィクションではあるが、史書に一応の根拠はあるので、そういうことがあっても不思議はなかろうという、いわば想像された史実である。『演義』には、これによったものが大変多い。たとえば物語冒頭の桃園結義がすでにそうであろう。

劉備、関羽、張飛が義兄弟のちぎりを結ぶのは、言うまでもなくフィクションである。しかし『三国志』「関羽伝」によれば、この三人は「恩は兄弟の如し」であった。すでに恩愛兄弟のごとくであったという以上、彼らが義兄弟になったとしても別におかしくはないであろう、というわけで「桃園結義」の話が生まれたのである。もっとも三人が義兄弟であったと考えるには、ほかにもそれなりの理由がある。

五代（九〇七―九六〇）から宋、元にかけて、すなわち『演義』の前身となる話が形成されていた時代、軍人や盗賊、あるいは商人などの間では、仲間のうちで義兄弟のちぎりを結ぶ習慣が広く行われていた。『演義』の前身は、すでに述べたように民間の講談であり、これらの人々はおそらく観客層の重要な部分を占めていたであろう。彼らの習慣と考え方が物語のなかに反映するのは当然である。「桃園結義」は、「恩は兄弟の如し」という史書の記述に対する、この時代のある階層の人々の解釈であると言ってもよいのである。

ちなみに義兄弟という習慣は、おそらく遊牧民族に由来するのであって、されぱこそ彼らと接触する機会の多い軍人や商人の間に広まったと思えるが、中国にも古くから例が見られる。たとえば、劉備の若い頃の仲間で、のち袁紹と争って敗死した公孫瓚は『三国志』の彼の伝に引く『英雄記』によれば、卜数師《うらないし》だった劉緯台、販繒（絹商人）の李移子、賈人《あきんど》の楽何当の三人とともに「兄弟の誓いを定めた」という。桃園結義のヒントは、案外この辺にあったかもしれない。結義のすぐあとで、馬商人の張世平と蘇双（この二人は実在の人物である）があらわれ、劉備らを援助するのは、義兄弟と軍人、商人、遊牧民などの関係を考えれば、いかにも象徴的である。

桃園結義と対照的に、本格的なフィクションの要素が濃いのは、貂蟬の話であろう。『演義』は男だけの世界であり、女性の登場人物は少ないうえにめだった活躍もほとんどない。ラブロマンスがないのが『演義』の欠点だという人もいるなかで、ひとり気をはいているのがすなわち貂蟬である。王允の計略によって貂蟬が呂布と董卓の双方を手玉にとり、二人を反目させて、ついには呂布による董卓暗殺に成功する、いわゆる連環の計の話（第八回）は、『演義』のなかでほとんど唯一つやめいた話題を提供している。が、残念ながら彼女もまた実在の人物ではない。

貂蟬の話がもとづいたのは、『三国志』「呂布伝」の「董卓は常に呂布に大奥を守らせたが、呂布は董卓の侍女と私通していたので、事の発覚を恐れ心中不安であった」、また「董卓はかつてちょっと気に入らないことがあって、手戟《ほこ》を呂布に投げつけたが、呂布はそれを手で防いだ」、そして「王允はかねてより自分と同郷で武勇にすぐれた呂布を懐柔していた」といった記述である。たったこれだけの記述をつなぎ合わせて、あれだけの話にまでしてしまったのは、大した想像力だと言わねばならないが、しかしこの話の成り立ちや貂蟬という名の由来については、実はわからないことが多い。『演義』以前の元代の「平話」や「雑劇」では、貂蟬はもともと呂布の妻だったということになっている。あるいはこともあろうに関羽が貂蟬を斬るという話まであって、『演義』とは相当に様子が異なっている。

❼——史実の誤解、曲解によるフィクション——徐庶と単福・漢寿亭侯・落鳳坡

右に関連して、史書の記載を誤解もしくは曲解して話が出来上がるという興味深い例があるので紹介してみよう。

徐庶が劉備につかえた時、単福という偽名をつかったことは先にも述べたが、この単福という名はいったい何であろう。その由来は、『三国志』「諸葛亮伝」に引く『魏略』の「庶の先の名は福、もと単家の子」という記述であった。単家の子で前の名が福だから単福というわけである。しかし単家というのは実は身寄りのない貧乏な家という意味であって、単は姓ではない。この言葉は、「単門」「単貧」「単寒」などの類語とともに、漢代(前二〇二—後二二〇)から三国時代、南北朝(四二〇—五八六)にかけてよく用いられたが、唐宋以降はあまりつかわれなくなったため姓と誤解されたのであろう。単という姓も少数ながら存在するが、その場合はセンあるいはゼンとよむ。このように徐庶の変名、単福は、史料の読みちがいから生まれたのであるが、しかしそれは諸葛孔明

の名が明かされるまでのなにやら謎めいた雰囲気を助長する役には立っている。誤りではあるが、決して無用の誤りではない。

次に、毛宗崗本以前の張尚徳本などのテキストでは、関羽が曹操のもとにいた時のこととして、次のようなエピソードが見える。関羽が袁紹の猛将、顔良を討った功にむくいるため、曹操は関羽を寿亭侯に封じ、印をおくるが関羽は受けとらない。そこで上に漢の一字をつけて、漢寿亭侯としたところ、関羽はよろこんで拝受したというのである。いわゆる「漢に降るも曹に降らず」という関羽の面目を示す話であろう。

関羽が漢寿亭侯となったのは事実だが、この場合、漢寿は地名(今の湖南省)、亭侯は侯の階級のひとつである。したがって、漢寿の亭侯であって、漢の寿亭侯ではなかった。右のエピソードは、むろんこの誤解にもとづくものだが、しかし元明時代には、むしろこの誤解の方が通解であったらしく、たとえば明の初期、洪武二十七年(一三九四)に南京に建てられた関羽の廟には、「漢の前将軍・寿亭侯」と書かれており、ずっとのちの嘉靖十年(一五三一)になってようやく誤りに気付き、訂正したという。[*1]『演義』の作者だけをとがめるわけにはゆかぬであろう。清代の人である毛宗崗は、さすがにこの誤りを知っており、自分のテキストからこのエピソードを削ってしまった。たしかに誤りではあるが、しかしこれまたなかなかよく出来た話であり、削ってしまうのは惜しいような気がしないでもない。

最後に、これとやや似た例として洛鳳坡をとりあげよう。言うまでもなく鳳雛こと龐統《ほうとう》が、乱箭に当たり戦死した場所である。この落鳳坡も実在しない虚構の地名であるが、このような名前が考え出されたについては、鳳が落ちた坡というほかに、おそらくもうひとつの由来がある。

落鳳坡があったことになっている場所は、四川の雒城であった。龐統は四川攻略の途中、張任らの守る雒城を攻めて命をおとしたのである（第六十二回）。ところでこの雒城の雒《ラク》の字は、洛《ラク》に通じるのであって（洛陽はまた雒陽とも書く）、そこからさらに落《ラク》の字が連想され、落城となった。げんに『演義』の前身である元代の『三国志平話』では、雒城はすべて落城と書かれているのである。『平話』の落城が、『演義』にいたって落鳳坡となったと思える。

ちなみに落鳳坡という地名は、『演義』以外の書物にも見えている。たとえば、後に述べる『花関索伝』（一八〇ページ）では、劉備と曹操が会見する場所が落鳳坡、また『西遊記』（第七十一回）では、朱紫国の太子が狩りをし、孔雀大明王菩薩のふたりの子が雀の雛となって舞い降りてきたところがやはり落鳳坡であった。これから考えると、落鳳坡の落鳳は、鳳がおちるではなく、鳳がおりるであったろう。同様の語として雁が飛下することをいう落雁が思い合わされる。また香港と中国の境界近くに落馬州というところがあるが、これも馬をおりる、すなわち下馬の意味で、広東語では今でも落はおりるであり、下車は落車《ロクチエ》と言う。鳳は言うまでもなく帝王の象徴であり、その来臨は古くから太平をあらわす瑞祥とみなされた。

『演義』は、落鳳を鳳がおちると曲解したうえで、雒――洛――落の読みかえと結びつけ、それを鳳雛の戦死につかったのである。なかなか手のこんだ細工と言わねばならないであろう。清代初期の大詩人、王士禎は、蜀を旅行したおりにかの地を訪れ、「落鳳坡にて龐士元を弔う」という詩を作った。[*2]『演義』の作者にまんまといっぱいくわされたのである。

❽——史実を逸脱したフィクション——七擒七縦・魏延の反骨

史実を想像力によってふくらませた例はすでに述べたが、それも度がすぎるととんでもない方向へ行ってしまう。その典型的なケースが孔明による孟獲の七擒七縦である。

孔明の雲南への南征は、北伐のための重要なステップであり、是非とも興味深く描かねばならない話であった。現に『演義』では第八十七回から第九十一回の五回分をこの話に当てている。少ない分量ではないであろう。ところが『三国志』の「諸葛亮伝」は、これについて、

(章武)三年の春、亮は衆を率いて南征し、その秋に悉《ことごと》く平らぐ。

また「出師表《すいしのひょう》」に、

五月に瀘を渡り、深く不毛に入る。

とあるのみである。注に引く『漢晋春秋』には、孟獲を「七縦七禽(擒)」したことが見えるが、孟獲を捕えたうえ、わざと陣中を見物させると、「前は虚実を知らなかったので敗れたが、今度は

だいじょうぶだ」と言うので、孔明は笑って釈放し、また捕えたという話を載せるだけで、七擒七縦の詳しい経緯が書いてあるわけではない。そのほか、李恢や馬忠など、この遠征にしたがった武将の伝にも記述はあるが、いずれもきわめて簡略であり、とてもそれだけでは足りない。そこでいきおい『演義』の作者が創作することになったのであって、孔明の死後この地方を治めた張嶷の伝記からスパイの逆利用などのプロットを借用したと思える箇所もないではないが、ほとんどはフィクションである。

そして、そのフィクションはあとになればなるほど荒唐無稽の色合いを深めてゆくのである。飲めば口がきけなくなって死んでしまう啞泉《あせん》をはじめとする四つの毒泉や、その毒を解く万安隠者の安楽泉(第八十九回)、それに猛獣と法術つかいの木鹿大王(第九十回)などにいたっては、もはや『西遊記』の世界であろう。そのほか、瀘水を渡る際に人間の頭の犠牲のかわりに饅頭を孔明が作った(第九十一回)というような当時の民間伝承も、[*3]このような場合の貴重な材料であった。民間伝承などをつかったフィクションの部分は、史実を敷衍した他の部分とは異質な感じをあたえており、このことが『演義』の作品としての統一性をそこなっていることは否定できない。

なお、この七擒七縦の最後に、「地雷」によって藤甲軍三万を焼き殺した孔明が、「自分は国家のために貢献はしたが、長生きはできぬであろう」と嘆く場面がある(第九十回)。言うまでもなくこの言葉は、五丈原での孔明のあまりにも早すぎた死(第一百四回)を暗示しているのであるが、このように、伏線のためにフィクションをもうける例として、他に魏延の反骨の話がある。

孔明が魏延をはじめて見た時、この男には頭のうしろに反骨があるから将来かならず謀反を起すだろうといって、殺そうとした話(第五十三回)がある。この話は、孔明の死後、魏延が反乱を起したという事実から逆算されて、『演義』の作者によって創作されたものである。『三国志』には、魏延は頭に角が生える夢をみたが、「角」は「刀」と「用」から出来ているので、それが頭に生えるのは殺される前兆だという話がみえる。反骨の話はここから思いつかれたフィクションであろう。これは史実から想像されたフィクションと言えないこともないが、すでに史実の枠を大きく逸脱している。魏延は『演義』のなかでも、もっとも不当にあつかわれた人物のひとりであった。

ちなみに、このような史実からの逸脱の極端な例として、現実には全く存在しなかった人物が『演義』に登場する場合がある。その代表は、関羽の部下の周倉、そして関羽の第三子で孔明の南征に従軍した関索であろうが、これらは多かれ少なかれ民間の説話を反映していること、のちに述べるとおりである(一八七ページ以下)。

❾——史実に加えられたフィクション——呂伯奢殺し・陳宮

大きな史実のなかに小さなフィクションを効果的に加えるのは、『演義』が好んで用いる手法である。これも史実の利用にはちがいないが、一連の史実のなかに一部だけフィクションを加えることによって、テーマや人物像を強調する画竜点睛的な効果をもつ。たとえば、曹操が呂伯奢を殺した話がよい例であろう。

董卓の暗殺に失敗して逃げた曹操が、身をよせた父の友人、呂伯奢の家で、疑心暗鬼からあやまって家族を皆殺しにしたうえ、わざわざ酒を買いにいっていた呂伯奢の命までもうばい、「むしろ我れをして天下の人に負《そむ》かしむるも、天下の人をして我れに負かしむなかれ」とうそぶく話(第四回)は、曹操という奸雄の正体を読者の前にはじめてあばいてみせる印象的な場面である。

曹操が呂伯奢の家族をあやまって殺したことは、『三国志』の「武帝紀」の裴松之注に引く『世語』や孫盛の『雑記』に見える。しかし、その後に呂伯奢までをも殺したとは両書ともに書いていない。これは『演義』の創作であるが、この方が曹操の冷酷さを示すのにはより効果的であることは言うまでもないであろう。

ちなみに、『演義』ではこの時、陳宮が同行しており、曹操の言葉を聞いて愛想を尽かしてしまうということになっているが、これもフィクションである。陳宮はもと曹操の配下であったが、のちなぜか曹操を裏切って呂布についてしまう。史書では裏切りの理由がはっきりしないので、『演義』は、曹操の正体を知りながら彼を見逃した中牟県の役人を陳宮ということにし、陳宮を曹操と同行させて呂伯奢殺しを目撃させ、呂布への寝返りを合理的に説明したのである。『演義』が史料をよく読みこんで周到に話を組み立てていることを示すよい例であろう。

⑩――複数の史実からの選択――事実と真実

曹操が呂伯奢の家族をあやまって殺してしまう話が、『世語』と孫盛の『雑記』にもとづくことはすでに述べた。しかし『三国志』「武帝紀」の注では、実はもうひとつの異説をあげている。それは王沈の『魏書』に見える話で、そこでは呂伯奢の家族が曹操をおどして、馬と荷物をとったので、曹操はやむなく彼らを殺したということになっているのである。先の話とはまるであべこべであろう。『三国志』の注は両説を併記するだけで、どちらが正しいとも言っていない。しかし王沈の『魏書』は、曹操や魏に都合のよい記述が目立つ書物であり、『演義』がこれを採らなかったのは当然であろう。

これまで史実とフィクションを分けて論じてきたが、両者の境界は決してはっきりしたものではない。特に『三国志』の場合、晋(二六五—四二〇)の陳寿が本文を書いたあと、劉宋(四二〇—四七九)時代の裴松之《はいしょうし》(三七二—四五一)が当時のこっていたさまざまな文献を整理して注釈を施している。『三国志』と同じく正史に列せられた『史記』『漢書』『後漢書』にも注釈はあるが、それらはみな音義の注、すなわち難しい字の意味や発音についての注釈であり、事実については人名、地名などの説明があるにすぎない。これに対して裴松之の『三国志』注には、音義の注もないではないが、その大部分は当時存在した他の文献によって陳寿の本文を補い、あるいは異説を述べたものであった。彼が引用した文献は二百十種にものぼり、その分量も本文に数倍する厖大なもので、そのなかにはさまざまなレベルのフィクションが含まれていたのである。この裴松之の注は『演義』の作者が物語を組み立てるうえで重要な資料になっている。右の呂伯奢についての二つの記述の場合もむろんそうであって、どちらが正しいかはおろか、そもそもこの話が事実であるかどうかさえ保証のかぎりではないであろう。

いわゆる史実というのは、『三国志』の本文や裴松之の注、さらに『後漢書』『資治通鑑』などの史書に根拠を見いだせるという意味でのカッコつきの「史実」にすぎない。ただし『演義』がそのようなカッコつきの「史実」を選択する場合、その規準は、どれが正しいかではなく、すでに見たように、どれが『演義』の主題もしくはそれが思いえがくイメージにふさわしいか、この場合で言えばどちらの方が曹操という人物の本質をよりするどく反映した行為であるか、という点にあった。つまり『演義』が目指そうとしたのは、客観的、歴史的事実よりは、むしろ主観的もしくは芸術的真実であったと言える。そして、そのような芸術的真実の地平から見れば、史実とフィクションの境界は、自ずと消滅するであろう。『演義』は、虚実とりまぜた物語の先に、『演義』なりの真実を見定めようとした作品であった。それがはたして成功しているか否か、それはまた別の問題に属するのである。

⓫——省略——劉虞

史料を選択するということは、別の面からいえば、選択しなかった史料をすてるということにほかならない。これまで『演義』のさまざまな手法について述べてきたが、もっとも重要なのは案外この省略であったかもしれない。実際『演義』の世界は、『三国志』のほんの一部であって、多くの事実、人物が省略されているのである。

たとえば、『演義』第二回で、安喜の県尉をやめていた劉備を、ふたたび都尉にとりたてた人物として一度だけ名の見える幽州牧の劉虞は、実際にはこの時代の重要人物のひとりであった。曹操らの連合軍が董卓と対決している時、連合軍の盟主に推されていた袁紹が、冀州牧の韓馥らと語って皇室の有徳者であったこの劉虞を帝位につけようと画策したことがある。この計画は曹操がまず反対し、本人も固辞したため実現しなかったが、一方の董卓もまた彼を最高の位である三公のひとつ、太傅に任じており、劉虞は董卓側と連合軍側の間で微妙な立場にあった。この事件をめぐっては、のち袁術や公孫瓚なども加わって複雑なかけひきがあり、最後に劉虞は公孫瓚に殺されるのであるが、その間の経緯について『演義』は一言もふれていない。劉備と関係の深い公孫瓚をあまり悪者にしたてたくなかったのかもしれないが、ともかくこれによって『演義』の記述はかたよったものとなっているのである。

『演義』は史実のなかから、いわば自分に都合のよい一部の事実のみを選び出し、それにさまざまな工夫をこらし、フィクションや民間の伝説などを加えることによって、それを詳細に描いているのである。それは、ストーリーの大まかな枠組と大部分の登場人物は史書に一致するものの、実際は史実を換骨奪胎した別の次元の物語であると言ってもよいであろう。『三国志演義』の世界とはそのようなものであった。

◈『演義』の叙述スタイル——章回小説

以上、個々の事件や人物について史実とフィクションとの関係を述べてきたが、では『演義』はそれらをどのようにつなげて、全体の物語を構成しているのであろうか。次に『演義』の叙述スタイルについて簡単にふれてみたい。

『三国志』や『資治通鑑』などの史書の場合、叙述は、時によっては過去にさかのぼって説明する倒叙法が用いられることもあるが、しかしおおむねは時間の流れにそって事件の経過を追ってゆくというのがふつうであろう。そして、それによって話題が途中で突然かわってしまったとしても、それはそれで特に不都合はないのである。しかし小説の場合はそうはゆかない。話題を転換する時は、両者をうまくつなぐためのなんらかの工夫が必要となってくる。

『演義』を含めた中国の古典長篇小説は、ふつう章回小説とよばれる叙述スタイルによって構成されている。章回小説というのは、全体を通常、百前後の章もしくは回とよばれる小さな部分にわけ、そのなかでまとまったひとつの話を述べるとともに、章(回)のおわりに、新しい人物を登場させたり、またはちょっとした波乱を起し、その正体や結果をわざと次の章(回)の冒頭にもちこすことによって、次章(回)へと話題をつなげてゆく方法である。

これは今日でも新聞の連載小説やテレビの連続ドラマで、読者あるいは視聴者の興味をつなぎとめるためによく用いられる手法であって、要するにこれら中国の長篇小説が、もとは寄席などで語られた講談であったことの名残であるとされる。長い講談は何日にも分けて語られたのであるから、翌日客が来てくれなくてはこまるのである。あるいは民国初年のやり方では、ちょうどやま場にさしかかったところで、講釈師は「あとは次回を聞かれよ」と話をピタリとやめて休んでしまう。すると助手が聴衆席をまわって金をあつめ、金があつまったところでまた次を話し、一日に十回も金をあつめたものだという。聞く方としては次を聞きたさに金を出す。出してみれば、チェッそんなことか、と腹が立つこともあるが、それでも聞いているうちにまた金が出したくなる、そこが講釈師の腕の見せどころであろう。

章回小説の各章（回）の最後は、たいてい「且聴下回分解」（まずは下回の分解を聴かれよ）、つまり「それは次回のおたのしみ」という常套句によってしめくくられているが、それはありし日の講談師の口ぶりをまねたものであったというわけである。章回小説とは、講談調小説のことと考えてもさしつかえない。

このスタイルによる典型的な作品は『水滸伝』であって、『水滸伝』は、個々の別々の短い話を右の方法によって鎖のように連結した小説であるといってよい。『三国志演義』には史実の制約もあり、さほど典型的とはゆかないが、やはりこの手法を用いたところは多い。実例をあげよう。

『演義』の第五十九回は、曹操が馬超を破り、長安一帯を平定する話であるが、その終りのところ、馬超敗れるのニュースが漢中の張魯に伝わり、張魯は来たるべき曹操の侵攻に備えるべく、背後にいる益州の劉璋をまずたたいておこうということになる。すると今度はそのニュースが劉璋に伝わり、さてどうしたものかと一同評定をしていると、「ご安心下され。不肖それがし、張魯めがわれらを正視だにできなくしてごらんに入れましょう」と言って名のり出た者がいた。それは誰か、は「且聴下回分解」あとのおたのしみ、ということで第五十九回は終る。そして次の第六十回の冒頭で、それが張松であり、彼の計略というのが曹操の援軍をもとめることであったことが明かされる。そこから話は、曹操に軽くあしらわれた張松が帰途、劉備のところへ立ち寄り、劉備が劉璋を助けるという名目で四川に乗り出してゆく、という風に展開するのである。

そして第六十一回、劉備がいない今こそ荊州奪還の好機と、荊州攻めにはやる孫権の前に張昭が出て、「それがしに一計あり、一兵をも動かさずに劉備を荊州に帰れなくしてみせましょう」と豪語する。ではその張昭の計略はなにか、というと、それは「且聴下回分解」で終り、次回で、張魯と劉璋に各々手紙を送り、劉備を挟み撃ちにさせることであったと明かされる。そこから劉備と劉璋との戦い、さらに張魯の劉備攻めへと話が移り、それらをようやく乗り切って成都を陥落させ、劉備が劉璋にかわって益州牧となった第六十五回の結末、またしても張昭が出てきて、「われに一計あり、兵を動かさずして劉備は荊州をさし出すでありましょう」と孫権に吹聴する。今度は張昭、なにをたくらむか、と期待に胸をふくらませ急いで次の回を見てみると、それが、孔明の兄の諸葛瑾の家族を捕えたうえ、諸葛瑾を孔明のところへ送り、もし荊州を返さねば家族が殺されると哀願させようという、なんとも馬鹿げた計略なのである。

このように、いったいなんだろうと気をもたせられ、次を見ると、なんだそんなことであったか、とがっかりすることも少なくない。それも章回小説の手のうちというものであろう。ともかくこの張昭の発言によって、話はまた劉備対孫権の対決へとかわり、関羽、魯粛の単刀会へとつづいてゆく。

『演義』のいわゆる軍略には、この種のものが実は少なくない。それは章回小説という『演義』の叙述スタイル自体から生まれたものと言ってよいであろう。歴史上の張昭は、呉国随一の名士ではあるものの、軍略などとは縁もゆかりもない人物であった。

◈『演義』の文体――白門楼（呂布の最期）

叙述のスタイルのついでに、『演義』はいったいどのような文章によって書かれているのか、その文体についても一言のべてみたい。

『三国志演義』をはじめ『水滸伝』『西遊記』などの作品は、一般に白話小説とよばれている。白話、すなわち口語のことであるが、では『演義』は口語体の小説であるかといえば、決してそうではないのである。『演義』の文章とは、たとえば次のようなものである。

（呂）布告二玄徳一曰、「公為二坐上客一、布為二階下囚一、何不下発二一言一而相寛上乎」。玄徳点レ頭。及二操上レ楼来一、布叫曰、「明公所レ患、不レ過二於布一、布今已服矣。公為二大将一、布副レ之、天下不レ難レ定也」。操回二顧玄徳一曰、「何如」。玄徳答曰、「公不レ見二丁建陽、董卓之事一乎」。布目二視玄徳一曰、「是兒最無レ信者」。操令二牽下レ楼縊レ之。布回二顧玄徳一曰、「大耳兒、不レ記二轅門射レ戟時一耶」。（傍線、傍点筆者、以下同じ）

（呂）布は玄徳に告《つ》げていわく、「公は坐上《ざじょう》の客《きゃく》たり、布は階下《かいか》の囚《とりこ》たり、なんぞ一言を発して相寛《あいゆる》さざるか」と。玄徳は頭《こうべ》を点《てん》ぜり（うなずいた）。（曹）操が楼《ろう》に上《のぼ》り来たるにおよんで、布は叫《さけ》びていわく、「明公《めいこう》の患《うれ》えるところは、布にすぎざるに、布は今すでに服《ふく》せり。公は大将となり、布これを副《たす》くれば、天下は定《さだ》むるに難《かた》からざるなり」と。操は玄徳を回顧《かえり》みていわく、「いかん」と。玄徳答《こた》えていわく、「公は丁建陽(丁原)と董卓のことを見ざるか」と。布は玄徳を目視《にら》みていわく、「是兒《こやつ》はもっとも信なき者」と。操は牽《ひ》きて楼を下《お》ろしこれを縊《くびりころ》さしむ。布は玄徳を回顧《かえり》みていわく、「大《おお》きな耳の兒《やつ》め、轅門《えんもん》にて戟《ほこ》を射《い》し時を記《おぼ》えざるや」と。

右は呂布が死ぬ前に曹操、劉備と対面する白門楼(第十九回)の一場面である。一言口添えをという呂布の頼みにいったんはうなずいた劉備が、曹操に問われると手のひらをかえして、かつて呂布が裏切った丁原、董卓の例をもち出して、殺すよう進言する。それを聞いて呂布が、裏切り者めと劉備をののしるのである。自分のことはたなにあげて、人を裏切り者よばわりするところが面白い。最後は、かつて袁術の攻撃から劉備をまもるため、といってもそれまた自分のためであったが、轅門(軍門)の戟を矢で射て両軍を和解させたこと(第十六回)までもち出し、あくまでも未練がましい、英雄らしからぬ呂布の最期であった。

ところでこの部分の文章は典型的な文言(日本でふつうにいう漢文)によって書かれている。口語といえるのは、せいぜい「点《ディエン》　頭《トウ》」ぐらいなものであろう。引用は例によって毛宗崗本によったが、それ以前の明代のテキストも字句に若干のちがいはあるものの、大体は同じである。これはなぜか。なぜせりふの部分にいたるまで、『演義』は文言をつかっているのであろうか。その理由は、この部分の記述がほぼ全面的に史書を利用していることにある。次に、右の部分が拠ったとおもわれる『資治通鑑』(それはさらに『後漢書』の「呂布伝」にもとづく)の該当箇所をあげてみよう。

布見レ操曰、「今日已往、天下定矣」。操曰、「何以言レ之」。布曰、「明公之所レ患、不レ過二於布一。今已服矣。若令三布将レ騎、明公将レ歩、天下不レ足レ定也」。顧謂二劉備一曰、「玄徳、卿為二坐上客一、我為二降虜一、縄縛レ我急、独不レ可二一言一邪」。操笑曰、「縛レ虎不レ得レ不レ急」。乃命緩二布縛一、劉備曰、「不レ可。明公不レ見三呂布事二丁建陽、董太師一乎」。操頷レ之。布目レ備曰、「大耳児、最叵レ信」。(巻六十二、建安三年)

(呂)布は(曹)操を見ていわく、「今日《きょう》より已往《のち》、天下は定まれり」と。操いわく、「何をもってこれを言うや」と。布いわく、「明公の患《うれ》えるところは布にすぎざるに、今すでに服せり。もし布をして騎(兵)を将《ひき》いしめ、明公は歩(兵)を将《ひき》いれば、天下は定むるに足らず」と。顧《かえり》みて劉備にいいていわく、「玄徳よ、卿《そち》は坐上の客たり、我《わ》れは降《くだ》れる虜《とりこ》たり、縄《なわ》我《わ》れを縛《しば》ること急なり、ひとり一言あるべからざるや」と。操は笑いていわく、「虎を縛るには急ならざるをえず」と。すなわち命じて布の縛《しば》りを緩《ゆる》めんとするに、劉備いわく、「可ならず。明公は呂布が丁建陽、董太師に事《つか》えしことを見ざるか」と。操はこれに頷《うなず》けり。布は(劉)備を目《にら》みていわく、「大耳児、もっとも信ずべからず（「叵《ハ》」は「不可《フカ》」がちぢまったもの）」と。

ついでに同じ箇所を今度は『三国志』の「呂布伝」から引いてみよう。

遂生縛レ布、布曰、「縛太急、小緩レ之」。太祖曰、「縛レ虎不レ得レ不レ急也」。布請曰、「明公所レ患、不レ過二於布一、今已服矣、天下不レ足レ憂。明公将レ歩、令二布将レ騎、則天下不レ足レ定也」。太祖有二疑色一。劉備進曰、「明公不レ見三布之事二丁建陽及董太師一乎」。太祖頷レ之[*4]。布目指レ備曰、「是兒最叵レ信者」。於レ是縊二殺布一。（裴注『献帝春秋』曰、――中略――布縛急、謂二劉備一曰、「玄徳、卿為二坐客一、我為二執虜一、不レ能二一言以相寛一乎」。）

遂《つい》に生きて布を縛《しば》るに、布いわく、「縛《しば》ること太《はなは》だ急なり、小《すこ》しくこれを緩《ゆる》めよ」と。太祖（曹操）いわく、「虎を縛るには急ならざるをえざるなり」と。布請いていわく、「明公の患《うれ》えるところは布に過《す》ぎざるに、今すでに服せり、天下は憂《うれ》えるに足《た》らず。明公は歩（兵）を将《ひき》い、布をして騎（兵）を将《ひき》いしむれば、則《すなわ》ち天下は定むるに足らざるなり」と。太祖疑《ためら》う色あり。劉備進みていわく、「明公は布の丁建陽および董太師に事《つか》えしを見ざるか」と。太祖これに頷《うなず》けり。布目もて備を指《さ》していわく、「是兒《こやつ》はもっとも信ずべからざる者」と。是《ここ》において布を縊殺す。（裴注『献帝春秋』にいわく、布の縛り急にして、劉備にいいていわく、「玄徳、卿は坐客たり、我れは執虜たり、一言もて相寛《ゆる》すあたわざるか」と。)

『三国志』と『資治通鑑』(『後漢書』)とでは記述に若干の相違があるが、『演義』の文章は、おもに前者をとりつつ、後者をも参照していることが分るであろう。たとえば、『演義』の「なんぞ一言を発して相寛さざるか」という劉備のせりふは、『三国志』の注に引く『献帝春秋』に拠っている。なお『三国志』の「明公は歩を将《ひき》い、布をして騎を将《ひき》いしむれば」という呂布のせりふ、『演義』では、「公は大将となり、布これを副《たす》くれば」となっているが、これは毛宗崗本が改めたのであって、それ以前のテキストでは、「明公は歩将となり、布をして騎将たらしめば」と、やはり『三国志』を踏襲している。このようにほぼ全面的に史書の記述にたよっている以上、『演義』の文章が文言になるのもやむをえないであろう。

ただし『演義』の文章が史書を利用しているからといって、その場面構成までもがすべて史書のとおりというわけではない。右の箇所でいえば、呂布が劉備に一言口添えをと頼むせりふを、『演義』は、曹操、劉備、呂布の三人の場面から前へ移し、劉備と呂布の間だけで交わされたものに変えている。そして、それを劉備にいったん承知させることによって、あとの「こやつはもっとも信なき者」という呂布のせりふをより効果的なものとしているのである。「玄徳点頭」という、この個所唯一の口語的表現は、そのために『演義』の作者が加えたものであったが、それはまた『資治通鑑』の「操頷之」、あるいは『三国志』の「太祖頷之」から思いつき、文言の「頷」を口語に改めたものであろう。また、「轅門で戟を射た時のことを忘れたか」という呂布の捨てぜりふも、やはり『演義』の創作である。これによって呂布の未練がましさがいっそう強調されていることは言うまでもない。

さらに、史書と『演義』の最大の相違は、史書では『三国志』にせよ『資治通鑑』にせよ、曹操がいったんは呂布をたすけようと心を動かされる場面があるのに、『演義』がそれを削っていることである。これはむろん、そのような曹操の心の動きが、『演義』の考える曹操の人物像と合わなかったからにほかならない。このほか子細に比較してみると、『演義』の「是兒最無信者」という呂布のせりふは『三国志』の「是兒最叵信者」によるが、一方『資治通鑑』の同じせりふにみえる「大耳兒」という言葉も『演義』は捨てずに、次の呂布の捨てぜりふで利用するなど、その史書の用い方は実に細かい。先に『演義』の作者は史書をよく読んだうえ、それを巧妙かつ周到に物語へと再構成していると述べたが、この箇所もその好例たるを失わぬであろう。

それでは『演義』の文章はすべてこのような文言であって、口語は用いられていないのかといえば、むろんそんなことはない。史書に拠らなかった部分、ことにそのせりふでは口語もひんぱんにあらわれる。たとえば、董卓の無礼な対応に腹を立てた張飛の次のせりふなどはその例であろう（第一回）。

我等親赴血戦、救二了這廝一、他却如レ此無礼、若不レ殺レ之、難レ消二我気一。

我等《われら》親《した》しく赴《おもむ》きて血戦し、這厮《こやつ》を救《すく》えるに、他《かれ》は却《かえ》ってかくのごとく無礼、もしこれを殺さざれば、我が気《いかり》を消し難《がた》し。

右のうち、「救了這厮」は完全な口語、「難消我気」もそれに近い。さらに、次にあげる陶謙が劉備に徐州を譲る場面での張飛のせりふは、よりいっそう完全な口語の語気である。

又不是強要他州郡。将牌印来我収了、不由我哥哥不肯。

ひとの州郡をむりに取ろうというわけじゃなし、牌印(官位を示すメダルとハンコ)をおれがあずかってしまやあ、兄貴もいやとはいわれまい。

これはもはや訓読をしてしまっては不自然なほどに口語的であろう。

しかしこのような口語表現は、張飛のようながさつで無教養な人物のせりふに多く、全体としてはかぎりがあるうえ、それさえも前者の場合のように、文言の要素はなお色濃いのであって、口語を自由闊達にあやつった、たとえば『水滸伝』などとは雲泥の差がある。しかも『演義』のテキストの演変においては、のちに出たテキスト、たとえば毛宗崗本では、このような口語的表現が少なくなる傾向にある。右にあげた張飛の後者のせりふは、実は張尚徳本からの引用であって、毛宗崗本ではすでに削除されているのである（第十二回）。

このように『演義』は、白話小説のひとつに数えられながらも、その文章は、実は文言を主とし、それにいくばくかの口語をまじえた、文白混淆体とでも言うべきものであった。さきに『演義』は講談調の小説であると述べたが、それはあくまでも『演義』の体裁が講談のそれにならったものであるという意味であって、語られた講談をそのまま筆録したものだということでは決してないのである。

このように言うと、では文言を主とする『演義』は、口語的要素のより強い『水滸伝』などにくらべて難解なのではないか、という疑問があるいは出てこよう。しかし、それはそうでないどころか、むしろ逆であると言ってよい。

◈文言と口語

一般に、文言文は、知識人、文人のものでむずかしく、口語文は民衆のものだからやさしいだろうという通念があると思えるが、それは大きな誤解である。話したとおりに書くというのは、思ったよりずっとむずかしく、また分りやすくもない。とくに中国のように話し言葉に多くの方言がある国では、かりにすべて一地方の話し言葉で書いてしまえば、その土地の人には分りやすくとも、他地方の読者にとってはかえって難解なものになってしまう。それにくらべれば、文言文、それもごく初歩的で平易な文言文は、いやしくも本が読めるほどの教養のある人々の共有の財産であって、その普遍度は口語などよりもはるかに高い。『演義』などの白話小説の読者はそのような識字層であって、文字を知らぬ民衆でなかったことは言うまでもないであろう。

この平易でステレオタイプ化された、あるいは紋切調の文言、それに若干の口語をまじえた文章こそは、少なくとも明代以降の大多数の識字層にとって、もっともなじみのある日用的な文体であったはずである。そして『演義』は、まさにそのような文体によって書かれているのであって、『演義』が史書を用いる場合、難解なところはおおむねすべてこの文体に改めている。

これに対してより純粋な口語文は、一見自然なようにみえてその実きわめて人工的な文体であり、ありていに言えば、口語をよそおったもう一つの文言にすぎない。それはどちらかというと、非日用的もしくは芸術的な文体であって、その意味では、技巧をこらした高度な文言に似ているのである。明代後期の前衛的な文人たちが、『演義』よりむしろ『水滸伝』の方を推奨したのは、内容やテーマもさることながら、彼らの目には『水滸伝』の文体の方がおそらくより芸術的と映じたからにほかならない。『演義』が文言で書かれながら、『三国志通俗演義』となお「通俗」を称しえたのは、理由のあることであった。

今日の中国は、むろんすでに古典的文言文を廃止したが、そこでももっとも日常的に用いられる文体は、書面語《シュウミイエンユー》とよばれるやはり一種の文言である。それは程度の差こそあれ、かつてと同じように紋切型の文言に口語をまじえたスタイルであり、おおまかにいって『演義』の文体と同質のものであると言えよう。

＊1――『明史』巻五十「礼志」四の「南京神廟」。

＊2――『漁洋山人精華録箋注』巻十二。

＊3――宋代の類書『事物紀原』の「酒醴飲食部・饅頭」の条に、饅頭の起源としてこの話を載せる。

＊4――原文は「因指」であるが、呉金華『三国志校詁』(江蘇古籍出版社　一九九〇年)にしたがって、「目指」に改めた。この個所の『演義』の原文は、「布目視玄徳」であり、『演義』の作者が見た『三国志』テキストも、おそらく「目指」であったと思える。

三

『三国志』から『三国志演義』へ

……歴史から小説へ

前章では、『三国志演義』をそれがもとづいた歴史書と比較することによって、『演義』の中に歴史事実とは異なる独自の物語世界がくり広げられていることを述べた。しかしそのような『三国志演義』の世界は、むろんある特定の個人の独創によって、短時間に生み出されたものではない。それは長い年月の間に、数知れぬ無名の人々の創意と工夫によって形成されたのである。今日『三国志演義』の作者としては、一般に元末明初の人、羅貫中の名があげられているが、彼はせいぜいこの物語のもっとも重要な整理者というにすぎないであろう。

小説『三国志演義』をはじめ、映画や劇画などによってこの物語に親しんでいる現代のわれわれにとって、劉備、関羽、諸葛亮などの登場人物は、なにやら大変に身近な存在であるらしい。多くの人々が、まるで自分の友人か知人であるかのように、これらの人物について語っている。しかしその大部分は、彼らの実像とは残念ながらとおくかけはなれたものであると言わざるをえない。

考えてみるまでもなく、これらの人物が活躍した三国という時代は、われわれからはあまりにもとおい。劉備が帝位についたのが西暦二二一年、呉が亡び晋の統一達成は二八〇年、それは現代からは二千年近く、また『三国志演義』が成立した明代初期からも千年以上前のとおいとおい昔であった。今日のわれわれはむろん、明代の人々が思いえがいた三国時代のイメージも実像からかけはなれているのは無理からぬことであろう。

たとえば明代の『演義』の挿絵や、最近の映画、劇画などでは、登場人物が椅子にすわっていたり、本を読んでいたりする場面をしばしば目にする。しかし三国時代の中国では、まだ椅子をつかう習慣ははじまっておらず、人々は日本でのように床の上にじかにすわっていた。またこの時代は、紙が発明されて間もない頃である。紙による書物はまだ普及しておらず、まして今日のような冊子体の本などは存在しなかったのである。

このような当時の生活の実像を正確に知ることは、むろんきわめてむずかしい。後世の小説や映画は、そのためにはむしろ妨げとなるであろう。ところがここに、三国時代の人々の生活を目に見えるかたちでわれわれに教えてくれるものがある。それは発掘された当時の考古学的遺品にほかならない。中でも近年の興味深い収穫は、朱然の墓から発掘されたおびただしい副葬品であろう。[*1]

朱然とはだれか。彼こそは呂蒙の部将として関羽を捕えた張本人にほかならない。『演義』ではその後、関羽の弔い合戦である猇亭《おうてい》の戦いで、朱然は趙雲に殺されることになっているが（第八十四回）、これは例によって『演義』の小細工であった。実際の朱然はその後も生きつづけて数々の軍功をたて、呂蒙なきあと呉国の武将の最高位にのぼり、六十八歳で病死したこと、『三国志』の彼の伝にみえるとおりである。

一九八四年六月、安徽省馬鞍山市で紡績工場の拡張工事をしている際に、偶然にもこの朱然の墓が発見された。馬鞍山市は揚子江の南岸、南京よりやや上流にあり、三国時代には牛渚とよばれ、呉の重要な軍事基地があった。墓は前後ふたつの墓室とアーチ状の天井をもつレンガ作りのりっぱなもので、中からは漆器、陶器、銅器その他の副葬品あわせて百四十余点が、ほぼ完全なかたちで発掘されたのである。

中でも注目をあつめたのは、数多くの漆器の上に描かれた精巧な漆絵である。たとえば「宮闈《きゅうい》宴楽図《えんらくず》」とよばれる絵には、長さ八二センチ、幅五六・五センチの漆案（漆の座卓）の上に、皇帝、后妃、宮女、官吏たちが宴会に打ち興じ、芸人たちがさまざまな百戯（曲芸）を演じる様子が活写されている。この絵に描かれた人物は全部で五十五人、まさに当時の宮廷生活のありさまを示す一大パノラマであろう。

また生活用具としては、当時の人々が床にすわっていた証拠ともいうべき「凴几」（日本の脇息にそっくりである）や、木の板でできた名刺があった。名刺には大型の「謁《えつ》」と、「謁」より細くて薄い「刺《し》」の二種類があり、「謁」には、「持節右軍師左大司馬当陽侯朱然拝」、また「刺」の方には「丹陽朱然再拝　問起居　故鄣字義封」などと姓名、官位、出身地それに挨拶の言葉（「起居を問う」はごきげんいかがという意味）が墨書されていた。この墓が朱然のものと分ったのも、この名刺のおかげである。

このほか興味深いものに、これまた日本のものにそっくりの女性用の漆塗りの下駄がある。なんと当時の呉の人々は下駄をはいていたのである。脇息によりかかったり、下駄ばきで出かけたり、まるで一昔前の日本人のようではないか。

清末に日本に亡命した民族主義者の革命家、章炳麟《しょうへいりん》は、いつも和服に下駄という姿だったので、

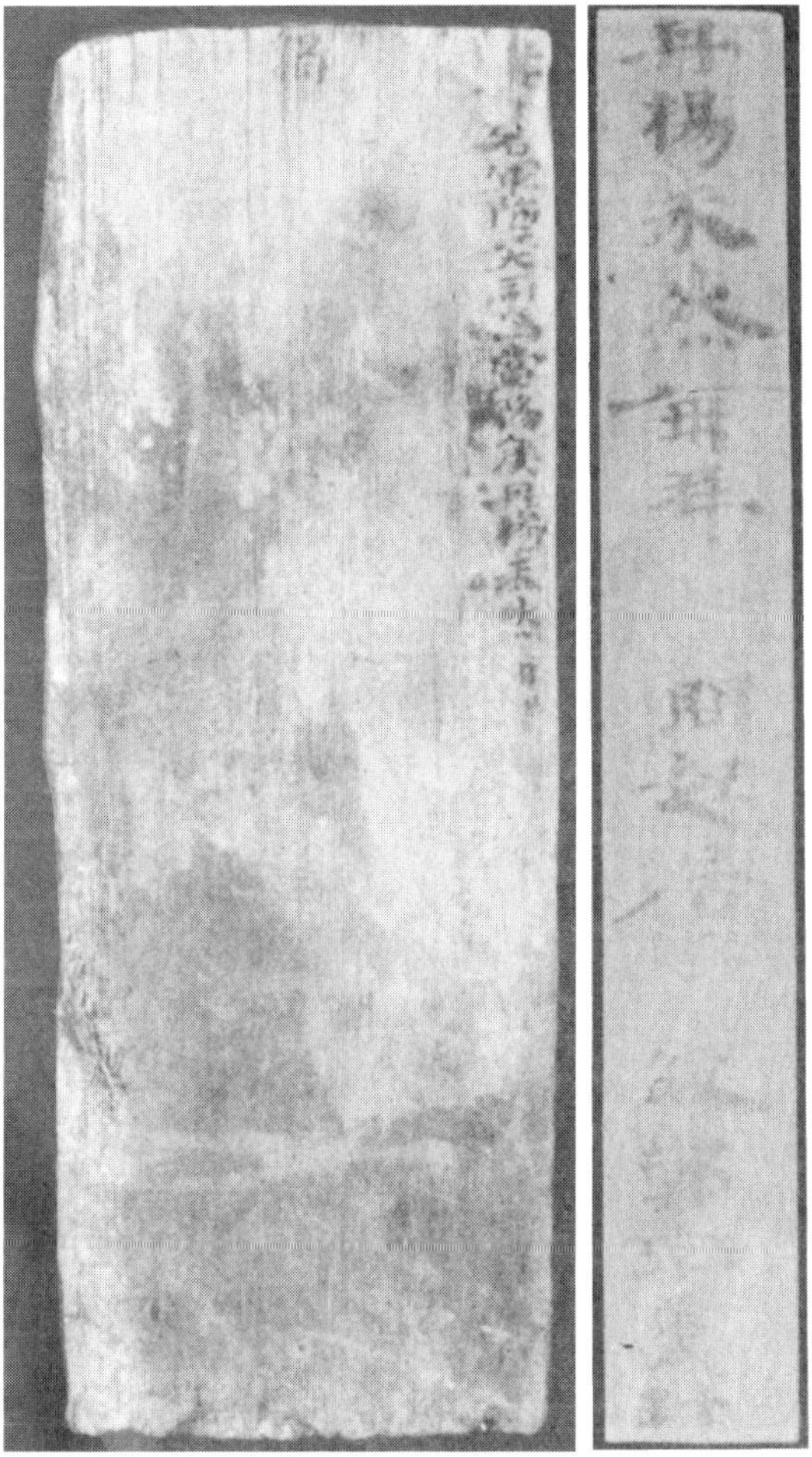
朱然の「謁」（左）と「刺」（右。いずれも人民中国雑誌社提供）

ある人に民族主義者がなぜ日本の服をきるのか、ととがめられたが、なにこれは呉服といってもとは中国のものだ、と答えたというが、彼は正しかったわけである。赤壁の戦いの前夜、呉に遊説にやってきた孔明なども、案外木製の名刺をふところに、下駄をカラコロならしながら歩きまわっていたのかもしれない。

朱然の墓がみせてくれたなまの三国時代は、このようにわれわれが小説などから想像したのとは非常に異なる世界であった。ではこのなまの三国時代は、どのようにしてわれわれのよく知る物語の世界に変化したのであろうか。この章では『三国志演義』形成の足どりを、唐代以前、宋元代、そして明代以降の三つの時期に分けて、たどってみることにしたい。

一——唐代以前　「三国志」物語の源流

◈死せる孔明生ける仲達を走らす

三国という時代は、今日のわれわればかりでなく、この時代を生きた当時の人々にとっても、すでに十分面白い時代であったらしい。中でも孔明と司馬懿（仲達）の数々の名勝負などは、人々の印象に深くのこり、さまざまな物語や伝説がそこから生まれた。

三国が統一されてから半世紀ほどたった東晋（三一七—四二〇）の時代の人、習鑿歯《しゅうさくし》の著『漢晋春秋』は、劉備、孔明らの蜀に同情的な書物で、彼らにまつわるエピソードを多く収めるが、中に次のような話がある。

孔明の死後、蜀軍はその死をかくして、わざと魏軍を攻撃するそぶりをみせたので、司馬懿はあわてて退いた。そこで蜀軍は整然と陣形を組んで退却し、斜谷に入ってからようやく喪を発表したのである。それをみた土地の人々は、「死諸葛走生仲達」（死せる諸葛、生ける仲達を走らす）という諺《ことわざ》をつくって、しきりに言いふらした（葛《カツ》と達《タツ》が韻をふんでいる）。ある人がそれを司馬懿に告げると、彼は「生きている者は相手にできるが、死んだ者の相手は苦手だ」と弁解したという。

言うまでもなくこの話は、『演義』第一百四回、孔明の生前の計略にまんまとはまった司馬懿が、木像にだまされて逃げだすという有名な箇所の原型である。ただしここでは、孔明が延命のために祈禱の法を用いたり、死後の事態を予測してさまざまな計略を部下に授けておいたりといった『演義』のやや現実ばなれした筋書はまだなく、そういうことならまあ有ってもおかしくはないといった程度の、史実の許容範囲内にとどまっている。

当時このような話をあつめた書物が多くつくられ、なかには王粲らの編輯した『英雄記』のように、もっぱら群雄の活躍ぶりを面白くえがいたものもあったが、それらは右の『漢晋春秋』をも含めて、多くがのち裴松之の注釈に引用され、史実に準ずる扱いをうけることになった。しかし、話というものはいつの時代でも、時とともにおひれがついてゆくのが常であろう。まして三国時代の次の南北朝から唐代にかけては、「志怪小説」とよばれる怪談や神秘的な話が大流行した時代であった。

唐初の大覚和尚が編纂した『四分律行事鈔批《しぶんりつぎょうじしょうひ》』という仏典には、諸葛孔明の死をめぐる次のような話が記されている。

孔明は死にのぞんで、自分の足もとに一袋の土を置き、また鏡で顔を照らすように命じた。死後、蜀軍はそのままの姿の孔明を陣中に残して退却したが、一方、魏では占い師がうらなったところ、孔明は死んでいないと出た。土を踏み鏡をみているから生きているというのである。そのため魏軍は攻撃をためらい、一ヶ月後にようやく気がついて、蜀の陣地に行ってみたところ、死んだ孔明がいるのみで、軍勢はとっくに退散していた。そこで時の人は、「死せる諸葛亮、生ける仲達を怖《おそ》れしむ」と言ったという（巻第十三末「僧像致敬篇第二十二」）。

大覚和尚がどういう人物かは不明であるが、この書物には玄宗の開元二年（七一四）の紀年があり、おそくともその時期までには、このような史実をはなれた荒唐無稽な話が広まっていたことが知れる。唐末の僧、景霄による『四分律行事鈔簡正記』（巻十六「第五頭陀篇」）にも、やはり同じように右の話がみえている。

唐代は詩のさかんな時代であり、李白、杜甫など中国文学史上、有名な詩人が輩出したが、そのような古典詩の世界でも「三国志」は好んで題材としてとりあげられ、杜甫の「蜀相」や杜牧の「赤壁」（後出一一三ページ）など、後世にのこる名作が多く生み出された。なかでも唐末の詩人、胡曾が、史上名高い人物や事件を詠んだ百五十篇の「詠史詩」には、「赤壁」「南陽」「銅雀台」「濡須塢」「檀渓」「官渡」など「三国志」にちなむものが多く、それらはのち明代の『三国志演義』の中にもよく引用されている。次にあげる「五丈原」もそのうちのひとつである。

蜀相西駆十万来　蜀相《しょくしょう》　西のかた十万を駆し来たり
秋風原下久徘徊　秋風原下久しく徘徊《はいかい》す
長星不為英雄住　長星は英雄のために住《とど》まらず
半夜流光落九垓　半夜流光は九垓《きゅうがい》（天地のはて）に落つ

ところでこの胡曾の「詠史詩」には、やはり唐末の人、陳蓋の注釈がついているが、その陳蓋の注は右の「五丈原」の詩の部分で、孔明が死の直前に、「米七粒と水を口の中に入れ、手には筆と兵書をとらせ、胸の前には鏡、足の下には土、頭には明灯をおく」よう命じ、そのために司馬懿の占いはことごとくはずれたという話を紹介している。さきの『四分律行事鈔批』の話が、時とともにさらにエスカレートし、荒唐の度合をましていることが分るであろう。

『演義』の孔明の死の場面で、自分の将星が堕ちるのをおしとどめ、司馬懿をあざむくために、米七粒を口に入れ、脚下には明灯一盞をおくよう孔明が遺言するのは、右の「詠史詩」の注にもとづくことあきらかである。このように、当初はたんに司馬懿が孔明の死に気がつかず、それを人々が「死せる諸葛、生ける仲達を走らす」とひやかしたにおそらくはすぎなかったものが、後になるほど興味本位に潤色され、ついには全く非現実的で荒唐無稽な物語になってしまったのである。その結果として、名宰相、諸葛孔明もまた、人間ばなれした魔術師に変貌させられたことは言うまでもない。

◈「三国志」と芸能

このような当時の物語や伝説は、たんに書物に記載されただけでなく、また語り物や演劇などの芸能のなかで演じられていたらしい。

唐の前の隋代（五八一—六一八）の宮廷では、三月の曲水の宴の余興として、船の上で木の人形をあやつる「水飾」という芸が演じられたことが『大業拾遺記』という唐代の書物にみえるが、その演目には、「曹瞞（操）譙水にて浴《みずあみ》し水蛟《みずち》を撃つ」、「魏の文帝師《いくさ》を興《おこ》し河に臨んで済《わた》らず」、「呉の大帝釣台に臨んで葛玄を望む」、「劉備馬に乗って檀渓を渡る」など、「三国志」関係のものが含まれていた。

唐代には仏教の寺院のなかで、世俗の民衆のためにおこなわれる説教のついでに、宗教とはあまり関係のない民間の語り物などが娯楽として演じられることがさかんとなってきた。これを当時、俗講とよび、なかには話の面白さで聴衆を魅了し、売れっ子となった芸達者な僧もいたという。この俗講の台本と思われるものが、今世紀の初頭、敦煌《とんこう》から発見された。敦煌変文《とんこうへんぶん》とふつうよばれているものが、すなわちそれである。

敦煌の変文のなかからは、残念ながら「三国志」にまつわる物語は発見されていないが、先に述べた『四分律行事鈔批』などの仏教典籍の注釈に孔明の話が引かれていた例から考えると、俗講の場でそのような物語が語られることもあったかもしれない。ややのちのこととなるが、山西省の応県にある仏宮寺の木塔の中から発見された遼代(十一世紀)の写本『大乗雑宝経』にみえる七言の語り物の歌辞には、

漢家更有臥竜仙　　漢家にさらに臥竜仙あり

という文句があった。この頃ともなれば、物語の中の臥竜、すなわち孔明はすでに仙人扱いとなっていたのであろう。

また唐末の有名な詩人、李商隠が自分の息子のやんちゃぼうずぶりをうたった「驕児《きょうじ》の詩」に、袞師《こんし》という名のこの息子が、家に来た客の様子をまねて、

或謔張飛胡　　或《ある》いは張飛の胡《ひげ》を謔《あざけ》り
或笑鄧艾吃　　或《ある》いは鄧艾《とうがい》の吃《ども》りを笑う

つまり、さっきのお客さんのひげづらは張飛みたいだとひやかしたり、まるで鄧艾みたいにどもっていたよ、と言って笑った、といった箇所がある。こういうことは今の子供にもあると思う

が、そういう場合、子供がひきあいに出すのは、きまって自分がよく知っているテレビや漫画の登場人物である。この時代もおそらく同じであって、李商隠の息子が張飛のひげづらや鄧艾のどもりを知ったのは、たぶん当時流行した参軍戯《さんぐんぎ》とよばれる一種の漫才によってであったろう。それというのも、このすぐあとに、

忽復学参軍　忽《たちま》ち復《ま》た参軍《さんぐん》を学《ま》ね
按声喚蒼鶻　声《こえ》を按《ま》ね蒼鶻《そうこつ》を喚《よ》ぶ

と、子供が漫才のまねをする描写があるからである。参軍と蒼鶻は、日本の漫才でいうボケとツッコミに相当する。鄧艾がどもりであったことは、六朝（現在の南京に都を置いた六つの王朝、呉・東晋・宋〔劉宋〕・斉・梁・陳）の劉宋の時代に編まれた逸話集『世説新語《せせつしんご》』にみえる。しかし張飛のひげづらは、だれもが知っていることであるが、小説以外のきちんとした文献にはかえって記述がない。それはおそらく、このような芸能の世界から生み出されたイメージであったろう。のちに張飛が民衆に愛されるアイドルになる基礎は、この辺にあったと思える。

なお李商隠の「無題」詩には、また「益徳の冤魂《えんこんつい》終に主に報ず」という句がみえる。これは張飛が非業の最期を遂げたのち、その魂が劉備の夢にあらわれ無念の思いを訴えるという、のちの元代の芝居などにみえる話が、唐代にはすでにあったことを示すものであろう。

◈軍中の叙事詩

これまでにあげた物語や伝説、演芸などは、すべて「三国志」のごく一部分の事件や人物についてのもので、後世の小説のように全体をトータルにあつかったものではなかった。従来の研究では、三国時代の一部始終を描いた文学作品や芸能は、宋代以降に生まれたと考えられていたが、はたしてそうであろうか。

中国の軍隊では、兵士の士気を鼓舞し、ついでに彼らに娯楽を提供するために、軍歌をうたわせることが古くから行われていた。それらの軍歌は、太鼓やドラなどの打楽器と吹奏楽器を伴奏としたので、鼓吹曲《こすいきょく》もしくは鼓吹鐃曲《こすいどうきょく》とよばれ、漢代にすでにその例がある。次の三国時代にも各国競ってこの鼓吹曲を作っており、それらはのち『宋書』の「楽志」に収められ、今でも見ることができる。

たとえば魏の鼓吹曲十二篇は、漢末から魏の建国にいたるまでの主要な出来事を、順を追ってうたった組曲であり、各々の曲は、題と簡単な題詞および本文から成っている。

第一曲「初之平（魏を言うなり）」は、いわば全体のプロローグにあたり、第二曲「滎陽に戦う（曹公を言うなり）」は、曹操と董卓軍との滎陽の戦いを描く。そして第三曲「呂布を獲《と》う（曹公東のかた臨《りん》淮《わい》を囲み、呂布を生擒《いけど》りするを言うなり）」は、次のようである。

獲呂布　　戮陳宮　　呂布を獲え　陳宮を戮《ころ》す

芟夷鯨鯢　駆騁群雄　　鯨鯢《げいげい》（悪者）を芟夷《さんい》（取り除く）し　群雄を駆騁《くてい》す（走らせる）
嚢括天下　運掌中　　天下を嚢括《のうかつ》（つつみこむ）し　掌中に運《はこ》ぶ

以下、題と題詞のみあげてみようか。

第四曲「官渡に克《か》つ（曹公、袁紹と戦いこれを官渡に破るを言うなり）」
第五曲「旧邦（曹公、官渡において袁紹に勝ち、譙に還りて士卒の死亡せしを収蔵するを言うなり）」
第六曲「武功を定む（曹公初めて鄴を破り、武功の定まるはここに始まるを言うなり）」
第七曲「柳城を屠《ほふ》る（曹公、北塞を越え、白檀を歴て、三郡の烏桓《うかん》を柳城に破るを言うなり）」
第八曲「南荊を平ぐ（曹公、南のかた荊州を平ぐを言うなり）」
第九曲「関中を平ぐ（曹公、馬超を征し、関中を定むるを言うなり）」
第十曲「帝期に応ず（曹文帝、聖徳を以て命を受け、運期に応ずるを言うなり）」
第十一曲「邕熙《ようき》（魏氏その国に臨み、君臣邕《やわら》ぎ穆《なご》み、庶《もろもろ》の績《いさお》みな熙《かがや》くを言うなり）」
第十二曲「太和（魏の明帝、体《たい》を継《つ》ぎ統を承《う》け、太和改元して、徳沢流布するを言うなり）」

呉の鼓吹曲十二篇、また晋の鼓吹曲二十二篇、いずれも同じように王朝建設の苦難のあとをたどり、特に主要な戦いの勝利と栄光をたたえる歌が大半を占めている。たとえば、呉の第四曲

「烏林《うりん》（曹操すでに荊州を破り、流れに従いて東下し、来たりて鋒を争わんとす。大皇帝、将の周瑜に命じこれを烏林に逆《むか》え撃ち破り走《さ》らしむを言うなり）」は、いうまでもなく赤壁の戦いをうたったもので、

曹操北伐　抜柳城	曹操北伐して　柳城を抜き
乗勝席巻　遂南征	勝ちに乗じて席巻し　遂に南征す
劉氏不睦　八郡震驚	劉氏睦《むつま》じからず　八郡震え驚き
衆既降　操屠荊	衆すでに降《くだ》るも　操は荊（州）を屠《ほふ》る
舟軍十万　揚風声	舟軍十万　風声を揚げ
議者狐疑　慮無成	議者狐疑《ためら》いて　慮《はかりごと》は成らず
頼我大皇　発聖明	我が大皇（孫権）の聖明を発するに頼り
虎臣雄烈　周与程	虎臣雄烈たり　周（瑜）と程（晋）
破操烏林　顕章功名	操を烏林に破り、功名を顕章せり

と、孫権の決断と周瑜、程晋らの武功をたたえる一方、曹操を、降服した荊州で皆殺しを敢行した悪者にしたて上げている。魏の鼓吹曲では、赤壁の敗戦については一言もふれられていないのであって、これら各国の鼓吹曲がみな自国に都合のよいように構成されているのは、ことの性質上、当然であった。

そのため、呉の第七曲「関は徳に背《そむ》く(蜀将の関羽は呉の徳を背棄し、心に不軌《ふき》を懐《いだ》く。大皇帝、師《いくさ》を引《ひき》い江に浮かびてこれを禽《とりこ》にするを言うなり)」は、関羽を裏切り者として扱い、また晋の第二曲「宣は命を受く(宣皇帝は諸葛亮を禦《ふせ》ぎ、威を養うこと重く、神兵を運《めぐ》らし、亮は震《ふる》え怖《おそ》れて死するを言う)」では、諸葛孔明は晋の宣皇帝、すなわち司馬懿の威勢をおそれて死んだことにされてしまっているのである。

つまりこれらの歌は、三国時代の軍事以外のもうひとつの戦い、いわば宣伝戦のために作られたかと考えられる。各国の鼓吹曲が、みな皇帝じきじきの命により、魏は繆襲《びゅうしゅう》、呉は韋昭《いしょう》、晋は傅玄《ふげん》と、当時一流の文人の手で作られているのは、そのことを物語っていよう。

そしてこれら鼓吹曲が、すべて時間を追って事件を叙述する組曲形式になっていることは、また実際にこれらの歌がうたわれる場合に、たんに歌だけではなく、事件の顛末をより詳細に述べる語りの部分が附随していたであろうことを強く思わせる。そのことはすでに、各曲につけられた題詞によってある程度は示唆されている。すでにみたとおり歌辞の部分は、あまりにも抽象的、簡略にすぎるのであって、それは事件をより詳細に述べた語りの部分を前提としてこそ、より生きてくると考えられる。

敦煌の変文などから発展していった後世の語り物芸能は、おおむね韻文による歌辞と散文の語りから成るが、これら鼓吹曲もまた同じく歌辞と語りをもつ語り物的構造の叙事詩であったと考えられる。鼓吹曲に、四・三の七言句が多用されていることも、このような推定をたすけるであろう。後世の語り物の歌辞は、七言句を用いるものが主流であり、七言唱詞ともよばれているからである。

もしこの推定が正しければ、鼓吹曲が各国のそれぞれの立場から事件を自分の都合のよいように描いている以上、歌辞よりはその語りの部分に、誇張なりフィクションがより多く用いられたであろうことも、また容易に想像できるであろう。そしてそれは、のちの小説『三国志演義』に一脈通じるものであったといえる。『演義』などの小説は、語り物芸能と密接なつながりがあるからである。あるいは三国時代の当時、兵士たちのためにこのような語り物を演じる芸人が軍中に存在していたのかもしれない。この時代の芸能の実態は不明であるが、後世では、軍隊の中に芸人がいる例は決して少なくないのである。[*2] 軍中でこのような語り物を語るには、兵士の士気をたかめ、彼らに娯楽をあたえるという目的のほかに、戦闘のためのさまざまな知識を身につけさせるという実用面での効能もおそらくはあったであろう。実際、『三国志演義』のさまざまな戦闘描写などをみると、軍事に精通した人間が、何らかのかたちでその製作に関与していたのではないかという疑いをもたざるをえない。それほどに『演義』の戦闘場面や、そこで用いられた兵略は多様かつ複雑である。のちに『演義』を実戦のための戦術書として利用する者があらわれたのも不思議はないであろう。

さて『三国志演義』との関連からいえば、もっとも気になるのは、魏や呉、晋ではなく、蜀の鼓吹曲であろう。各国が競い合って鼓吹曲を作り、内には兵士の士気を鼓舞し、外には国威を宣揚したこの時代に、蜀だけがそれを用いなかったとは、まず考えられない。ただし魏や呉などと異なり、蜀は自ら史書を編纂しなかったため、その資料は多く戦乱の際に亡佚した。陳寿の『三国志』は魏志、蜀志、呉志から成るが、うち蜀志の分量がもっとも少ないのはそのためと思える。蜀の鼓吹曲には、さだめし孔明の智略や関羽、張飛の武勇が描かれていたことであろう。それが伝わらないのは、なんとも残念な話である。

二――宋元時代 「三国志」物語の形成

◈都市の盛り場

唐の都、長安といえば、シルクロードにつながる華やかな国際都市を連想しがちだが、実際の長安の町は、その華やかで開放的なイメージとは裏腹に、中世の残影を色濃く引きずったきわめて閉鎖的な都市であった。長安が日本の平城京、平安京のモデルとなった碁盤状の整然とした人工的計画都市であったことはよく知られているが、それは町の四周ばかりでなく、町の中の各ブロック(坊とよばれる)もまた厚い城壁によって囲まれ、人々の活動はそれによって大きく規制されていた。

その中で力をもっていたのは、中世以来の世襲貴族たちの政治権力、そしてその政治権力に寄生する仏教の寺院や道教の道観などの宗教勢力であった。民衆の自由な活動は、あたかも都市自体が城壁によって二重に囲まれていたように、貴族と宗教というふたつの中世的勢力によって、深く閉ざされていたのである。

しかしこのような状況は、次の宋代になると大きく変化する。北宋(九六〇—一一二七)の都、開封、そして南宋(一一二七—一二七九)の都、杭州は、もはや長安のような整然とした計画都市ではない。都市の四周はやはり城壁に囲まれていたものの、その内部の坊をかつて閉ざしていた坊城はすでに崩壊し、街路に直接面して家々がならび、商店が軒をつらねるという、今日の都市と同じような景観があらわれたのである。そこには中世の世襲貴族の姿はもはやなく、それに代って、科挙の試験を通じて自らの実力で擡頭してきた士人階級、およびその底辺をなす商工業者たちが、自由活発にその存在を主張しはじめていた。このような都市景観の変化は、中国における近世社会の到来を何よりも雄弁に物語っている。人々のエネルギーは、城壁から解放され、街路にあふれ出たのである。

その開封、もしくは杭州には、瓦子《がし》あるいは瓦舎《がしゃ》とよばれた盛り場が町中のあちこちにあった。開封、つまり封を開くという名は、まさに象徴的であろう。

杭州の都市繁盛記である『夢粱録』に、その名の由来を「来る時は瓦合し、去る時は瓦解す」と説明するように、それは人々が集まっては散ってゆく自然発生的で自由な場であり、また「士庶の放蕩不羈の所、子弟の流連破壊の門」と形容されるような危ういアナーキーな魅力にみちた悪所であった。

瓦子(瓦舎)ではさまざまな芸能、芝居が演じられ、そのための寄席や劇場が設けられていた。

当時の言葉で、それを勾欄《こうらん》という。開封の繁華のさまを記した『東京夢華録』によると、開封の中瓦子《ちゅうがし》の蓮花棚、牡丹棚という名の勾欄などは数千人を収容できたというから、その規模の大きさが知れるであろう。*3 唐代の演劇は俗講とよばれ、寺院の中で演じられていたが(六二ページ)これまた宗教の束縛を脱して、ようやく自立の場を見いだしたのである。

瓦子の勾欄で行われたさまざまな芸能のうちに、「説話」とよばれる講談があった。なかでも人気の高かったのは、「説三分」すなわち「三国志」がたりであったらしい。『東京夢華録』は、霍四究《かくしきゅう》という「説三分」専門の芸人の名を、わざわざ書きのこしている。*4

◈「説三分」——「三国志」がたり

二人は手をつないで、ちょうど桑家瓦子の盛り場へやって来ました。瓦子の前まで来ると勾欄の中からドラの音がきこえて来ます。李逵《りき》がどうしても入りたいというので、燕青《えんせい》はしかたなくいっしょに聴衆の人ごみへまぎれこみましたが、きけば高座ではちょうど「三国志」をやっていて、関雲長、骨を削って毒を療《いや》すという場面、

「その時、雲長、左の臂《ひじ》に矢があたり、毒は骨にまで達しました。医者の華陀《かだ》が言うには、この毒を消すには銅柱を一本立て、上に鉄の環《わ》をつけて腕をくぐらせ、縄でしばって皮と肉を切り開き、骨を三分削って毒を除いてから油びきの糸で縫い合せ、外に膏薬を貼り、内に滋養剤を用いれば、半月たらずでもとどおり平復するでしょうが、荒療治ゆえ難しい。関公、

大笑いして、大丈夫たるもの死をもおそれぬ、たかが片手一本、銅杆も鉄の環もいらぬわ、このまま切って子細ないぞ、とさっそく碁盤を取りよせて、客と碁を打ちながら、左の臂を伸ばして、華陀に命じて骨を削り毒を除かせましたが、面色かわらず客と談笑し、泰然自若としております」

話がそこまで進んだ時、人ごみの中から李逵が大声で、

「それでこそ好男子だ！」

とさけべば、みなびっくりして李逵をみます。燕青はあわてて、

「李あにい、どうしてそんな野暮をやるんだ。客席の中でそんなにびっくりするような声を出すって法があるかい」

と、いえば李逵は、

「あれを聞いちゃあ、だまっていられねえ」

燕青は李逵をひっぱって逃げ出します。

右は『水滸伝』の一節（百回本の第九十回）、物語中随一の暴れん坊、黒旋風李逵の数ある失敗談のなかのひとつである。『水滸伝』は明代に出版された小説であるが、『三国志演義』と同じく、その起源はやはり宋代以降の講談、すなわち先に述べた「説話」にあった。桑家瓦子も開封にあった実在の地名として『東京夢華録』にみえており[*5]、当時、霍四究などの芸人によって勾欄で演じ

られた「説三分」は、およそこのようなものであったと考えてよいであろう。

このほか、北宋の有名な詩人、蘇軾《そしょく》(一〇三七—一一〇一)の随筆『東坡志林』に次のような話がみえている。

> 涂巷《ちまた》の中の小児、薄劣にしてその家の厭苦するところ、すなわち銭を与えて聚《あつ》まり坐らしめ古話を説くを聴かしむ。三国の事を説くに至り、劉玄徳敗れると聞けば顰蹙《ひんしゅく》して涕《なみだ》を出す者あり、曹操敗れると聞けばすなわち喜びて快を唱《さけ》ぶ。

つまり、町の不良少年たちを家でもてあまして、金をやって「三国志」がたりを聞かせたところ、劉備がまけたというとみな眉をひそめ、なかには泣きだす者もいる、逆に曹操がまけたときくとよろこんで快哉をさけんだというのである。劉備の勝敗に一喜一憂する不良少年たちの姿は、関羽の威風堂々たる態度に思わず大声あげてしまった李逵に通じているであろう。

右の話を紹介したのち、蘇軾は、「これをもって君子と小人の沢《うるお》いは百世といえども斬《つ》きざるを知る」という感想を述べているが、これは『孟子』に、「君子の沢は五世にして斬《つ》き、小人の沢も五世にして斬く」(離婁下)とあるのをふまえた表現であった。ここでは儒教の古典的な君子、小人という概念が、『水滸伝』に代表されるような義侠と男伊達の世界にくみこまれている。近世の「説三分」およびそこから発展していった『三国志演義』は、このような体制側の伝統的な儒教倫理と民衆のもつ反体制的な義侠意識のたくみな混合のうえに成り立っていると言えるであろう。

なお金代の語り物作品『董解元西廂記諸宮調』巻二に、「毛駝岡刺良美髯公」（毛駝岡で良を刺した美髯公）とあるが、「美髯公」は関羽、「良」は顔良のことで、これは官渡の戦いで関羽が袁紹の大将、顔良を斬った話を指す。しかしその場所が毛駝岡であることは、小説を含め他の資料にはみえない。毛駝岡は北宋の都、開封郊外の地名で、『宋東京考』に皇帝の御馬を飼っていた場所としてみえ、また『東京夢華録』によれば、重陽の節句に市民が遊山に行く名所でもあったらしい。関羽が顔良を斬った場所を毛駝岡とするのは、あるいは開封で行われていた「説三分」の内容であったかもしれない。

◈「三国志」の芝居

講談の「説三分」は、また芝居として上演されることもあったらしい。『事物紀原』という当時の書物の「博奕嬉戯部・影戯」（巻九）の条に、

> 仁宗の時、市人によく三国の事を談ずる者あり、或《あ》るひとその説を采《と》りて縁飾を加えて影人を作り、始めて魏・蜀・呉の三分戦争の像をなす。

という記載がみえる。仁宗は北宋第四代目の皇帝（在位一〇二二―一〇六三）、影戯とは影絵芝居

のことである。文中「縁飾を加える」というのは、人形についていうのか、あるいは話を潤色したという意味なのかはっきりしないが、もし後者であれば、講談よりは芝居の方がフィクションの要素に富んでいたということになろうか。ところでこの影戯についても、面白い話が伝わっている。

先に引いた蘇軾の弟子で、いわゆる蘇門四学士の一人であった張耒《ちょうらい》(一〇五四―一一一四)の『明道雑志』にみえる話がそれで、そのあらましを述べると、

都に金持の息子がいたが、若いころ孤児となり財産を勝手につかうことができたので、無頼の徒がよってたかって誘惑にかかった。ところがこの子は「影戯」をみるのが大変好きで、芝居の中で関羽が斬られる場面になるとたちまち泣きだし、人形づかいに、

「ちょっと待ってくれ」

と頼むのである。そこである日、人形づかいが言うには、

「お坊ちゃん、どうでしょう。関雲長といえば昔の猛将、今これを斬っては、亡霊となってたたりをするやもしれませぬ、斬ったあとでお祭などなさっては……」

坊ちゃんこれを聞いて大いによろこび、人形づかいが酒食の代金をねだると、さっそく銀の器を数十も出してきた。

いよいよ関羽を斬るその日、まるで本物のお祭のようにごちそうをならべると、例の無頼

の連中もやってきてお相伴にあずかったうえ、
「どうでしょうお坊ちゃん、この器をあっしらにお分け願えませんものやら……」
坊ちゃん、いやともいえず、連中まんまと銀の器をせしめたという話。

金持のぼんぼんにたかる悪いやつらが、人形づかいとくんで一芝居たくらんだというわけであろうが、張耒もまた「以前この話を聞いてうそだろうと思ったが、近ごろ似たようなことがあったので、後日の笑い話のネタにと思い、ちょっと書きとめておく」と最後に述べ、すこぶる愉快そうである。こういうことは、当時よくあったのであろう。

この話からは、「三国志」をめぐる「影戯」のような芝居が、当時の都市における富裕な商工業民の経済力を背景としていたこと、それに体制からはみでて都市に浮食する無頼の輩がからんでいたこと、そして張耒のような知識人が、それを小馬鹿にしつつも面白がっていたという事情が読みとれるのである。

またこの張耒をかつて中央政府に推薦した范純仁《はんじゅんじん》の弟、范純礼（一〇三一—一一〇六）が都、開封の知事をつとめた時、「三国志」の芝居をめぐってちょっとした事件が起っている。『宋史』の范純礼の伝によると、その事件というのは、

中旨（皇帝の詔勅）にて享沢村の謀逆を鞫《きわ》むるに、純礼その故を審《つまび》らかにす。この民、戯場《しばいごや》

に入りて優《やくしや》を観《み》、帰途に匠者《しよくにん》の桶《おけ》を作るを見て、取りて首《あたま》に載《の》せて曰《いわ》く、「劉先主と如何《いかん》」と。遂に匠の擒《とら》うるところとなる。

という次第であった。この話は、もと南宋の人、洪邁の『容斎随筆』(三筆巻二)にみえるが、そちらでは題が「平天冠《へいてんかん》」ということになっている。

平天冠というのは、皇帝がかぶる平べったい長方形の冠のことである。この享沢村の田舎者、都見物のついでに劇場に入り「三国志」の芝居をみて、よほど興奮したのか、帰りに桶屋の前を通りかかると、桶をひょいと頭の上にかかげて、「どうだい。劉先主さまとおいらと、どっちがカッコいい」とみえでもきったのであろう。それを桶屋にみとがめられ、不敬の科で謀反罪に問われてしまった。

時の皇帝は、風流天子として名高い徽宗《きそう》(在位一一〇〇—一一二五)であったが、皇帝の象徴たる平天冠を桶あつかいされて、よほど腹が立ったらしい。しかし范純礼はものの分った大臣で、この田舎者を杖たたきにしただけで、謀反罪は不問とした。よけいなことをする桶屋もあったものだが、それはともかく、この田舎者がみた芝居は、「優を観る」というのだから、人形劇や影絵芝居ではなく、ちゃんとした人間の俳優による劇であったろう。

要するに、北宋の都、開封では、さまざまな「三国志」の芝居が演じられ、人々に面白がられたり、思わぬ事件を引き起したりしていたのである。この時代の経済的繁栄を象徴するもののひとつに、「銭引」とよばれる紙幣の普及があげられるが、その「銭引」には、「諸葛孔明羽扇にて三軍を指揮す」や「武侯木牛流馬にて運ぶ」などの絵が印刷されているものがあったという(元の費著『楮幣譜』にみえる)。「三国志」物語の流行ぶりが分るというものであろう。

◈『三国志平話』――劇画「三国志」

中国の四大発明といえば、紙、火薬、羅針盤、印刷であるが、そのうち紙をのぞく三つが実用化されたのは、宋の時代であった。中でも印刷術の進歩と普及は、文化のあらゆる面に革命的な変化をもたらした。

印刷術が発明される以前の書物はすべて筆写による貴重品であり、貴族や富豪あるいは寺院などの宗教機関を除いて、個人がそれを所有することは困難であった。書物とそれに書かれた知識は、一部の限られた人々の専有品であったのである。印刷術の発明と書物の普及は、知識を多くの人々に開放し、おりから本格的に施行されはじめた科挙制度の整備などとともに、以前とは比較にならぬほど多くの識字層を生み出し、それがまた印刷出版の普及を促進した。

初期の出版物は、暦などの実用書および仏教関係の宗教書が主であったが、北宋になると儒教の経典や詩文集などの文学作品にもそれは広がり、次の南宋ではついに娯楽の分野にまで出版は進出した。おりから盛んであった講談などの演芸を、耳で聞くだけでなく、目でも読んでみたいという欲求が生まれ、出版がそれにこたえたのは、いわば自然の成り行きであったろう。

南宋末あるいは元初のものとおぼしい『大唐三蔵取経詩話』は、のちの小説『西遊記』の原型であるが、それは杭州の中瓦子の張家という本屋の出版物であったことが、奥付によって知れる。つまり聴衆が瓦子の勾欄で講釈師の話を聞いて出てくると、ちょうど今聞いた話を本にしたものが売られていて、今度は目によってもう一度楽しむことができるという仕組になっていたらしい。

このように講談を書物にしたもののうち、比較的短篇の世話物などを「話本」、長篇の歴史物を「評話」もしくは「平話」と当時いった。

「話本」や「評(平)話」の出版が盛んになるのは元代以降のことであるが、うち「評(平)話」についていえば、元の至治年間(一三二一—一三二三)、福建省の建安の本屋、虞氏が刊行した五種の平話シリーズが今日のこされている。五種というのは、『金相平話武王伐紂書』『全相平話楽毅図斉七国春秋後集』『全相秦併六国平話』『全相平話前漢書続集』『新全相三国志平話』で、別の系統によって伝わった出版地不明の、しかしやはり元代の刊行と思える『新編五代史平話』を合わせてみると、三国時代を含む歴代の興亡の大半が、この時期には「平話」という形式の小説になっていたことが知れるのである。

福建省北部の建安(建陽)地区は、宋代以来出版の盛んなところで、特に安価で通俗的な、またそれだけに粗雑な書物を大量に出版したことで有名である。建安の虞氏が刊行した平話シリーズは、版面の上三分の一は挿絵、下三分の二が本文という、いわゆる上図下文形式をとっているが、このような体裁もその通俗性、大衆性のひとつのあらわれであろう。五種の平話の書名すべてに冠せられた「全相」とは、全ての話に相(像)がある、すなわち絵入り本のことであった。これらの書物は絵入りであることをセールスポイントとして売られていたのである。

そのためかこれらの平話は、上部の挿絵はなかなか精巧でよくできているが、それに比べて下の方の文章は、はなはだ簡略粗雑で誤字も多く、なかには省略のためか文意のよく通じないところさえある。たとえば『三国志平話』の文章は、主な事件を小題として(白抜きで表示してある)、それにごく大雑把なあらすじをつけたもので、まことに味もそっけもないものである。今、劉備、関羽、張飛が虎牢関で呂布と戦う場面を例としてとりあげてみよう(八三ページの図を参照)。

まず挿絵の方は、「三戦呂布」の題のもと、左方の虎牢関に逃げこみながら後向きに戟をかまえる呂布、それを追う劉備、関羽、張飛のそれぞれの姿、そしてさらにその後に、「刘(劉)関張」(左右が逆になっている)「玄徳」の旗指物をもった兵士が丁寧に描かれている。この絵がらはのち走馬灯のかっこうの題材となった。一方この絵に対応する文章「三戦呂布」は、

> 張飛は呂布と交戦すること二十合、勝敗を分かたず。関公忿怒《ふんど》し、馬を縦《はな》ちて刀を輪《おど》らせ、二将呂布と戦う。先主忍びず、双股剣を使い、三騎呂布と戦う、大いに敗れ、走《のが》れて西北のかた虎牢関に上る。

と、いたって簡単で、要するにメモ程度のものである。『三国志演義』第五回「関兵を破り三英、

呂布と戦う」の精彩ある描写とはとても比較にならない。これはおそらく講釈師の手控えを、そのまま整理もせずにつかったためであろう。

このように「平話」における挿絵と本文の関係は、本文の補助として絵があるというよりも、むしろ絵の解説としての文という面が多分にある。つまりは劇画であろう。『三国志平話』は、元祖劇画「三国志」であった。

『三国志平話』のような上図下文形式の小説は、次の明代になっても建陽の本屋からしきりに出版されるが、多くの読者にとって興味の主眼は、やはり挿絵にあったらしい。明末の文章家として有名な陳際泰（一五六七—一六四二）は、その自伝「陳氏三代伝略」（『巳吾集』巻八）のなかで、十歳の頃の少年時代を追憶して次のような経験を述べている。

ある日、少年は母方のおじから小説『三国志演義』を借りて、垣根のかたすみで、ひなたぼっこをしながらそれを読んだ。読むうちにすっかり熱中してしまい、母親が朝のおかゆができたよ、とよんでも返事をしない。そのうちに昼飯時になったが、やはりよばれてもうわの空である。おかげでご飯はすっかり冷めてしまい、少年は母親にあやうくたたかれるところであった。母親はあとで、おじに苦情を言った。

「どうしてうちの子にあんな本を貸したの。本の上の方に人や馬が戦争する絵があって、子供がそればかりみて、ご飯もたべやしない」

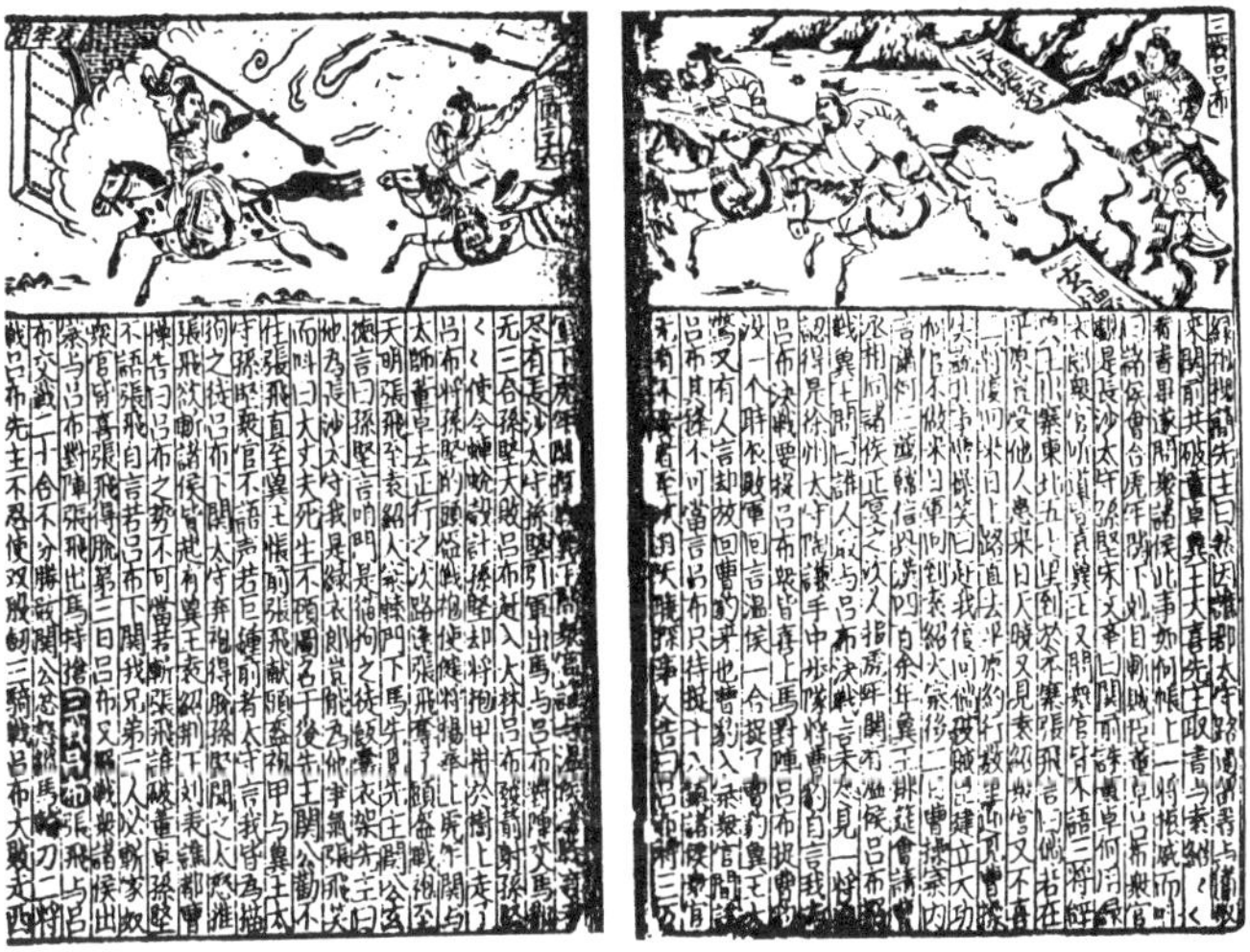

『三国志平話』「三戦呂布」図

それを聞いた少年、陳際泰は、
「ちがうよ、僕は上の絵じゃなくて、下の字を読んでいたんだ」
おじが信用しないので、少年は得意気にすらすらと読んできかせた。

陳際泰の父は江西省臨川出身の小商人で、当時彼の一家は福建省の武平という建陽からほど遠からぬ小さな町に住んでいた。彼の読んだ『三国志演義』は建陽版であったに相違ない。陳際泰は勉強の好きな子供だったので下の字がよく読めたであろうが、彼の母親の言葉から察するに、当時の大多数の少年諸君あるいは一部の大人たちのお目当ては、どうも上の方にあったらしい。劇画に読みふけって母親にしかられる現代の子供たちと、事情はさほど変らなかったのである。

敦煌出土の唐五代の変文には、語りを聞かせながらその場面の絵をみせる絵解き形式のものがすでにあった。簡単にいってしまえば、紙芝居である。のち出版時代になっても、視覚に訴える絵の魅力は相変らず人々の心を引きつけつづけたのであった。現代の中国でも『三国志演義』などの小説は、「連環画」という名の劇画によって、特に子供たちの間に大きな人気を博している。しかしそれは、大人たちからは「小人書《シャオレンシュウ》」とよばれ、まともな書物扱いをされることはない。書架に大切に保存されることなど、まず望めないであろう。

『三国志平話』のような絵入り本は、元代に大量に出版され流行したと思えるが、それが中国にはひとつも残らずに姿を消してしまったのは、おそらくはそのためであった。建安虞氏刊の平話シリーズは、日本の国立公文書館内閣文庫（前身は徳川幕府の蔵書）にのみ所蔵される天下の孤本である。

ただし『三国志平話』のみは、これと同内容で挿絵、版式とも等しい建安書堂刊の『至元新刊全相三分事略』と題する本が天理図書館に蔵されている。この『三分事略』は、『三国志平話』に比べると挿絵、字体ともにはなはだ稚拙で簡略化されており、明らかに安価大量販売のための粗製濫造の産物である。おそらく『三国志平話』よりはのちのエディションであろう。[*6] このような書物は、作る方が粗製濫造なら買って読む方も一時の興味と慰めの具とするにすぎず、読みおわればどこかに置き忘れられ、いつのまにか行方不明になる運命にあったであろう。それが日本では舶来の漢籍として珍重され、大切に保存されていたのである。なお『三国志平話』の名は、十四世紀後半に朝鮮半島の高麗で作られた中国語の教科書、『老乞大』に見えるのが初出であり、当時、高麗にもこの本が伝わっていた可能性が高い（二六〇ページ）。

◈転生の因縁話

『三国志平話』の文章はいかにも粗雑であるが、その内容は黄巾の乱、桃園の結義から蜀と呉の滅亡にいたるまで『三国志演義』とそう大きなへだたりがあるわけではない。『平話』は、明代に『演義』が生まれるための重要なステップであった。ただし個々の内容の細部や人物の造型にはかなりのちがいがみられるし、なかには『演義』には全くない話も少なくないのである。その代表は発端と結末の部分であろう。『平話』の発端には次のような不思議な話が置かれている。

後漢の光武帝の時、司馬仲相という書生が酒を飲みながら史書を読んでいると、ちょうど秦の始皇帝の無道ぶりが書いてあったので、ひとりでしきりに始皇帝を罵倒していた。そこへ五十人ばかりの役人が突然あらわれ、彼に天子の装束をつけさせるや、轎に乗せて連れ去る。着いた所はなんとあの世の陰司、報冤の殿であった。そこで司馬仲相は、天帝の命令により死者の怨みの数々を裁くことになるのだが、そこへ出てきたのが、血まみれの韓信、彭越、英布の三人、いずれも漢王朝開国の功臣でありながら高祖劉邦のために無惨に殺された怨みを口々に訴える。仲相は三人の言い分を聞いたあと、さらに劉邦と呂后、それに証人として蒯徹《かいてつ》(韓信の参謀)をも召問し、全員の口書きを取ったうえ、しかるべき判決を天帝に上奏した。それを受けた天の玉皇皇帝は、ただちに次のような断案を下す。

漢の高祖は功臣に負《そむ》いたので、漢の天下を三分させ、韓信は曹操、彭越は劉備、英布は孫権に各々転生させて、魏、蜀、呉を建てさせる。劉邦と呂后は献帝と伏皇后に生まれかわらせて罰を受けさせる。また蒯徹は諸葛孔明とし、司馬仲相は難しい裁判を見事処理した功によって司馬仲達とし、三国を統一させる。

唐代の『宣室志』という書物には、郗恵連《げきけいれん》という人物がある日の夕方、堂の上にいると、突然紫衣の役人があらわれ、上帝の命によって閻波羅王にするといって、彼を冥府へ連れて行く話がみえる。閻波羅王とは、すなわち地獄の王者、閻魔《エンマ》大王である。このほか隋の武将、韓擒虎《かんきんこ》や北宋の名臣で先に名の出た開封知事、范純礼の父である范仲淹のように、死後、閻魔大王になったと言い伝えられる実在の人物も二、三ではなかった。また北宋の名裁判官、包拯《ほうじょう》が「日《ひる》は陽間《このよ》を断じ、夜は陰間《あのよ》を断ず」と言われているように、夢であの世の裁判を担当したといった類の話も多数伝わっている。

司馬仲相が漢の高祖らを断罪する『平話』の発端が、このような閻魔を主とする冥界の裁判、そして因果応報による輪廻転生という仏教思想を背景として生まれたことは言うまでもないであろう。*7 唐代の変文は仏教的要素のきわめて強いものであったが、その影響は元代になってもなお消えていなかったのである。なお最初に司馬仲相が酒を飲みつつ本を読み、始皇帝を罵るという話は、北宋の詩人、蘇舜欽《そしゅんきん》が、毎晩酒を飲みながら読書し、『漢書』「張良伝」の張良が始皇帝を狙撃して失敗するくだりで、ああ残念だ、と机をたたいては杯を傾けたという有名な故事（『中呉紀聞』巻三にみえる）を連想させる。

この司馬仲相の冥界裁判と韓信らの転生談は、当時広く知られていたようで、『新編五代史平話』にもややかたちを変えて見えているし、のち明代には「鬧陰司《とういんし》司馬貌断獄」という独立した短篇小説となり、明末の小説集『喩世明言』（『古今小説』）に収められ、それはさらに『半日閻王全伝』と題を変えて、おそらく清末頃、広州の五桂堂という本屋から出版された。明末清初の人、徐石麒が書いた「大転輪」は、これを劇化したものである。そればかりではない。この話は中国の民間での広範囲な流行から、さらにはモンゴル人、満州人にまで伝わり、『三国因』という書物のモンゴル語訳、満州語訳が、現在いくつも残されているのである。しかしながらかんじんの『三国志演義』からは、おそらくその非歴史性と荒唐無稽さ、仏教的色彩がきらわれたのであろう、この話は完全に排除されてしまった。そもそも軍功第一の韓信が曹操に、それに次ぐ彭越が劉備に転生するというのでは、蜀と劉備を中心にすえる『演義』の趣旨に合わない。明代以降の『演義』のテキストのなかで、この話を取り入れたものはひとつもない。そのために大多数の「三国志」ファンにとって、それは忘れられた存在となってしまったのである。

◈『三国志平話』における民族と国家

さて次は結末である。『三国志演義』は、晋が呉を滅ぼし三国が統一されるところで終わっているが、『平話』はそうでない。『平話』の結末は、蜀が亡ぶ時に逃げだした漢帝の外孫、劉淵が北方の平陽にいって漢王となり、やがてついに晋を亡ぼして漢王朝を復興し、かくて「司馬仲達は三国を平ぐも、劉淵は漢を興《おこ》して皇図を肇《かた》む」ということでめでたく幕となるのである。

この劉淵とは何者か。彼は、晋に八王の乱が起きたすきに、今の山西省に拠って自立して漢王を称し、のち平陽を首都として皇帝の座についた実在の人物である。その子の劉聡の代になって晋を亡ぼし、晋は南方に逃れてあらたに東晋王朝を開いた。つまり『平話』に述べるところは、おおむね事実であった。が、ただし劉淵は劉備やそれ以前の漢の帝室と別に血縁関係はない。それどころか、彼は漢民族でさえなかった。劉淵は遊牧民族、匈奴《きょうど》の出身だったのである。

匈奴はかつての漢の強敵であったが、なかには早くに漢に帰順し、中国の境内に移住して、南匈奴とよばれた人々がいた。劉淵はその南匈奴の単于《ぜんう》(匈奴の王)の家柄に生まれ、先祖の冒頓《ぼくとつ》単于がかつて漢の高祖(在位前二〇二―前一九五)の時、皇室の娘を娶った縁から漢の甥であると称して、漢王になる時には蜀の後主を追尊したりした。『平話』はそれを利用したわけである。それによって『平話』は、形式的にすぎぬとはいえ漢王朝復興を実現させ、かたきうちに始まりかたきうちに終る因果応報の宿命論的歴史観を完結させた。それは明代の『三国志演義』の儒教的な正統史観とは異質のものであろう。しかも問題はそれにとどまらないのである。

劉淵は、晋を亡ぼし漢を復興したという点からいえば、漢王朝の正統な後継者であるにちがいない。『平話』は言うまでもなくその立場にたっている。しかし一方、劉淵は『平話』には出てこないが匈奴という異民族であり、それは歴史的常識のある人であればみな知っていることであった。もしこの点に着目すれば、劉淵はたちまち中国への侵略者、征服者に変じるであろう。

つまりここには、王朝国家の正統性をとるか、それとも民族をとるかというきわめてデリケートな政治問題が内包されているのである。『平話』の出た元代は、もとよりモンゴル人による征服王朝の時代であった。当時の人々にとって民族と国家が深刻な問題であったことは言を待たない。当時、元が滅ぼした女真族の金と漢民族の南宋という二つの王朝のうち、どちらが正統の王朝で、元はどちらの王朝を継承したのかが問題となった。南方の旧南宋領内の漢民族知識人の間では、当然ながら金ではなく南宋こそが正統王朝であり、元はモンゴル人の異民族王朝ではあるが、南宋を継承するものであるという主張が強まる。『平話』と同じく建陽で出版された当時流行の日用百科全書である『事林広記』「歳時類」には、元は宋と同じく五行思想では火徳の王朝であるという記述がみえる。漢もやはり火徳の王朝であり、この記述は蜀が漢を継承したのと同じように、元は宋を継承したという主張にほかならない。実際には、元は金も宋も正統とは認めず、また五行のどれを徳とするのかも決めなかったので、『事林広記』のこの記述は事実に反するものである。しかしそこにはモンゴル人に征服はされたが、なんとか漢民族の正統性をそこへつなげたいという彼らの悲願がこめられていたであろう。異民族である匈奴の劉淵が漢を復興したとする『平話』の結末もまた、元代のこの特異な事情の反映であると思える。

そして明代の『三国志演義』が、あれほど蜀をもち上げ魏をおとしめて正統思想を鼓吹しているにもかかわらず、晋の三国統一で物語を終え、劉淵の漢王朝復興をとり上げなかったのも、また当然である。明はモンゴル人を追放することによって成立した漢民族の民族国家であり、彼らの正統思想は、華夷の別という名の民族主義と表裏の関係にあったからである。ただし、この劉淵の後日譚は、北方からの満州人による侵略がまたもや中国を脅しはじめた明代末期に作られた『三国志後伝』によって、もう一度とり上げられることになる。[*8]

◈「説話」から「説書」へ

『三国志平話』は、当時にあっては決して重要な書物ではなかったであろうが、そのことはこの書物の影響力がうすかったことを意味しはしない。いやむしろそれは、多くの人々に読まれることによって、見えないところで大きな影響力を発揮していたであろう。影響はとりあえず、『平話』の母体であった演芸としての講談のうちにあらわれている。

それまでの講談は「説話」とよばれたように、ただ話をするだけで、書かれたものはせいぜいメモ程度であったと思われるが、『平話』のような書物が大量に出まわるようになると、主客が顛倒して、書物の存在が前提となり、その書物を語る、つまり「説書」へと変化していったのである。先に引用した『水滸伝』で、李逵が聞いた講談の「三国志」が「評話」とよばれていたのは、あるいはそのような傾向を物語っているかもしれない。のち清代になると「評書」という演芸も生まれている。

近代の小説史研究家、阿英は、かつて自分の郷里で行われていた「説淮書《せつわいじょ》」（淮河流域の講談）の芸人の様子を、次のように述べている。*9

彼らはたいてい裏社会の人間で、朝はゆっくり起きると、朝食をしたためて、その日に語る本をこわきにはさんで阿片窟へ出かける。そこで阿片を吸いながらその日の分の本を読むのである。三国を語る時には、ほかに『綱鑑易知録』などの史書を参照することもあったという。むろん彼らが語る量は読んだ量よりはるかに多く、一回分読めば一日中話ができたというし、場合によっては、一日分の話が『演義』では半ページにすぎなかったということさえあった。しかし彼らはあくまでも書かれた書物を前提として話を組み立てているのであり、しかも書物の占める比重は次第に大きくなる。

このような傾向は、必然的に講談の質の変化をもたらし、それはまた書物の方へもはねかえり、相互作用の結果、両者はともに文芸化、長篇化、そして高級志向へとむかっていったのである。

元の延祐二年（一三一五）の進士（科挙及第者）で、翰林待制などの要職を歴任した王沂に、「虎牢関」という詩があり（『伊濱集』巻七）、中に「君見ずや三分書裏に虎牢を説くを、曾《かつ》て戦骨をして山の如く高からしむ」、また「三分書裏の事に回首すれば、区区たる縛られし虎（呂布のこと）は劉郎（劉備）を笑う」などの句が見えている。虎牢関の戦いは、『三国志』などにはないフィクションであり、ここでいう「三分書」というのが講談、もしくは小説であることはまちがいない。

その内容は、もとより呂布と劉備らとの戦いであったろうが、その「山の如く高い戦骨」という表現からは、「一将功成って万骨枯る」といったような反戦詩的な教訓性が感じられる。現存の『平話』や『演義』には、そのような要素は見られないが、当時はそういう内容のものもあるいはあったのかもしれない。いずれにせよ王沂の「虎牢関」の詩は、当時の知識人が講談や小説に言及したまれな例ではあるが、それには右のように、当時の講談や小説が古典詩にも通じるテーマをもちはじめていたことが原因となっていよう。

もうひとつ、元末の著名な詩人、楊維禎《ようい てい》は、杭州の女芸人で、三国や五代の「演史」を得意とした朱桂英について、「その腹笥に文史あり」、すなわちお腹の中に文学、史学の教養がつまっていて、「豈《あ》に久しく瓦市の間に居らんや」、つまり寄席なんぞに長くおいておくのはもったいないと絶讃している(「送朱女士桂英演史序」『東維子文集』巻六)。これは相手が美人だったので、つい点数があまくなったのかもしれぬが、それにしても講談の質が向上し、文芸化していたことは、十分にうかがえるであろう。ここから『三国志演義』の誕生までは、あともう一歩であるが、その前にこの時代の演劇、語り物の「三国志」について述べなければならない。

◈雑劇「三国志」

女真族が北中国を支配した金(一一一五—一二三四)、ついでモンゴル人が全中国を征服した元代は、中国人が異民族の侵略と圧政に苦しんだ暗黒の時代というイメージが強い。しかしそれはこの一面にすぎないのであって、この時代のもうひとつの姿は、東西交流の飛躍的な拡大がもたらした国際化と、伝統的権威の失墜による価値観の多様化から生み出された創造的で新しい社会であった。この時代に生まれた新しい文化や制度は、その後ながく中国社会のなかに根づき、その多くは今日にまでつづいている。たとえば北京がはじめて全中国の首都となったのは元代の大都においてであったし、それはさらに金代の燕京にさかのぼる。

読み物としての小説が出版されるようになったのも、おそらくは元代からと考えられるが、それにもまして文化史上、もしくは文学史上、この時代の特筆すべき出来事としては、中国におけるはじめての本格的な演劇である雑劇の誕生をあげねばならない。

元代以前にも芝居が行われていたことは、先にも述べたとおりであるが、それはおそらくきわめて単純な茶番劇の類であって、今日その脚本は一つも残っておらず、またそもそもきちんとした脚本があったかどうかも疑わしい。それに対して元代の雑劇は、今日のわれわれの鑑賞にもたえうる高い文学性をそなえた戯曲作品であり、明初の作品をも含めれば、現在二百を越す数が残されている。元雑劇は、その歌の部分の歌辞に注目してまた元曲ともよばれるが、それは、「漢文・唐詩・宋詞・元曲」と言われるように、元一代を代表する文学形式であった。

雑劇は現在の京劇などと同じように、歌とせりふによって物語を演じる歌劇であったが、明代の演劇である伝奇や、清代以降の京劇などにはない形式上の約束事がいくつかある。

第一は、ひとつの作品が折とよばれる通常十数曲からなる組曲を四つ重ねることで出来ていることである。これを一本四折という。折は内容的にもほぼ一つのまとまりを成しているから、これを分かりやすく四幕物と称してもよいであろう（ただし中国の芝居は幕を用いない）。四折で足りない場合は、楔子《せつし》という短い補助的な場面をつかうこともできるが、それにしても短い劇であることに変りはなく、「三国志」のような長篇を通しで演じるには不向きで、いきおいそのなかのひとつの事件に焦点をあてて、劇化することになる。

第二の約束事は、劇中主役となる人物一人のみが歌い、他の端役は原則としてせりふのみで歌わないことである。これを一人独唱といい、主役となる役がらは、男役ならば正末《せいまつ》、女役ならば正旦《せいたん》とよぶ。正末、正旦は折によって異なる劇中人物に扮することもできるが、歌うのは正末もしくは正旦の一人のみであるから、劇はどうしても主役を中心に展開することになり、多彩な登場人物を描き分けることはむずかしい。

　現在は外題のみ伝わる金代の院本《いんぽん》という元雑劇の前身となった演劇には、すでに「赤壁鏖兵」「刺董卓」「襄陽会」「大劉備」「罵呂布」など、三国関係の作品があったことが知れるが、雑劇には、明初の作までを含めると二十一の三国劇が今日残されている。これは現在伝わる雑劇作品総数の約一割を占める。さらに散佚して題のみが伝わるか、ごく一部分の曲辞のみが残る作品をも合わせると、六十近い数字に達するのであり、当時、三国劇がいかに好まれたかが知れるであろう。現存する二十一の作品と作者は、次のとおりである。ついでに、その内容が『三国志平話』および『三国志演義』とどのような関係にあるのかをも簡単に示しておく。○はほぼ同じ、△は大きく異なる、×はその話がないことをあらわす。

	雑劇	平話	演義
⑴	「関大王単刀会」関漢卿	△	△
⑵	「関張双赴西蜀夢」関漢卿	×	△
⑶	「劉玄徳独赴襄陽会」高文秀	×	×
⑷	「酔思郷王粲登楼」鄭光祖	○	△

(5)	「虎牢関三戦呂布」鄭光祖	○	△
(6)	「劉玄徳酔走黄鶴楼」以下は無名氏作	○	×
(7)	「諸葛亮博望焼屯」	×	○
(8)	「錦雲堂美女連環記」	○	△
(9)	「関雲長千里独行」	○	○
(10)	「両軍師隔江闘智」	○	△
(11)	「劉関張桃園三結義」	△	△
(12)	「関雲長単刀劈四寇」	×	×
(13)	「張翼徳大鬧杏林荘」	○	×
(14)	「張翼徳単戦呂布」	○	×
(15)	「張翼徳三出小沛」	○	×
(16)	「莽張飛大鬧石榴園」	△	△
(17)	「走鳳雛龐掠四郡」	○	○
(18)	「曹操夜走陳倉路」	△	△
(19)	「陽平関五馬破曹」	△	△
(20)	「寿亭侯怒斬関平」	×	×
(21)	「周公瑾得志娶小喬」	△	△

この他、宋代に歴代の名将の功績を論じたことを扱った「十様錦諸葛論功」と、関羽が解池の妖怪、蚩尤《しゆう》と戦う「関雲長大破蚩尤」の二つは、三国劇に準じるものと言える。

次に『三国志平話』および『三国志演義』との関連を、もう一度整理してみよう。

①『平話』とほぼ同じで、『演義』にはみえないもの――(6)・(13)・(14)・(15)
②『平話』とほぼ同じで、『演義』に話はみえるが内容が大いに異なるもの――(4)・(5)・(8)・(10)
③『平話』『演義』とほぼおなじもの――(9)・(17)
④『平話』『演義』に話はみえるが、内容は大いに異なるもの――(1)・(11)・(16)・(18)・(19)・(21)
⑤『演義』とほぼ同じで、『平話』にみえないもの――(7)
⑥『演義』とは大いに内容が異なり、『平話』にはみえないもの――(2)
⑦『平話』『演義』ともにみえないもの――(3)・(12)・(20)

以上によって明らかなように、雑劇には内容が『平話』と一致し、『演義』と一致しないものが多い。『平話』と雑劇は同時代のものであるから、これは当然といえば当然である。唯一の反例は、(7)「博望焼屯」であるが、『平話』はきわめて不完全なテキストであるから、『平話』に見えぬからといって、元代の講談にこの話がなかったとは必ずしも言えないであろう。逆に『演義』は、それ以前の『平話』や雑劇中の三国劇の影響を受けながらも、内容を大きく変えていることがうかがえる。

また『平話』にも『演義』にもみえない三国劇の内容には、(2)「西蜀夢」で関羽、張飛の亡魂が劉備の夢にあらわれる話のように、それ以前の民間伝説（唐の李商隠の詩にこのことがみえることはすでに述べた。六四ページ）や語り物（後述の『花関索伝』には、「西蜀夢」とほぼ同じ話がみえる）の影響を受けたもののほか、その大部分は、演劇というジャンルの相違、なかんずく雑劇の特殊な形式によって生み出されたものと考えられる。

たとえば(1)「単刀会」では、関羽から荊州を奪回しようと陰謀をめぐらす魯粛に対して、まず喬国老が、次いで司馬徽が思いとどまるように説得するという『平話』にも『演義』にもない話がある。しかしこれは、主役である正末が、第一折では喬国老、第二折では司馬徽、第三、四折では関羽と変り、しかもそのすべてをひとりの俳優が演じ分け、変身の演技の妙をみせるという演劇的要請から生み出されたプロットであって、そういう話がはじめからあったわけではないであろう。

◈莽《がさつな》張飛・関羽の義勇・逃げる劉備

元雑劇の三国劇に登場する人物のなかで、もっとも精彩を放っているのは張飛であろう。そしてそれは、雑劇と『平話』に共通点が多い以上、『平話』の登場人物についても当てはまる。

先にあげた三国劇のなかで、(13)「張翼徳大鬧杏林荘」(14)「張翼徳単戦呂布」(15)「張翼徳三出小沛」(16)「莽張飛大鬧石榴園」は、題に明らかなように、すべて張飛を主人公とした劇である。また劉関張三兄弟共通の話で本来はあるべき(5)「虎牢関三戦呂布」および(11)「劉関張桃園三結義」においても、主役たる正末はいずれも張飛であり、その他、今日題のみ伝わる作品にも「莽張飛大鬧相府院」「摔袁祥」（張飛が袁術の子の袁襄〔襄と祥は同音〕を殺す話、『演義』にはないが『平話』にみえる）などの張飛劇があった。張飛の人気のほどが知れるであろう。

　このように三国劇随一の活躍をみせる張飛の性格を端的にあらわすキーワードは、劇の題にみえる「莽」すなわちがさつ、そして「大鬧」つまりおおさわぎであろう。劉備と関羽が多かれ少なかれ伝統的な礼教観念の護持者で、常に将来を慮り、大義名分を口にして行動には慎重なのに対して、張飛はそんなことはまるでお構いなし、あくまでもその時の自分の感情に忠実である。しかもそれをすぐに実行に移すため、彼の行動は直截にして爽快、その行くところ常に騒動がもち上がるということになる。都からやってきた督郵をあとさき構わず木にしばりつけ、さんざんに鞭打ったのは張飛であった。「莽」であり「大鬧」であろう。しかし張飛は単なるがさつ者のトラブルメーカーというわけでは決してない。蜀将の厳顔を智略によって帰服させた（『演義』第六十三回）ように、時にそのがさつさからは思いもよらぬ智恵者ぶりをみせるところに、この人物の不思議な魅力の秘密がある。

　このような張飛の人物像は、『演義』においてもむろんみられるが、雑劇や『平話』に比べればはるかにおよばない。前述の張飛劇のうち⒀・⒁・⒂は、いずれも『平話』と共通するものであるが、『演義』ではすべて削られている。また桃園結義を、張飛を主役として描く視点は、『演義』にはないであろう。なお張飛の字は本来、益徳であるが、おそらく名前の「飛」からの連想であろう、早くから翼徳とも書き、近世の戯曲、小説ではほとんど翼徳となっている。

がさつな張飛に対して、あくまでも沈着冷静、剛勇無双にして義にあつく、凜として威風人を圧するのは、すなわち関羽である。魯粛との単独会見に臨んで、滔々と大義を諭して魯粛の陰謀を粉砕する(1)「関大王単刀会」や、曹操の陣営から千里を踏破して劉備のもとへ馳せ参じる(9)「関雲長千里独行」には、その面目が遺憾なくあらわれている。また「関雲長大破蚩尤」や現在は題のみ知れる「関大王三捉紅衣怪」は、関羽が人ならぬ妖怪を退治する話であるが、これらは後に述べるように(二五四ページ)関羽の神格化と関係がある。

最後に劉備はどうか。劉備はむろん張飛のごときがさつ者ではない。かといって関羽のように沈着冷静で意志堅固かといえば、そうでもない。三国劇の中の劉備に特徴的なのは、彼が逃亡する存在だということであろう。(3)「劉玄徳赴襄陽会」は、あやうく暗殺を免れた劉備が、的盧馬で檀渓を越えて逃れる話、(6)「劉玄徳酔走黄鶴楼」は、黄鶴楼で宴を開き劉備を殺そうと図る周瑜の陰謀から、孔明の計略でかろうじて逃れる劉備を描き、(10)「両軍師隔江闘智」は、やはり周瑜の計略で孫権の妹と結婚した劉備が、これまた孔明の智謀により呉から逃れる話、そして(16)「莽張飛大鬧石榴園」も、石榴園での宴席で劉備を亡きものにしようとする曹操の手から逃れる劉備と、そこでの張飛の活躍を扱っている。

要するに劉備はほとんどなにもせず、ただ逃げてばかりいるのであるが、この「逃げる劉備」というテーマは、ある意味で劉備という人物の性格と行動の本質をとらえていると思える。逃げる劉備をまわりの人間が必死で助ける、ということで「三国志」という物語は出来ているとも言えるからである。

このように、雑劇はある人物の本質的な面を的確にとらえ、それをひとつの事件の中で、時に誇張をまじえつつも、集約的に表現することに成功している。それは冒頭に述べた「一本四折」「一人独唱」という雑劇に特徴的な演劇的制約と無関係ではないであろう。講談「三国志」やそれにもとづく『平話』は、長い物語をかたる必要上、どうしても事件の叙述に重点を置かざるを得なかったが、雑劇はそのなかから一つのエピソードを選び出し、そのなかで中心となる人物の性格を描いた。これによって各々の人物の個性はより鮮明となり、物語は奥行きを獲得することができたのである。雑劇が『三国志演義』成立のために果した最大の貢献は、そこにあったであろう。

◈貂蝉と孫夫人

「三国志」物語は男の世界であって、登場人物も圧倒的に男が多い。女性として多少とも印象に残るのは、呂布と董卓を手玉に取った貂蝉と劉備の夫人となった孫権の妹ぐらいのものであろうが、二人とも政略のいけにえとなった悲劇的な人物であって、少なくとも『演義』を読むかぎりでは、さほどの個性は感じられない。ところが雑劇ではそうではないのである。

まず貂蝉は、(8)「錦雲堂美女連環記」では、忻州木児村の生まれで、姓は任、名は紅昌、宮女として貂蟬冠を掌っていたので貂蟬とよばれ、のち呂布の義父であった丁原のはからいで呂布と結婚したが、黄巾の乱に夫婦離散し、やむなく王允の府中に入ったという詳しい出自が語られている。『平話』も基本的にはこれと等しいが、雑劇の方がはるかに詳しい。なお現在亡佚した作品の中に、「関大王月夜斬貂蟬」があり、明代の芝居にもこれを扱ったものが現存するが、関羽と貂蟬の結びつきなど、『演義』の読者にとっては奇想天外と言うほかないであろう。

次に孫夫人は、(10)「両軍師隔江闘智」に主役たる正旦として登場する。その男まさりの性格が『演義』よりはるかに印象深く積極的に描かれていることはもちろんであろう。孫夫人の名は、『演義』でも孫仁ということになっているが、これは本来、孫権の異母弟である孫朗の別名であって、孫権の妹の名は知られていない。その孫仁を妹の名として借用したのは雑劇であって、『演義』はそれをつかったのである。『平話』には、孫夫人の名は記されていない。

このほか(21)「周公瑾得志娶小喬」には、『演義』では名のみみえる周瑜の妻が登場するなど、総じて雑劇では『演義』などに比べて、女性が多く登場し、しかも活発な動きをみせる。これも雑劇の演劇性によるものであることは、言うまでもないであろう。

◈語り物「三国志」

元の石君宝という人が書いた「諸宮調風月紫雲亭」という雑劇は、当時流行した諸宮調《しょきゅうちょう》という一種の語り物の女芸人を主人公とした芝居であるが、そこで主役が歌う文句に、「我唱的是三国志先饒十大曲」（私がうたうのは「三国志」、先ずは十の大曲をおおくりしましょう）というのがある。また「風雨像生貨郎旦」という題の雑劇には、元来は貨郎児《こまものうり》の物売り歌に由来する語り物の女芸人が登場して、「三国志」の赤壁の戦いの一節を語る場面がある。

　語り物は、韻文による歌と散文のせりふによって物語をかたる芸能で、その発生は、講談や小説、演劇などよりもはるかに古く、またそれらすべてのジャンルの基盤となった形式であるが、元代の小説や演劇における「三国志」の流行には、その背景に右にあげたような語り物「三国志」の存在があったと思える。先に引いた楊維禎の「送朱女士桂英演史序」なども（九三ページ）、あるいは語り物のことであったかもしれない。しかしそれらは今日すべて伝わらぬため、それがどのようなものであったかは、残念ながら断片的なことしか分らないのである。

　なおこの時代に流行したもう一つの語り物の形式である「詞話」の作品として『説唱詞話花関索伝』がある。これは関羽の架空の息子である花関索を主人公とするきわめて特異な物語であるが、それについては後に述べることにして（一七六ページ）、ここでいよいよ話を『三国志演義』に移そう。

三――明清代　『三国志演義』の成立

◈通俗と演義

現存する『三国志演義』のテキストの中で、刊行年代がもっとも早いのは、明の弘治七年（一四九四）および嘉靖元年（一五二二）の序をもつ張尚徳本で、その正式の書名を『三国志通俗演義』という。『三国志』は言うまでもなく陳寿の編になる歴史書であるが、その通俗なる演義がこの小説だという意味であろう。この「通俗」と「演義」は、この小説のテーマを理解するためのキーワードであるが、それについて張尚徳本冒頭の弘治七年、蔣大器の序文は、ほぼ次のような趣旨のことを述べている。

歴史というのは単に事実を記載するだけのものではなく、それによって歴代の盛衰、君臣の善悪、政治の得失を明らかにし、さらにはそれらすべての是非を判断し評価を下すことを目的にするのであって、そこに「義」というものが存在する。孔子が『春秋』を編んだのはまさにそのためで、それは一字の中に褒貶の意をこめ、後世に勧善懲悪の教えを示すものであった。これがいわゆる『春秋』の大義であり、『孟子』やのちの朱子の『通鑑綱目《つがんこうもく》』も、みなそれを継承する。

しかし『春秋』をはじめとする歴史書の文章は大変に難解で、そこにこめられた「義」も一般の人には、はなはだ分りにくい。そのためこれらの歴史書は、次第に人々に顧みられなくなり、そこに記された歴史事実さえも、時とともに忘れさられようとしている。

蔣氏はこのように歴史における「義」の重要性と、それが通俗性に欠けるため普及の面で問題があるというふたつの事柄をまず指摘し、ついで『三国志通俗演義』の成立についてかたる。

前の元の時代には、野史（民間に伝わる歴史）をもとに「評話」を作り、盲目の芸人に語らせたが、その言葉遣いはいやくし誤りも多く、あまりにも野卑に失していたため、教養ある士君子たちは多くこれを嫌った。そこで東原の羅貫中は、陳寿の『三国志』をもとに、史実を慎重に取捨選択して『三国志通俗演義』と名づけた。その文章は、はなはだしくは深からず、言葉つきは、はなはだしくは俗ならず、事実を記して、歴史本来のあり方に近づいている。これは読者すべてがたやすく理解できるよう願ってのことであろう。

以上が序文のほぼ前半の要旨であるが、ここでは元代の評（平）話が規範外のものとして否定されたうえで、儒教的歴史観における「義」をより通俗的な形で演繹したものとしての『三国志通俗演義』が紹介されている。「演義」の語源としては、唐の蘇鶚の『蘇氏演義』がよく引かれるが、『蘇氏演義』は事物名義の考証を主とした書物で、『三国志演義』の「演義」とは直接結びつかない。それよりも唐の澄観の『大方広仏華厳経随疏演義鈔』など仏教では経典の注釈をしばしば演義とよんでおり、それが後に元末明初の梁寅『詩演義』のように儒教経典の注釈にも用いられたのが、援用されたのかもしれない。

儒教的価値観のなかで、小説は稗史《はいし》、野史などとよばれるように、民間で作られた権威のない史書として、歴史に従属するものと位置づけられていた。そして歴史は、春秋の大義に明らかなように、道徳のために奉仕すべきものであった。「通俗」なる「演義」とは、このような伝統的儒教思想にのっとったうえで、窮極の目標が道徳にあるのなら普及こそが重要だという観点から、通俗性という新機軸を打ち出したところに成立したものと言えよう。このような考えは、実は明代の小説が自らの存在意義として常に標榜してきたものであって、明末の小説家、馮夢竜《ふうぼうりよう》は、彼が編集した口語小説集『三言』の序で、それが「六経《りくけい》と国史の輔《たすけ》となる」ものであり、「小《すこ》しく『孝経』『論語』を誦すといえども、その人を感ぜしめること、いまだかくの如く捷《はや》くかつ深からず、通俗ならずしてこれをよくするや」と述べ、道徳と歴史の立場から小説の社会的、通俗的効用を強調している。『三国志通俗演義』は、そのような小説観を具現したおそらくはもっとも早い、そしてもっとも代表的な作品であろう。

右のような小説観が明代に有力となった背景には、この時代の識字層の飛躍的増大と、朱子学の興隆による儒教的道徳観念の普及があったと考えられる。本を読む人がふえ、しかも彼らがみた儒教的価値観を理解し、支持するようになれば、『平話』のように仏教的因果論にもとづき、史実に反する話をふんだんにもりこんだ物語は、次第に受け入れがたいものとなるであろう。蔣氏の序が『平話』を評して、「言辞は鄙謬《ひびゅう》にして、またこれを野に失《しっ》すれば、士君子は多くこれを厭《いと》う」というのは、そのような状況の反映である。そこで朱子学が果した役割の重要性は、蔣序のなかで朱子の『通鑑綱目』が特にあげられている点にみることができるが、それについては後にまた述べよう(一三四ページ)。

一方、識字層の増大は、ちょうど戦後の日本で大学が急増した結果、大学生全体の知的レベルはかえって落ちたと言われるように、社会全体の教養の質の相対的低下をもたらした。多少字を知っているからといって、儒教の教典や史書がすらすらと読めるものではない。またそれらの書物はおおむね大部のものであり、出版業が発達したとはいえ、原典を入手できる人の数には限りがあったであろう。つまり大多数の識字者にとって、それらは難解でしかもやたらに長く、読むのに根気を要するばかりか、高価でめったに手に入らない存在であった。おりから科挙制度の整備により受験生の数が大幅にふえたこともあり、多くの注釈書、というよりはむしろ受験用の参考書や、コンパクトな節略本が出版される一方、特に史書については、一般の識字者に分りやすい文体で、重要なまたは面白いところだけを選んで述べ、ついでに史実にあまり抵触しない範囲内で適当にフィクションをもりこんで読者の興味をひこうとする書物があらわれたのは不思議ではない。蔣序が、「東原の羅貫中、平陽の陳寿の伝をもって、これを国史に考え、漢の霊帝中平元年より晋の太康元年に終る事を、心を留めて損益し、目《もく》して『三国志通俗演義』という。文は甚だしくは深からず、言は甚だしくは俗ならず、事はその実を紀し、また史にちかし。蓋《けだ》し読誦する者、人々みな得てこれを知るを欲す」と述べるのは、そういう意味であろう。『三国志通俗演義』は、『三国志』に比べれば、質的にも量的にも平易簡便な書物であった。それは時代と社会の要請によって、生まれるべくして生まれた新しい文学作品であったと言えよう。

◈赤壁の戦いの構成

『三国志演義』の作者とされる羅貫中については、次章で述べることにして、ここでは『演義』がいかに史実とフィクションを織りまぜて物語を作っているかを、作中随一の名場面として名高い赤壁の戦いを例として見ることにしよう。「三国志」ファンならおなじみの内容であるが、話の都合上、あらすじを箇条書きで整理してみる。

① 曹操に追われ敗走する劉備のもとに、劉表の死の弔問を口実に魯粛がやってきて、呉との同盟を説き、諸葛孔明に呉への同行を求める。(第四十二回「劉豫州漢津口に敗走す」)

② 曹操からの挑戦状がとどき、呉では主戦派と降服派が争い、後者が主勢を占める。そこへ魯粛に伴われて諸葛孔明が登場、降服派の主な面々と論戦し、ことごとく論破する。(第四十三回「諸葛亮群儒と舌戦す」)

③孔明は孫権と会い、わざと孫権を怒らせたのち、曹操と戦うよう孫権を説得する。降服派はなお開戦に反対するが、魯粛のみ主戦論を唱える。（第四十三回「魯子敬力《つと》めて衆議を排す」）

④孫権は周瑜を呼びかえして、その意見を聞こうとする。孔明は曹操の目的が孫策夫人と周瑜夫人の二喬を手に入れることにあると言って、わざと周瑜を怒らせる。周瑜の助言で孫権は戦いを決意する。（第四十四回「孔明智を用いて周瑜を激せしむ」）

⑤孔明は周瑜に、再び孫権のもとへ行き曹操の兵力の恐るるに足りないことを説明するよう勧め、周瑜はそれに従うが、孔明の才能に嫉妬した周瑜は殺意を抱く。魯粛は孔明が呉に仕えるよう孔明の兄の諸葛瑾に孔明を説得させるが、失敗する。（第四十四回「孫権計を決して曹操を破らんとす」）

⑥周瑜は孔明に曹操の糧道を絶たせようとするが、それが実は孔明を害そうとする陰謀であることを孔明に見破られ、ますます憤激する。

⑦周瑜は劉備を陣営によんで暗殺しようとするが、傍らに関羽がいたため果せない。

⑧周瑜は曹操の使者を斬ったうえ、緒戦を勝利でかざる。敗れた曹操は荊州の降将、蔡瑁と張允に水軍の調練をさせるが、それを知った周瑜は、なんとか二人を除こうと考える。（以上第四十五回「三江口曹操兵を折る」）

⑨曹操の陣営から説客として訪れた旧友の蔣幹を利用して、周瑜は蔡瑁と張允の内通をでっち上げる。怒った曹操は二人を処刑したあとで、策にはまったことにはじめて気がつく。

（第四十五回「群英会蔣幹計に中《あた》る」）

⑩十万本の矢を即刻そろえよ、という周瑜の難題を、孔明はなんなく成し遂げる。（第四十六回「奇謀を用いて孔明箭を借る」）

⑪曹操は、蔡瑁の弟の蔡中、蔡和を偽って呉に投降させ、内通をはかる。周瑜はそれを承知で二人を受け入れる。受け入れに反対した魯粛は、孔明に教えられてやっと周瑜の真意を悟る。

⑫黄蓋が苦肉の計で曹操側に詐降することを願い出て実行される。孔明はそんなことはとっくにお見通しだが、周瑜にそのことを知らせぬよう魯粛に口どめしたため、周瑜は今度こそ孔明をだましたとよろこぶ。（第四十六回「密計を献じて黄蓋刑を受く」）

⑬闞沢《かんたく》は黄蓋の手紙をもって曹操に降る。曹操ははじめ疑うが、蔡中、蔡和からの密書をみて信じる気になる。（第四十七回「闞沢密かに詐りの降書を献ず」）

⑭蔣幹が再び周瑜の陣営を訪れる。周瑜は今度も蔣幹を利用して、龐統を曹操側にやり、連環の計（船を鉄の環でつなぐ計略）を献じさせる。（第四十七回「龐統巧みに連環の計を授く」）

⑮戦いの前夜、曹操は群臣と宴を開き詩を吟じるが、詩の内容が不吉だと言った劉馥を殺してしまう。（第四十八回「長江に宴して曹操詩を賦す」）

⑯曹操の部将、焦触と張南が、呉側に攻撃をしかけるが、韓当、周泰のために敗退する。（同右「戦船を鎖《つな》ぎ北軍武を用う」）

⑰孔明、七星壇で祈り東南の風を起す。（第四十九回「七星壇に諸葛風を祭る」）

⑱周瑜は総攻撃を命じる一方、孔明を捕えようとするが、孔明はすでに立ち去ったあとであった。黄蓋らの火攻めによって、曹操軍は大敗する。孔明は曹操の敗走する道の途中に趙雲、張飛、関羽を配して待ち伏せさせる。（同右「三江口に周瑜火を縦《はな》つ」）

⑲敗走する曹操軍を華容道で待ち受けていた関羽は、かつての恩義をもちだし命乞いする曹操を殺すにしのびず、見逃してやる。しかしそれまた孔明の予測どおりであった。（第五十回「諸葛亮智もて華容を算じ、関雲長義もて曹操を釈《ゆる》す」）

赤壁の戦いは、劉備、曹操、孫権の三人の主役が顔をそろえる唯一の場面であり、『演義』のなかでもっとも精彩に富む部分であることには異存があるまい。しかし『資治通鑑』などの史書を見ると、この事件は建安十三年（二〇八）の十月から十二月まで、その発端から結末までわずか二ケ月足らずの間のことであり、記述もいたって簡略である。それをよくもここまで面白くふくらませたものだと、作者の技倆には感服せざるを得ない。そしてその魅力の大半が、虚々実々のかけひきもさることながら、曹操軍対孫権、劉備連合軍という対立のなかに、諸葛孔明対周瑜というもうひとつの対立を置き、さらに孔明と周瑜の間に魯粛を介在させるという複雑な構造にあることは、右の梗概を読めば明らかであろう。すべてのかけひきと謀略は、みなこの基本構造から生まれている。そのうえで水、火、風と戦いの小道具を次々と出し、読者を飽きさせない。まさに巻をおくあたわず、『演義』の醍醐味は、ここに尽きるといっても過言ではないであろう。

ところで右の二つの対立のうち、前者すなわち曹操対孫劉連合軍の対立は、むろん多少の誇張はあるものの、おおむね史実に沿っている。それに対して後者の孔明対周瑜のライバル関係は全くのフィクションであった。

周瑜が劉備に対して警戒心を抱いていたのは事実である。彼は孫権への上書のなかで、「劉備は梟雄の姿を以て、しかして関張の熊虎の将あり、必ず久しく屈して人に用いられる者に非ず」(『三国志』「周瑜伝」)と述べ、劉備を抑留するよう建議しているほどである。しかし孔明をライバル視していた形迹は全くない。それなのに『演義』はふたりを対立させたうえ、ことごとく孔明に勝たせて、ついには周瑜を憤死させてしまった(第五十七回)のである。右の周瑜の上書を引用した『演義』が、「関張熊虎の将あり」の次に「更に兼ねて諸葛亮謀を用いる」の一句をわざわざ創作して挿入しているのは、用意周到というべきであろう(第五十五回)。

つまり赤壁の戦いのふたつの対立構造のうち、一は実、一は虚であった。そのことを先の①――⑲の要約に沿って、もう少し詳しく見てみたい。

まず①は、ほぼ史実どおり、ただし史実では魯粛にあくまでも主導権があったのに、『演義』では、孔明がはじめから魯粛の来意を察し、彼を利用したように書かれている。主客顚倒の一例であろう。

②の舌戦は、全くのフィクションである。

③は史実どおり、ただし史書では孔明の言葉に孫権は勃然と色をなしただけであるが、『演義』はそのうえさらに席を立って退室してしまい、魯粛に諫められてようやくまた出てくることにしてある。

④の二喬の話で孔明が周瑜を激怒させるのは、当然ながらフィクションである。この話はすでに『平話』に見えるが、唐の杜牧の次の詩「赤壁」にヒントを得ている。

折戟沈沙鉄未銷　　折《お》れし戟《ほこ》は沙《すな》に沈《しず》むも鉄はいまだ銷《き》えず
自将磨洗認前朝　　自《みずか》ら将《も》ちて磨《みが》き洗《あら》えば前朝《ぜんちょう》を認《みと》む
東風不与周郎便　　東風《とうふう》　周郎《しゅうろう》のために便《べん》ぜずんば
銅雀春深鎖二喬　　銅雀《どうじゃく》　春深《はるふか》くして二喬《にきょう》を鎖《とざ》さん

つまりもし東風が周瑜のために吹かなければ、二喬は曹操に連れ去られ、彼が建てた銅雀台に閉じこめられていただろうというのである。

この詩を証拠として、唐代にはすでに『演義』のように、赤壁の戦いは曹操が二喬ほしさに起したものだとする話があったと見る向きもあるが、それはいささか考えすぎであろう。右の杜牧の詩は、歴史における「もし」をテーマに意表をつく仮定を述べたところに面白さがある。詩の前提にそのような話がすでにあったとすれば、この詩の作品としての面白さはないも同然で、杜牧はそんな凡作を書くような詩人ではない。

また孔明が曹操の二喬への執着の証拠として吟じて聞かせた曹植の「銅雀台の賦」は、そのなかに、

挟二橋於東南兮　二橋《にきよう》を東南《とうなん》に挟《はさ》み
若長空之蝃蝀　長空《ちようくう》の蝃蝀《にじ》のごとし

とある「二橋」が、表面は橋のことを言いながら実は二喬(『三国志』では、もともと橋になっているのが、のち喬にかわった)を暗示しているということで周瑜を激怒させるのだが、これがまた全くのインチキであった。この「銅雀台の賦」、本当の題は「登台の賦」として曹操の次男、曹植の文集にみえるが、そこには実は右の二句を含む前後数句はないのである。つまりこれまた話を面白くするための作者の創作であった。芸が細かいといってよいであろう。のち清代に『演義』を改訂した毛宗崗は、右の二句をさらに、

攬二喬於東南兮　二喬《にきよう》を東南《とうなん》より攬《と》りて
楽朝夕之与共　朝夕《あさゆう》に与《とも》に共《とも》に楽しまん

となおしてしまった。意味はさらに明白である。そもそも曹植がこの「登台賦」を書いたのは、建安十五年（二一〇）、すなわち赤壁の戦いの二年後であるが、そんなことはもちろん『演義』の作者の関知するところではない。

ちなみに二喬（橋）は、曹操が「昔日喬公は吾れと至契にて、吾れその二女みな国色あるを知る」（第四十八回）と言っていることから、『演義』の作者は曹操と関係の深い橋玄の娘と考えていたことが分る。しかし二喬（橋）の父として『三国志』「周瑜伝」にみえる橋公は橋玄のことではない。橋という姓はめずらしいので両者を同一視したのであろう。清代の学者、沈欽韓が橋公を橋玄としたのは、『演義』にだまされたに相違ない。盧弼の『三国志集解』に、それについての考証がある。

⑤では、周瑜が孫権に曹操軍の内実を説明するのは史実だが、それは孔明の勧めに従ったわけではない。したがって諸葛瑾の説得もフィクションである。

⑥⑦はともにフィクション、ただし劉備が周瑜によばれて会見したことだけは事実である。その時、劉備は魯粛をよびつけようとして周瑜にたしなめられ、「深く愧《は》じ瑜を異とした」と「先主伝」の注に引く『江表伝』は言う。暗殺などとんでもない話である。

⑧の曹操が緒戦に敗れたことは史書にみえる。しかし蔡瑁、張允のことはすべてフィクションである。

⑨『資治通鑑』によれば、蔣幹が周瑜の説得にやってきたのは、建安十四年（二〇九）すなわち赤壁の戦いの翌年の冬であった。また「周瑜伝」の注に引く『江表伝』は、「初め曹公は瑜の年少にし

て美才あるを聞き、游説して動かすべしと謂《おも》う」と、これをはるか以前のこととする。いずれにせよ赤壁の戦いの時のことではない。『江表伝』によれば、周瑜は蔣幹に「適《たま》たま吾《わ》れに密事有り」と語っているが、その辺がヒントとなったのであろう。蔣幹の遊説は『平話』にもみえるが、『演義』はさらに巧妙である。

⑩の借箭の話が本来は孫権のことであったことは、すでに述べたとおりである(二六ページ)。これは言うまでもなく、周瑜に対する孔明の優位を示す話であるが、同時に、霧が出ることをあらかじめ知っていることで、のちに東南風を孔明が起す伏線となっている。

⑪は『演義』のフィクション、蔡中、蔡和などという人物は存在しない。

⑫の苦肉の計は、黄蓋が偽って曹操に降るという史実をより迫真のものにするために生まれたフィクションであろう。『平話』にすでに雛型がある。

⑬⑭ともに『演義』のフィクション。蔣幹は二度目の登場であるが、先に一度しくじった蔣幹をもう一度周瑜のもとへやるのは、どう考えても不自然であろう。作者もこの辺でそろそろ手持ちの駒が尽きたのかもしれない。

⑮もむろん『演義』のフィクションであるが、曹操が槊を横たえて賦した詩、「酒に対してまさに歌うべし、人生は幾何《いくばく》ぞ」云々は、まさしく曹操の作「短歌行」である。ただしそれが実際に赤壁で作られたという証拠はなく、そうだとするのは宋の詩人、蘇軾の名作「前赤壁の賦」の影響による。

北宋の元豊五年（一〇八二）、左遷されて黄州にいた蘇軾は、近くの赤壁に遊んで有名な「前後赤壁の賦」二篇をものした。ただしこの赤壁は、赤壁の古戦場とはちがうところであったが、蘇軾は当時そのことに気がつかなかったらしい。かくして彼は「前赤壁の賦」で次のように歌う。

「月明《つきあき》らかに星稀《ほしまれ》に、烏鵲《うじやく》南《みなみ》に飛《と》ぶ」とは、此《こ》れ曹孟徳《そうもうとく》の詩《し》に非《あら》ずや。西《にし》のかた夏口《かこう》を望《のぞ》み、東《ひがし》のかた武昌《ぶしよう》を望《のぞ》めば、山川《さんせん》は相繆《あいめぐ》り、郁乎《いくこ》として蒼々《そうそう》、此《こ》れ孟徳《もうとく》の周郎《しゆうろう》に困《くる》しめられし者《もの》に非《あら》ずや。その荊州《けいしゆう》を破《やぶ》り、江陵《こうりよう》を下《くだ》し、流《なが》れに順《したが》いて東《ひがし》するに方《あた》りてや、舳艫《じくろ》千里《せんり》、旌旗《せいき》空《そら》を蔽《おお》い、酒《さけ》を釃《そそ》いで江《こう》に臨《のぞ》み、槊《ほこ》を横《よこ》たえて詩《し》を賦《ふ》す。固《まこと》に一世《いつせい》の雄《ゆう》なり。而《しか》して今《いま》安《いず》くに在《あ》りや。

かつて吉川幸次郎氏は、この作品について、小説の原型となるような宋代の講釈にすでにこの話があって、蘇軾はその影響を受けたと断じられた。[*10] しかし清水茂氏が疑問を呈されたように、[*11] それはおそらく事実ではないであろう。「前赤壁賦」を平心に読めば、まず江上に舟をうかべ、やがて月が出るというところから『詩経』の「月出」篇が朗誦され、そのつながりと赤壁の戦いへの回顧によって、曹操の詩のなかで月に関連する右の二句が次に引用されていることは明らかである。もしかりに当時の講釈にこの話があったのなら、蘇軾はかえってそれをつかわなかったであろう。それは作品の興趣を半減させるものだからである。何よりも『演義』のなかに、「槊を横たえて詩を賦す」また「酒を江中に奠《そそ》ぐ」と「前赤壁賦」をふまえた表現があることは、『演義』のこのドラマチックな場面が、「前赤壁賦」をヒントとして作り出された証拠となろう。蘇軾が当時の講釈に関心をもっていたことは、すでに述べたとおりであり（七四ページ）、その影響を受けたであろうことも大いに考えられるが、それは具体的なレベルにおいてではないはずである。『平話』にはこの場面はない。

次に、「月明らかに星稀に、烏鵲南に飛ぶ」がなぜ不吉な文句とされたかを考えてみよう。問題は烏、すなわちカラスにある。

中国では古くから鳥の鳴き声で吉凶を占う習慣があり、古代においては、それはまた一種の軍事技術として兵法の重要な分野でもあった。その影響は後世にも残り、たとえば元代の生活大百科事典ともいうべき『居家必用事類』には、カラスの鳴く時と方向によって吉凶を判断するための「鴉経之図」が収められている。それには午時《ひる》に南で鳴けば争いのある前兆、寅卯時（午前四時から八時）に東南で鳴けば客と争う前兆など、不吉な文句もみえているのである。曹操のもとの詩は、むろん占いなどとは無関係であるが、『演義』はそれに当時民間で流行していたカラス占いをあてはめて、戦い前夜のこの敗戦の予兆としての場面を演出したのであった。「前赤壁賦」の巧妙なつかい方といい、『演義』作者のこじつけの才能はなかなかのものと言ってよいであろう。なお、この詩を不吉だと言って曹操に殺された劉馥は、『三国志』のその伝によると、楊州刺史として合肥城の経営に当り、建安十三年、すなわち赤壁の戦いの年に死んでいる。『演義』は、ちょうどこの年に死んだ劉馥を赤壁に移して、曹操に殺させたわけである。劉馥にとってはとんだとばっちりであるが、この一事からも『演義』の作者が史書をよく読んでいたことがわかるであろう。

⑯は全くのフィクション、焦触と張南は、曹操に降った袁紹の旧将として『三国志』「武帝紀」に名がみえるが、赤壁の戦いについてきたとはどこにも書いていない。この辺になると知っている人間総動員という感じである。

⑰はこれまでの作戦のいわば総仕上げ、東南の風が吹かなければすべての努力は水の泡と消え

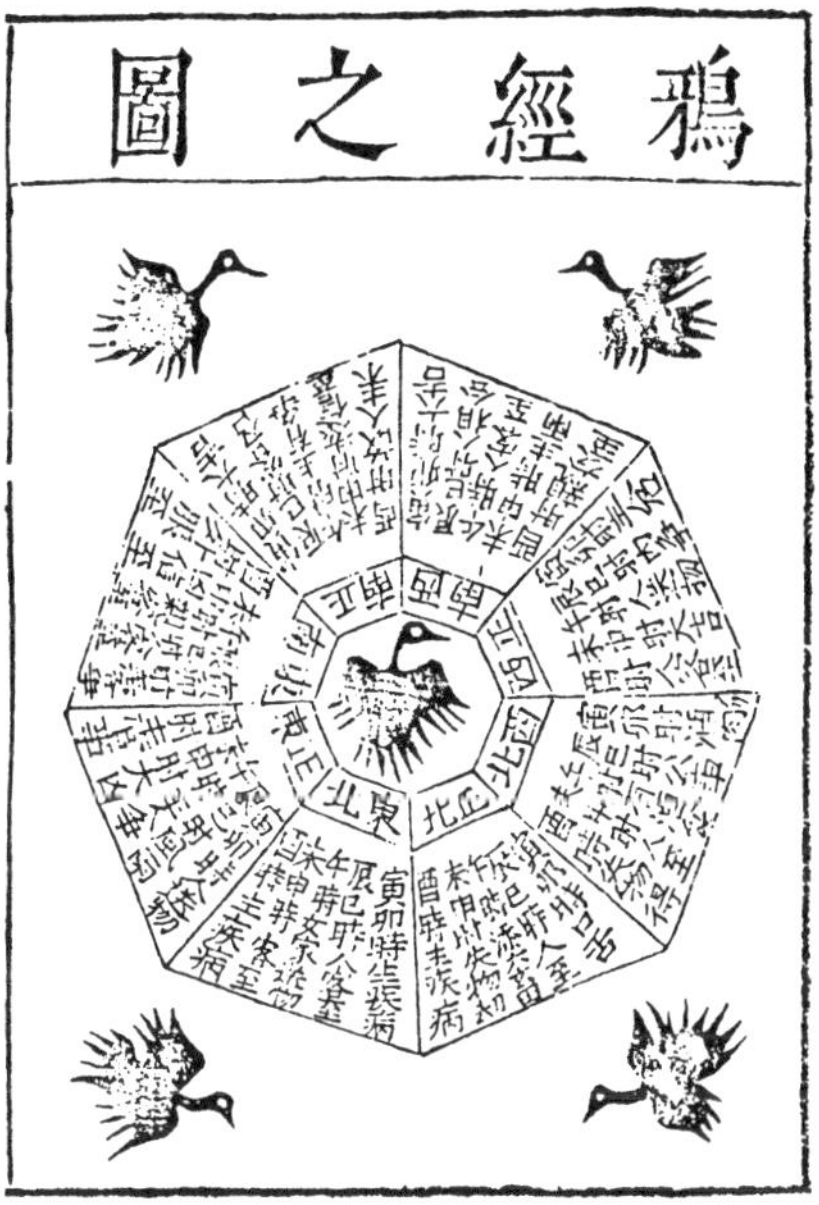

「鴉経之図」(居家必要事類全集)

るという瀬戸際での起死回生的ホームランであると同時に、一連の孔明対周瑜の対立で孔明が放った決定打でもある。史書にはこの時ただ「東南の風急なり」と言うだけであるが、しかし真冬のさなかに東南の風がそう都合よく吹くだろうかという素朴な疑問が、そもそもこの話が生まれたゆえんであろう。理屈をいえば、本来火攻めを決意した段階で風のことも計算に入っていなければいけないであろうが、それは理屈にすぎない。また古代の兵法にも鳥占いのほかに風占いもあったから、孔明は実はそれをつかったのだという説明もできるが、そんなことよりこの画竜点睛的な総仕上げを、臥竜先生諸葛孔明の道教的マジックによって一挙に成し遂げてしまったところに、『演義』のおとぎ話的な面白さがあると考えた方が楽しいであろう。

のこりの⑱⑲は、もはやただ史実をやや大袈裟に敷衍したにすぎないが、しかし趙雲、張飛の待ち伏せ、そして最後の華容道での曹操と関羽の対面は、やはりフィクションである。史書には、劉備と周瑜の軍に追われて、曹操軍が華容道をほうほうのていで逃げ帰ったとあるだけである。そこに関羽を登場させて、神技のごとき孔明の予知能力と義理に厚く人情にもろい関羽の性格を同時に表現した。心にくいばかりの趣向の妙であろう。

◈六出祁山

赤壁の戦いが『演義』のなかでもっとも成功した部分であるとすれば、その反対のあまり成功していない代表は、おそらくは後半のいわゆる「六出祁山」の話であろう。むろんここにも孔明

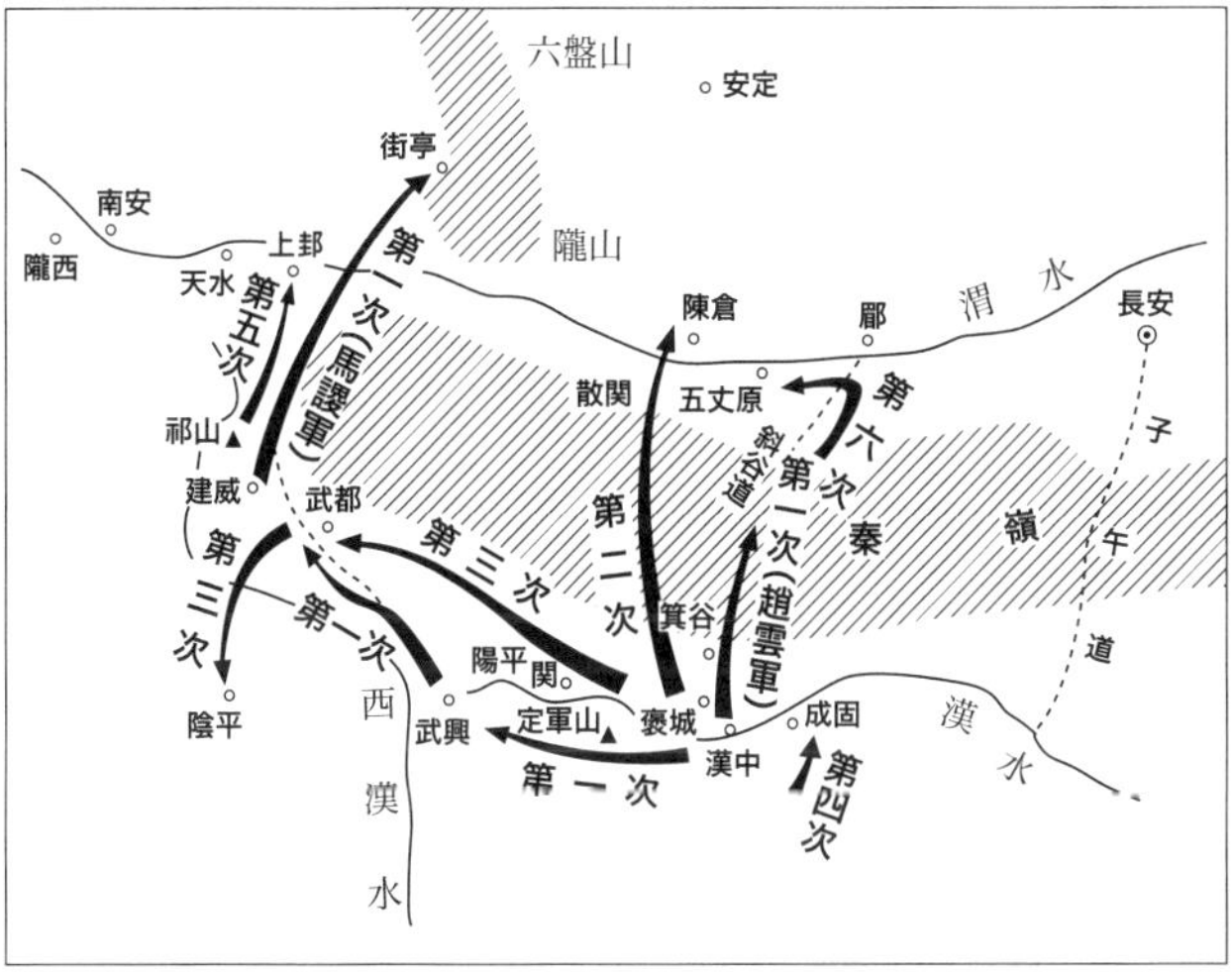
六盤山
安定
街亭
隴山
南安
隴西
上邽
天水
第五次
第一次(馬謖軍)
陳倉
郿
渭水
長安
散関
五丈原
第六次
斜谷道
子午道
第一次(趙雲軍)
秦嶺
祁山
建威
武都
第三次
第二次
第三次
第一次
箕谷
陽平関
褒城
漢中
成固
漢水
陰平
西漢水
武興
定軍山
第一次
第四次

孔明出師図

対司馬仲達の対立とかけひきがあり、面白く読めないわけでは決してない。しかしどことなく不自然でちぐはぐな印象をぬぐい切れない。その原因の背景には、この部分における地理関係のでたらめさがあると思える。『演義』の地理がしばしば実際とくいちがうことはすでに述べたが（二〇ページ）、その最大の例はこの部分にある。

孔明の六回におよぶ出師のうち、実際に祁山に出向いたのは、第一回と第五回の二度にすぎない。あとは、第二回が散関から出て陳倉を囲み、第三回は陽平関を西に出て、魏の武都と陰平を占領し、第四回は子午道と斜谷道から南下してくる敵を迎え撃ち、第六回は斜谷道から出て五丈原に進んだ。地図をみれば明らかなように、祁山と斜谷道、子午道などは東西に相当離れているのであるが、『演義』はこれらをみな祁山の近くにあるように設定したため混乱が起っているのである。そこで「斜谷を出て祁山を取る」というような実際にはありえない行軍が平気で随処に出てくる。しかもでたらめはでたらめなりの一貫性があるかといえばそうでもない。試みに紙と鉛筆を手に、『演義』の記述にしたがって地図を作ろうとすれば、矛盾だらけのため放棄せざるをえないであろう。そのために敵味方、彼我の位置関係が不明となり、それを地図で確認しようとすれば、もとの方がでたらめであるから、ますます分らなくなるという結果におちいるのである。読者は混乱せざるをえない。

このような混乱の原因は、『演義』が形成された東南一帯の人々にとって、祁山を含む西北地区の地理状況が分りにくくなっていたことにあったと思える。「六出祁山」はすでに元の『平話』にはみえるから、それ以前に成立したことは明らかであるが（元の胡祇遹『紫山大全集』巻二十一「論時事」にみえる）、元の前の宋代、西北一帯は対西夏（一〇三八―一二二七）、ついで対金の前線地域に属しており、常に軍事的緊張につつまれていた。軍事地域の地理が秘密にされるのは、いつの時代でも同じであろう。そのためとくに祁山の位置に混乱が生じていたらしい。

現存する中国最古の歴史地図集である宋代の『歴史地理指掌図』[*12]の「三国鼎峙図」をみると、祁山の位置は実際よりずっと北にずれている。しかもその説明には、次のようにいう。

> 後主《こうしゅ》の五年、表《ひょう》を抗《あ》げて師《いくさ》を出《い》だし、北《きた》のかた中原《ちゅうげん》を定《さだ》めんとす。六年、斜《や》谷道《こくどう》より郿《び》を取《と》り、遂《つい》に箕谷《きこく》に拠《よ》り、祁山《きざん》を攻《せ》める。

この文は、『資治通鑑』巻七十一、太和二年（二二八）の文章をちぢめたものであるが、箕谷に拠ったのは趙雲と鄧芝、祁山を攻めたのは孔明、と本来別々のことのはずが、省略のためひとつのことのようになっている。「斜谷を出て祁山を取る」という『演義』のあやまった地理認識の原点は、ここにあったであろう。そのうえさらに祁山と同音の岐山との混同も加わっているらしく、前後の矛盾をますます深めているのである。

謹按陳壽國志魏據中原傳世五都洛有州十二司隸荊河兗青徐涼秦（分雍州置）冀幽并揚

有郡國六十八東自廣陵（揚州張遼屯守）壽春（毋丘儉諸葛誕鎮守）合肥（廬州滿寵明帝云先帝東置合肥南守襄陽西固祁山賊來輒破於三城之下者地有所必爭也）

沔口（漢陽文聘鎮守）西自襄陽（徐晃鎮守）重兵以備吳西自隴西（渭州）南安（隴西縣）祁山（屬岷州）漢陽陳倉（鳳翔府）重兵以

備蜀。吳初都鄂後遷建業傳世四并據江南盡海置交（安南府）廣（理番禺）荊（理南郡今江陵府）郢（理

鄂州）四州有州四十三以建平（歸州）西陵（峽州陸遜陸抗鎮守）樂郡（江陵松滋縣東）南郡（江陵）巴丘（岳州魯肅鎮守）夏口（鄂州）武昌（鄂州

縣）皖城（舒州）濡須（和州）牛渚圻（宣州）為重鎮後得沔口邾城（黃州）廣陵自孫權破曹操於赤壁之

後時劉璋牧益州周瑜請于權曰乞與奮威俱進取蜀得蜀而并張魯還與將軍據襄

陽以蹙操北方可圖也。蜀都成都傳世二置益（理成都）梁（理漢中今興元）有郡二十以漢中（蔣琬姜維鎮守）白帝

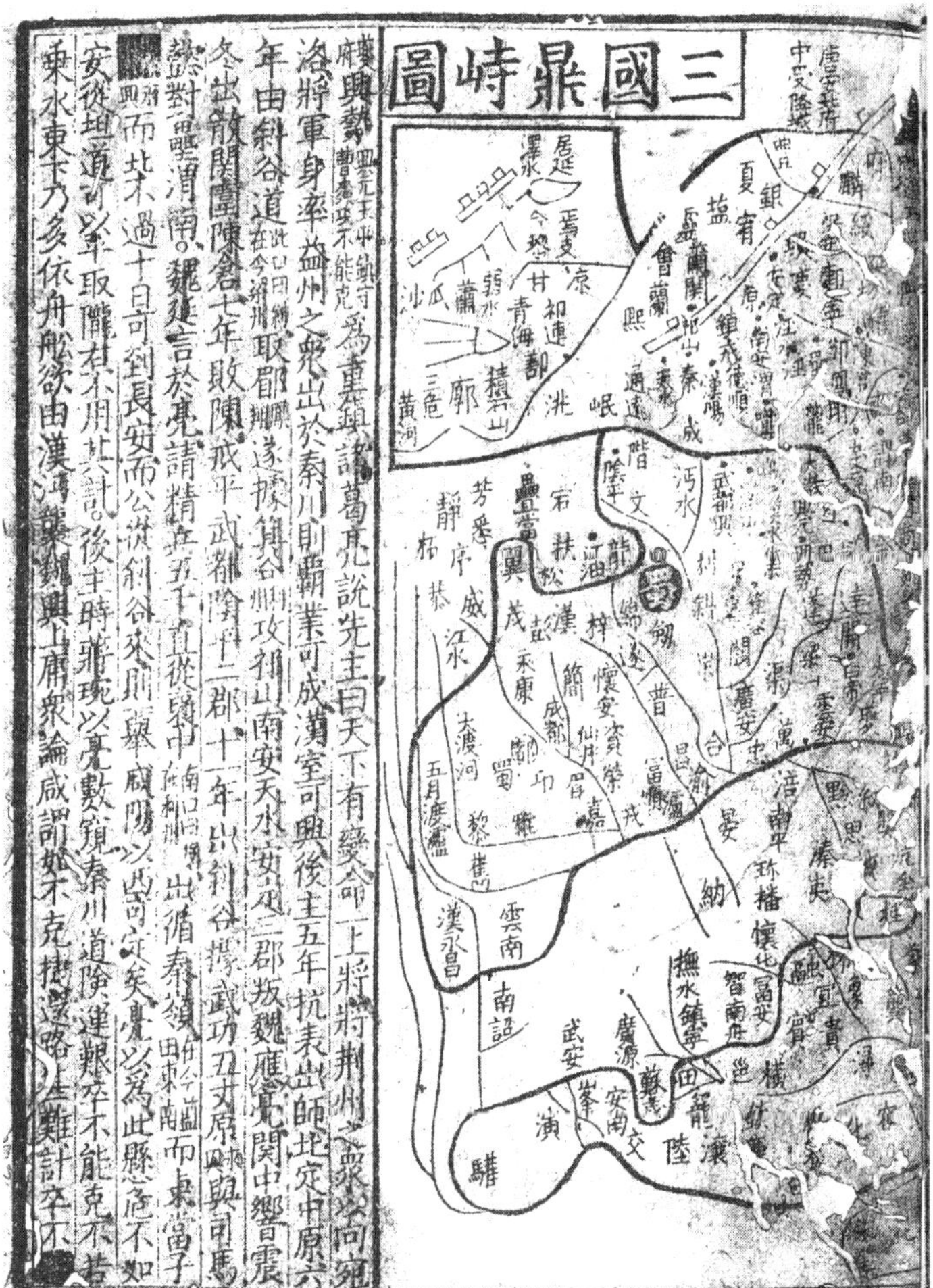

「三国鼎峙図」(『歴史地理指掌図』)

◈秉燭達旦──『演義』と『通鑑』

これまでに見たように、『演義』の各々の話の来源とその構成のしかたはきわめて複雑である。そして明初に一応の完成をみた後も、それはさらに新しい話を加え、変化していった。そのことについて後の章でまたふれるが、ここでは『演義』改訂の最後の段階でつけ加わった「秉燭達旦」(燭《しょく》を秉《と》りて旦《あした》に達《いた》る)の話を例に、『演義』と『資治通鑑』(以下『通鑑』と称す)の関係について考えてみたい。

『演義』の最後の改訂本は、清代初期の人、毛宗崗が整理したもので、すなわち現在もっとも広く流布しているテキストであるが、その第二十五回に次のような話がみえる。

> 劉備の二人の夫人を守り、いずれ機会をみて劉備のもとに帰るため、心ならずも降服して曹操に身を寄せた関羽に対して、曹操はさまざまな懐柔策をとる。まず関羽と二夫人の君臣関係を乱すべく、三人をわざと一室にとまらせるが、関羽は燭をとって戸の外に立ち、夜から朝までいささかの疲労の色をもみせなかったので、曹操は感心してますます関羽を重んじた。

これがつまり「秉燭達旦」である。関羽の義勇を示す数あるエピソードのひとつとして有名であり、この話が明代のもとの『演義』にはなかったといえば、意外に思う読者も多いであろう。

しかし事実そうなのであって、そのことは毛宗崗本の凡例にはっきり書いてある。

毛本冒頭の凡例をみると、その第三条に、「事には不可欠なる者あり」として、この「関公の秉燭達旦」以下、「管寧の割席分坐」など全部で九つの話を列挙したあと、これらはみな俗本では刪《けず》っているが、今すべて古本によって記録すると述べている。ここにいう俗本とは毛本以前のすべてのテキストのことであり、また古本というのは、毛宗崗がこうであらねばならないと考えたテキストのことで、実際にそういうものが存在するわけではない。つまり彼は、自分が理想とする、しかし現実には存在しないテキストを古本としてでっち上げ、それによって現実に存在するテキストを俗本として批判し、改訂を加えたのであった。これは当時の小説改訂者の常套手段と言ってよい。では毛宗崗がかくあるべしと考えた理想のテキストの基準はなにか。凡例の最後の一条は次のように述べる。

後人が捏造した話で、現在の「伝奇」すなわち戯曲にみえるもの、たとえば関羽が貂蟬を斬る話などが、でたらめであることは広く知られている。しかし俗本の『演義』にあって、古本の『三国志』にはないもの、たとえば諸葛亮が上方谷で魏延を焼き殺そうとした話などは、でたらめであることが知られていない。このようなでたらめな話は、「古人を冤ずる」つまり昔の人にぬれぎぬを着せるものであるから、すべて削除して、読者がだまされないようにする。

毛宗崗の主張を要約すれば、荒唐無稽を排し事実を尊重する、ということになろう。彼が俗本を『演義』、自らの古本を『三国志』とよんでいるのはそのためで、彼の意図は羅貫中の『演義』以前の『三国志』への復帰にあった。とはいっても、この『三国志』はむろん陳寿の史書としてのそれではない。いわゆる古本『三国志』には、桃園結義をはじめ依然として多くのフィクションが含まれている。しかし桃園結義は史実ではないが、少なくとも古人にぬれぎぬを着せるものとは言えないであろう。つまり毛宗崗は、史実の性格に合致し、それを強化する範囲内でのフィクションをみとめ、それ以外を排除しようとした。この方向は基本的には羅貫中の『演義』と同じであるが、さらに取捨を厳しくし、歴史志向を強めたと言えよう。

このことをさらに具体的に見るために、もう一度凡例の第三条にかえろう。そこにあげられた「管寧が席を割ち坐を分かつこと」「曹操が香を分け履《くつ》を売らしむこと」などの八つの話は、すべて陳寿の『三国志』の裴松之注や『世説新語』などの古い文献にみえているものばかりである。ところが筆頭にあげられた「秉燭達旦」だけは、それらの文献に典拠をみいだすことができないのである。つまり「秉燭達旦」の話は、毛宗崗自身の言葉を借りるなら「後人捏造の事」であるはずであった。しかもこの話は明代の戯曲にはみえている。

スペインのマドリッド郊外にあるエスコリアル王立図書館には、いくつかの中国の古い書籍が珍蔵されている。おそらくはスペインが海の覇者であった大航海時代に、中国南部もしくは東南アジアから舶載されたものであろう。うち『風月錦嚢《ふうげつきんのう》』四十一巻は、福建の本屋、進賢堂が嘉靖三十二年（一五三三）に刊行した当時流行の芝居の歌の選集で、他に所蔵の知れぬ天下の孤本であるが、そのなかに『精選続編賽全家錦三国志大全』という題の三国劇のさわり集があった。そして「秉燭達旦」および「関羽斬貂蟬」などの話がみなそこに収められているのである。「秉燭達旦」は当時の芝居のなかで人気が高かったらしく、ほかにも『群音類選』『詞林一枝』などの同類の選集にやはり採られている。[*13]

つまり「秉燭達旦」の話は、後人の捏造であるばかりでなく、当時の戯曲にみえるのであり、その点では貂蟬を斬る話と同じであった。しかも両者はともに関羽が女色を近づけなかったことをテーマとしている点で共通している。それなのにどうして一方は事の不可欠なる者として、他の史実とともにとり上げられ、一方はでたらめな話として切りすてられたのであろうか。両者の相違は、貂蟬の方が架空の人物であることであろうが、しかし貂蟬が董卓と呂布を手玉にとる連環の計の話は、毛本にもちゃんと採られているのであるから、その点は理由にならない。

明代中期の学者で博識をもって知られる胡応麟は、その著『荘岳委談』のなかで偶然にもこのふたつの話の真偽を論じている。彼の結論は、「斬貂蟬」の方はでたらめとしながらも、『三国志』「関羽伝」の注に、関羽が呂布の妻を娶りたいと曹操に願い出たとあるのを根拠に（実は呂布ではなく、その部下の秦宜禄の妻のことであり、胡応麟の勘ちがいである）、全くの虚構ではないと述べるのに対して、「秉燭達旦」の方は、『三国志』とその注釈および『通鑑綱目』にもみえないでたらめな話であると断じている。つまり毛宗崗の態度と反対であろう。毛宗崗は、いったい何を根拠に「秉燭達旦」を史実と同等の話とみなしたのであろうか。

先に、明代の『演義』テキストには、「秉燭達旦」の話はみえないと述べたが、正確にいえばそれは本文についてであって、注釈のなかにはそれを載せるものが実はあった。たとえば万暦十九年(一五九一)に南京の万巻楼から出た『三国志伝通俗演義』は、のちの毛宗崗本につらなるテキストであるが、その本文の「考証」の部分に次のようにみえる。

『三国志』の「関羽本伝」に、羽は下邳《かひ》に戦いて敗れ、昭烈の后《きさき》とともに曹操の虜《とら》うるところとなる。操はその君臣の義を乱さんとして、后と羽を共に一室に居らしむ。羽は嫌疑を避けんと、燭を執りて后に侍し、以て天明に至る。正にこれ一宅を分けて両院となすの時なり。故に「通鑑断論」にいうあり、「明燭もて旦に達するは、乃ち雲長の大節なり」と。

毛本がこの注にもとづいて、それを本文にくみかえたことは明らかでろう、そしてその根拠となったのは、「通鑑断論」であった。

この「通鑑断論」というのは、おそらく元代の学者、潘栄が書いた「通鑑総論」のことであろう。「通鑑総論」には、「明燭以達旦、乃雲長之大節」と、先の引用どおりの文句が出ているからである。それでは潘栄はいったいどこからこの話を仕入れたのであろう。彼は民間の『通鑑』学者であったらしい。そこで次に話を『通鑑』に移さねばならない。

北宋の司馬光の編んだ『資治通鑑』二百九十四巻は、周の終りから五代の末まで、前後一千三百六十二年の歴史を年代順に書いた長篇の史書である。その後世への影響ははかり知れぬほど大きいが、それはこの書物によって歴史上の事件の経緯が、比較的簡単に把握できるようになったからである。

中国の正式な史書、いわゆる正史は、人物やテーマ本位の紀伝体のスタイルをとっているため、たとえば赤壁の戦いの顚末を知ろうとすると、『三国志』のなかの曹操、孫権、劉備、周瑜、諸葛亮など各々の伝記に述べられたところを再構成せねばならず、はなはだ面倒である。その点、『通鑑』は年代記であるから、そのような面倒はない。ただしその欠点は、あまりにも長すぎ、かつ詳しすぎて、おいそれとは読み通せないことであった。そこで適当な長さに縮めたダイジェスト版が出る一方、ダイジェスト版を読むのも面倒という人のために、『通鑑』の内容を分りやすく話して聞かせる、いわば『通鑑』語りが行われるようになった。

元代には、このふたつが並行して存在していたようである。金末元初の詩人、元好問は、『通鑑』のダイジェスト版のひとつである『陸氏通鑑詳節』に寄せた序文(『遺山先生集』巻三十六)のなかで、当時北方で『通鑑』の研究が盛んになったことを指摘したうえ、その原因として、「武臣宿将に講説記誦を日課となす者あり」と、武将たちが『通鑑』語りを聞いたり、またダイジェスト版を読んだりするのを愛好した事実をあげている。戦乱の世を生きた当時の武将は、軍事と政治の実際的知識を得、さらには武人としての品性をみがくために、それを必要としたのであろう。

そのためには単なるダイジェストを作るだけでなく、難解な箇所に対する注釈、また時には興味をそそるようなエピソードがある方が望ましい。元好問の右の序文が、「外記および諸儒の精義でこれを附益す」というのは、そういう意味であろう。そしてその作業が、潘栄など当時の『通鑑』学者の仕事となったのである。「秉燭達旦」は、このような特殊な時代状況を背景とした『通鑑』学のなかから生まれたと想像される。

実際、「秉燭達旦」という言葉は、いささかでも中国の古典詩文に親しんだ者にとっては、なじみの深い表現であった。まず「秉燭」は、漢代の古詩十九首のなかで、

生年不満百　　生年《せいねん》は百《ひやく》に満《み》たざるに
常懐千歳憂　　常《つね》に千歳《せんさい》の憂《うれ》いを懐《いだ》く
昼短苦夜長　　昼《ひる》は短《みじか》く夜《よる》の長《なが》きに苦《くる》しむ
何不秉燭遊　　何《なん》ぞ燭《しよく》を秉《と》りて遊《あそ》ばざる

と歌われてより、たとえば李白の「春夜桃李園に宴するの序」にも、

夫《そ》れ天地は万物の逆旅《げきりよ》にして、光陰《こういん》は百代《ひやくだい》の過客《かきやく》、浮生《ふせい》は夢の若《ごと》く、歓《よろこ》びを為《な》すこと幾何《いくばく》ぞ。
古人燭を秉りて遊ぶは、良《まこと》に以《ゆえ》あるなり。

とあるように、刹那的で快楽的な人生観の象徴として、詩文のなかにくり返しあらわれる。また「達旦」は、晋の劉琨が国家の存亡を常に心にかけて、戦いへの決意をしばしも忘れず、「戈《ほこ》を枕《まくら》にして旦《あした》を待った」(『晋書』「劉琨伝」)という有名な故事を、すぐさま連想させるであろう。この刹那的人生観と戦いへの不断の決意は、一見相反するようでありながら、どちらも戦乱に明け暮れる武人の心情に投ずるものがあったであろうことは想像に難くない。

「秉燭達旦」はこのように、表現としては、古典詩文の常套のイメージをうまくずらして結びつけたところに成立したと言える。したがってそれは、『演義』によくある民間起源の伝説や説話とは、はっきり一線を画するものであった。この話が『演義』の本文になかなか入っていけなかったのはそのためであろう。一方それが早くから戯曲の方に取り入れられたのは、明代の通念では、戯曲の方が小説よりも、より詩文の世界に近いとみなされていたからであると思える。

ちなみに右のように考えると、劉備、関羽、張飛の三人が桃園で義兄弟の契りを結んだのも、案外「春夜桃李園に宴するの序」に、「桃李の芳園に会《つど》い、天倫の楽事を序す」とあるのからヒントを得ているのかもしれない。「天倫」は、血のつながった兄弟、親族をいう言葉であるが、それを義理の兄弟に用いたのであろう。義兄弟の習慣は当時の軍人に広くみられるが、それは民間においても同様であった。それに対して「秉燭達旦」の方は、やや特殊なモラルであったと考えられる。先に赤壁の戦いのところで引いた「前赤壁賦」および古詩十九首の「牛年百に満たず」、それに李白の「春夜桃李園に宴するの序」は、みな元代に古文の教科書として作られた『古文真宝』に収められており、当時の識字階級にとってはおなじみの作品であったはずである。

それはともかく、南宋から元明代にかけては、おびただしい数の『通鑑』のダイジェスト版が生まれたが、そのなかでもっとも広く読まれたのは、朱子の『通鑑綱目』であった。『通鑑綱目』は、単なるダイジェスト版にとどまらず、『春秋』の大義によって歴代王朝の正統をはっきりさせたところに、その特色がある。

司馬光の『通鑑』は、その三国時代の部分で、魏蜀呉のどの王朝が正統であるかをはっきりさせず、紀年には魏の年号をつかっている。しかし北方の異民族王朝の圧迫に苦しんだ南宋に生を享けた朱子にとって、それは到底受け入れることができないものであった。『通鑑綱目』は、はっきりと蜀を漢の後継者として正統の位置におき、民族の大義名分を鼓吹している。『演義』は言うまでもなく劉備の蜀を中心に構成されており、『通鑑綱目』の正統観は、その思想的バックボーンをなしているといえる。そのことは先に引いた張尚徳本『演義』の序文に明らかであろう。

そして明代刊行の『通鑑綱目』には、ほとんどその冒頭に、実は潘栄の「通鑑総論」が附載されていたのであった。かくして「秉燭達旦」の話は『通鑑綱目』とセットになることによって、史実に準じる扱いを受けることになった。そして明末になると、それは『日記故事大全』などの日用百科全書の類にも取り上げられてさらに普及し、ついには万暦三十八年(一六一〇)、福建の余象斗が刊行した『鼎鍥趙田了凡袁先生編纂古本歴史大方綱鑑補』(内閣文庫蔵)のように、潘栄の「通鑑総論」だけではなく、『通鑑綱目』の本文にまでこの話を混入するものがあらわれたのである。余象斗刊の『綱鑑補』巻十二、漢の献帝、庚辰五年の条には、「秉燭待旦」の項目があり、「関羽をして二夫人と室を共にせしむ。羽は嫌を避けんがため、燭を乗り立侍して天明に至る」と書いてある。もはや史実と同じ扱いであり、ここから毛本の凡例まではあと一歩である。

なお余象斗はのちに述べるように（二二八ページ）『演義』のテキストを二度にわたって刊行しているが、『綱鑑補』に「秉燭待旦」を入れたにもかかわらず、『演義』にはそれを加えなかったのは興味深いであろう。余象斗に代表される福建の出版業者は、『演義』に史実とは異なる別の要素、たとえば後述の花関索の話などのフィクションをもりこもうとしていたのである。

とは言っても、明代以降の『演義』の演変が、おおむねは歴史化の方向にそって進んだことは、争えない事実であった。『演義』のいたるところにみえる「史官」の詩はその象徴である。そのいわゆる「史官」の代表は、福建系のテキストにおびただしい数の詩を載せる静軒先生こと周礼であろう。周礼は明代中期の『通鑑』学者で、『通鑑外紀論断』『朱子綱目折衷』それに『秉燭清談』などの著書がある。[*14] 彼は科挙の試験に失敗し、「隠居して著述を事とした」が、一方の潘栄もやはり「隠居して仕えず」とされており、[*15] 似たような境遇であったことが知れる。彼らのような民間の『通鑑』学者は、羅貫中などの小説作家や余象斗に代表される出版業者と緊密な関係にあったと想像される。

また張尚徳本や後に述べる江南系統のテキストは、登場人物の死後に、『三国志』の伝のあとにみえるその人物についての論賛を載せるが、それも『三国志』からの直接の引用ではなく、一種のダイジェスト版である宋の呂祖謙の『十七史詳節』からの孫引きであることが分っている。[*16]

そのほか地名や人名の注記、事実の考証、それに評語などをつけ加えて、『演義』はますます歴史化の度を強めていった。その最終的頂点に立ったのが毛本であることは言うまでもない。しかし毛宗崗といえども、歴史自体にもどることはむろんできない。それは小説の自己否定を意味するであろう。そこで彼はもどれるところまでもどって、なおその先の史実との間にあるフィクションを、すべて疑似史実として取り込んでしまったと言える。その際、取り込みの判断の基準となったのは、『通鑑綱目』などの正統論である。毛宗崗本の中で正統論的史観が大いに鼓吹されているのは当然であろう。清初になると、大詩人、王士禛が落鳳坡を龐統の本当の死に場所と勘ちがいしたように(三三ページ)、『演義』の内容を史実とみなす傾向があらわになってくるのは、そのためであろう。こうなると今度は歴史の方から非難の矢が飛んでくるのは免れない。章学誠の「七分実事、三分虚構」という非難は、この点をついたものである。ここにいたって演義小説はその限界にぶちあたったと言えるであろう。

＊1――「よみがえる三国志の世界――発見された呉の名将・朱然の墓」(『人民中国』一九八六年十二月号)、また「安徽馬鞍山東呉朱然墓発掘簡報」(『文物』一九八六年第三期)参照。
＊2――金文京「戯考――中国における芸能と軍隊」(『未名』第八号　神戸大学中文研究会　一九八九年)参照。
＊3――入矢義高・梅原郁訳注『東京夢華録――宋代の都市と生活』(岩波書店　一九八三年)巻二「東角楼の町々」参照。
＊4――同右巻五「盛り場の演芸」参照。
＊5――注＊3に同じ。
＊6――『三分事略・剪燈余話・荔鏡記』(天理図書館善本叢書・漢籍之部第十巻　天理大学出版社　一九八〇年)およびその入矢義高

いであろう。

氏解説参照。中国の学者のなかには、この書の刊行を『三国志平話』よりも早いとする説もあるが、おそらくはそうではな

＊7――小川環樹『中国小説史の研究』(岩波書店　一九六八年)第一章「三国演義の発展のあと」参照。

＊8――万暦三十七年(一六〇九)刊、西蜀酉陽野史編の『新刻続編三国志後伝』十巻が北京図書館、上海図書館に蔵されている。

＊9――阿英、『小説閒談』(上海古籍出版社　一九八五年複製)二二一ページ。

＊10――吉川幸次郎『三国志実録・曹氏父子伝』(筑摩書房　一九五二年)六六ページ。また『吉川幸次郎全集』巻七(筑摩書房　一九六八年)三七ページ。

＊11――清水茂『唐宋八家文』下(新訂「中国古典選」朝日新聞社　一九六六年)一〇二ページ。

＊12――東洋文庫に南宋刊本を蔵する。『宋本歴代地理指掌図』(上海古籍出版社　一九八九年)はその影印。

＊13――上田望「明代における三国故事の通俗文芸について――『風月錦嚢』所収『精選続編賽全家錦三国志大全』を手掛かりとして」(『東方学』第八十四輯　一九九二年)参照。

＊14――劉修業『古典小説戯典叢考』(作家出版社　一九五八年)の六六ページに、『増広事類氏族大全』の『隠居静軒』を引く。

＊15――王徳毅等編『元人伝記資料索引』(台北新文豊出版公司　一九八一年)第三冊　八七八ページ。

＊16――周兆新『三国演義考評』(北京大学出版社　一九九〇年)一八九ページ以下参照。

四

羅貫中の謎

◈羅貫中の生涯

『三国志演義』は羅貫中の作、ということになっている。なっていると留保をつけねばならないのは、ふたつの理由がある。ひとつはすでに述べたごとく、「三国志」の物語は長い時間をかけて徐々に形成されたものであって、決してある特定の個人によって創作されたものではないということである。したがって羅貫中は、史実や彼以前に形成されたさまざまな物語、伝説を取捨選択し、さらには自らの創作をも加えて『三国志演義』の骨格を作った、物語演変上最大の整理者であったということになろう。ところが現存する『演義』のテキストは、後に述べるように、すべて明代後期以降の改変をこうむっており、羅貫中の原本は知られていないので、彼の整理がいったいどの程度のものであったかを正確に把握することは困難である。

第二の理由は、かんじんの羅貫中自身の経歴が、資料の不足のためはっきりしないことである。羅貫中の事跡を語るもっとも基本的な信頼できる資料は、『録鬼簿続編《ろくきぼぞくへん》』にみえる次の一条のみであると言ってよいであろう。

羅貫中は太原の人、湖海散人と号す。人と合うこと寡《すく》なし。楽府、隠語、極めて清新たり。

余《わ》れと忘年《ぼうねん》の交りをなすも、時の多故なるに遭《あ》い、各々天の一方にあり。至正甲辰にまた会うも、別来又六十年、竟《つい》に終る所を知らず。

『録鬼簿続編』は、元の鍾嗣成が編んだ雑劇作者の列伝である『録鬼簿』の続編で、元末明初の作家の伝記とその作品名を収める。編者は不明である。文中に言う楽府《がふ》というのがすなわち雑劇のことであり、羅貫中の作品としては、「風雲会」「連環諫」「蜚虎子」の三つがあったことが知られるが、宋の太祖、趙匡胤の出世物語である「風雲会」以外は、今日伝わらない。

編者が羅貫中に会ったという至正甲辰は、元の最後の年号である至正の二十四年（一三六四）、元が亡び明王朝が成立する四年前である。その六十余年後には、羅貫中はすでにこの世にいないというのであるから、彼が生きたのは、ほぼ元末明初と考えてよいであろう。

◈羅貫中の本貫

われわれが羅貫中の生涯について知りうることは右にほぼ尽きるのであるが、そこには『三国志演義』のことは全くふれられていない。『録鬼簿続編』は雑劇作者としての羅貫中について述べたものだと言ってしまえばそれまでであるが、もし羅貫中が『三国志演義』を書いたのであれば、彼と親交のあった『録鬼簿続編』の編者がそのことに言及しないのは、やはり奇妙であろう。そのため羅貫中は実はふたりいたと主張する研究者もいるほどである。そのうえ、羅貫中の本貫、すなわち出身地については、右の太原のほか、明代の資料には東原、杭州、廬陵などのさまざまな説がみられることが、問題をいっそう複雑にし、謎を深めた。次に諸説のあらましを述べてみよう。[*1]

① 太原（山西省）説

『録鬼簿続編』にみえる。

② 東原（山東省）説

先に引いた（一〇四ページ）張尚徳本の蔣大器の序に東原の羅貫中と言うのをはじめ、明清間のほとんどのテキストは、東原羅貫中または東原羅本、貫中（名が本で貫中が字）の編と題する。東原は山東省東平の古名で、『水滸伝』の舞台となった梁山泊に近い。中国の王利器氏は近年、元末の朱子学者で、杭州に近い浙江の慈渓の人、趙偕（宝峰）の門人に羅本の名があるのを発見して、これを羅貫中と同一人物とみなし、さらに趙偕の指導のもとに善政を行った慈渓県令の陳文昭の名が、東平府尹として『水滸伝』にみえることから、羅貫中が東平と特別な関係にあるという興味深い説を唱えている。[*2] 王氏の説によれば『録鬼簿続編』の太原は、東原の誤写ということになる。

③ 杭州（浙江省）説

明の郎瑛『七修類稿』に、「『三国』『水滸』の二書は、すなわち杭人羅本貫中の編むところ」と述べるのをはじめ、明代の『西湖游覧志余』『続文献通考』などはみな羅貫中を杭州人とし、かつ通常は施耐庵の作とされる『水滸伝』をも彼の名のもとにおく。

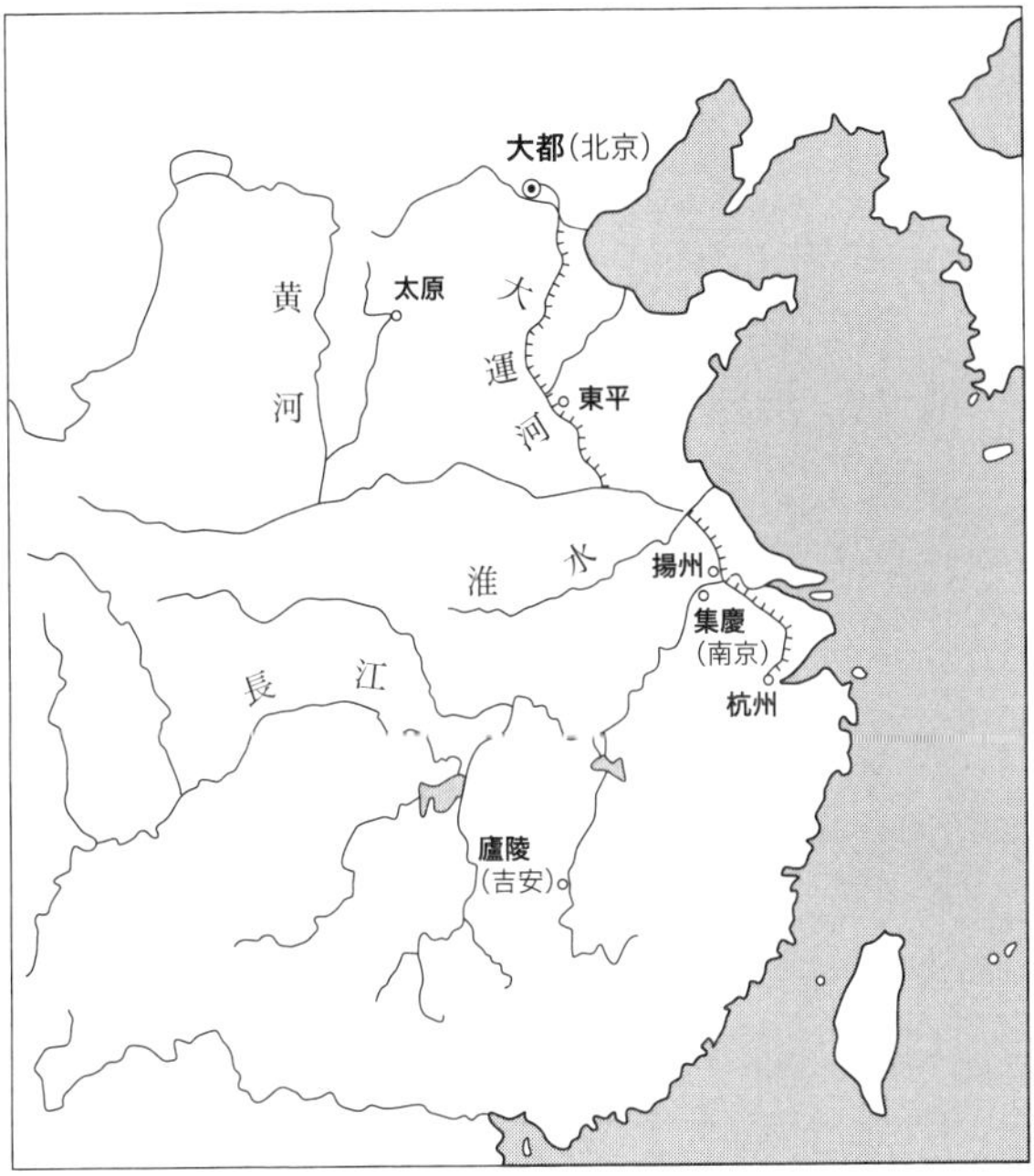

羅貫中関係図

④ 盧陵（江西省）説

明代の長篇小説『説唐全伝』には、盧陵羅本の編と題する。*3

これでは羅貫中は二人どころか四人いなければならないことになるが、おそらくそうではあるまい。近年中国では右の四説のうち、特に太原と東原をめぐってはげしい論争が起っているが、これらの説に対するもっとも合理的な解釈は、孤立した例である盧陵をひとまず除外して、あとの三つをすべて認め、羅貫中もしくはその父祖は元来太原の人で、その後東原（平）を経て杭州に移り住んだと考えることではないだろうか。それはあまりにも安易なご都合主義だと思われるやも知れないが、実はそのように考える方が元という時代の社会状況にはかえってよく符合するのである。

太原およびその南方の平陽を中心とする今の山西省は、当時文化のもっとも発達した地域のひとつであった。雑劇をはじめとする金元代の演劇や語り物も、多くこの山西地方から起り、盛んになったと考えられるのであって、太原と平陽は多くの雑劇作者を輩出している。また先に述べたごとく（八八ページ）『三国志平話』の結末は劉淵による漢王朝の再興であったが、その劉淵が都をおいたのは平陽であった。つまり『平話』は、空間的には平陽で終っているのであるが、これは演劇、芸能の盛んであった当時の平陽および山西地方の文化的地位と無関係ではないであろう。この時代、劉知遠や薛仁貴など山西出身の英雄を主人公とした物語がさかんに作られ、それがやがて南方にまで広まっていったのである。

次に東平は、元の初期、モンゴル人が華北一帯を支配圏に収めたとき、モンゴル人の統治に協力した漢人の有力な将軍であった厳実、厳忠済父子が幕府をおき、半独立の地方政権を立てていたところである。厳氏父子は文化に理解が深く、そのため当時戦乱に苦しんでいた多くの知識人がその庇護を求めて東平に集まってきた。金末元初最大の詩人、元好問は、その代表格と言えよう。元好問は太原の出身であった。このため東平は、モンゴル支配下における中国文化の拠点となり、雑劇作家にも、多数の水滸劇を書いたことで有名な高文秀をはじめ、東平出身者は少なくない。

やがて一二七九年、元が南宋を滅ぼし中国を統一すると、これら北方の文化人や雑劇作者の多くが南方、とくに南宋の旧都であった杭州に移住した。そのため雑劇の中心地は、前期の大都から後期は杭州に移ってしまったほどである。これら北来の文化人は、当時の南方人から北客とよばれ、文化の南北交流に大きく貢献したのであるが、そのなかには当然多くの山西および東平の出身者がいた。彼らは統一によって再開された南北大運河によって、続々と杭州へやってきたのである。東平は、大都から杭州にいたる大運河のほぼ中間にある重要な中継地でもあった。

このように考えてみると、羅貫中もしくはその父祖にあたる人物が、山西の太原から東平を経て杭州へ移住したというのは、当時の北から南への移動のもっとも典型的なパターンにかなっているといえるであろう。そして人が移動するルートは、同時に物が移動するルートであり、それにつれて芸能、演劇、物語などの文化が伝播してゆくルートでもあった。本来は北方のものであった「三国志」の物語も、多くの他の物語とともにこのルートによって南方にもたらされ、そこであらたな展開をむかえたのであろう。『三国志演義』は、そこに成立したと思える。

◈湖海の士――遍歴する文人

当時、北方から南方へ移住したのは、羅貫中のような文人だけではなかった。まず数がもっとも多かったのは占領地たる南宋に進駐してきた軍隊、および大小の役人であろう。それに商人もいた。元代の有名な詩人で、山西雁門出身の薩都剌《サトラ》は、一方では南方を転々とする商人であったことが彼の作品によって分る。薩都剌は西方から中国に移住してきたいわゆる色目人であったが、軍人や役人のなかにも、彼のような異民族出身者が多数いたことは言うまでもない。

元は支配者たるモンゴル人が遊牧民であっただけあって一所不住の非定着民が大いに活躍した時代であった。軍人、役人、商人のほか、特殊な技能をもった医者や占卜者、それに芸人や俳優などが各地を遍歴し、さまざまな活動をくり広げたのである。雑劇や小説の作者もむろんそのような遍歴する知識人のひとつであった。雑劇の作者のなかに、下級役人や医者、商人、占い師、俳優がいるのは、これらの職業間の親近性を示すものであろう。

当時のこのような知的職業者は、各々彼ら独自のギルド組織をもっていたようだ。雑劇や小説の作者の場合、それは書会といい、その構成員は書会先生もしくは才人とよばれた。書会がどのような組織をもっていたか、詳しいことは分らないが、大都や杭州、それに杭州の南の温州などの都会には、たいてい書会があったようであり、またそれは出版や初等教育にも関係していた形跡がある。文人たちが都市の間を移動することができたのも、おそらくこの書会のネットワークがあったからであろう。ギルドが全国的なネットワークをもっていたことについては、現在にいたるまですでに数百年の歴史をもつ山西南部、長子県一帯の散髪屋のギルド（理髪社）で使用されている符牒、いわゆる「行話」が、福建北部の建甌県の商人のそれと、ほぼ一致するという興味深い報告もある。[*4] 福建は、元代の『三国志平話』をはじめ『三国志演義』の主なテキストが出版された地であった。福建と山西の間には、書会などの組織を通じての人の交流が古くからあったのかも知れない。

羅貫中が書会のメンバーであったかどうかは、残念ながら分らない。しかし湖海散人という彼の号は、遍歴する文人にいかにも相応しいであろう。湖海とは、江湖と同じく本来は、世俗を離れた隠棲の地を意味した。それは世俗のさまざまな束縛のない自由な天地の象徴である。晩唐の詩人で隠者でもあった陸亀蒙は、自ら江湖散人と名のり、「江湖散人伝」[*5]を書いたが、そこで彼は、「散人なる者は散誕の人なり。心散じ、意散じ、形散じ、神散ず。すでに羈限なく時の怪民となる」と述べ、その非世俗的自由人の立場を表明している。ところが宋代以降の近世社会では、江湖もしくは湖海は、芸能者や武術者、職人などにとっての遍歴すべき対象としての世間を意味する言葉へと変化した。つまり、自由を求めて世間を離れた隠者たちが、今度はその自由人としての立場を保持したままで、彼らのさまざまな技能を武器として、世間に帰ってきたのである。この出世(世俗を出る)から入世(世俗に入る)への転換こそは、中国近世の知識人像を特徴づける最大の事件であったろう。『三国志演義』の編者としての湖海散人は、ここに誕生したのである。そう言えば「三国志」における劉備たちも、河北から徐州、荊州、そして四川へと遍歴する武装集団であった。『三国志演義』が書会の文人たちの間で形成されていったことは、おそらく間違いないであろう。羅貫中はいわばその頂点に立つ人物であった。

ちなみに湖海という語の典拠は、劉備を助けて呂布を破滅へとみちびいた策士、陳登、字は元竜の人となりを、「陳元竜は湖海の士、豪気いまだ除かれず」と評した『三国志』「陳登伝」にある。この「湖海の士の豪気」こそは、各地を遍歴しながら戯曲や小説の編纂に携わった当時の文士たちの気風を象徴する言葉であろう。湖海散人、羅貫中もまたその中の一人であったことは言うまでもない。彼は杭州に移住したのちも、おそらくさらに放浪をつづけ、結局は「竟《つい》に終る所を知らず」という運命を甘受したのであった。

山西省の右玉県、宝寧寺に残された明代の「水陸画」[*6]は、亡者の追善のための儀式である水陸道場の際に用いられた一種の宗教画であるが、そのなかで当時のさまざまな階層の人々を職業別に描いたものの中のひとつに「往古九流百家諸士芸術衆」と題する絵がある(左図参照)。

この絵は上下ふたつの人物群からなり、上段には占い師(左端)、眼医者(左から二番目、帽子と服に目のマークがある)、てんびんを担いだ商人などが、下段には太鼓を担いだ芸人(右下)、獅子舞い、眉とひげを濃く描いた道化役者(右上)、肩から腕にかけて刺青をした相撲取り(左上)、左手に輪をもち上半身はだかの奇術使い、瓶を担いだ小人（左下）などに囲まれて、中央に、頭巾をかぶり、右手に筆をもった文士の姿が描かれている。この人物こそは、書会先生、才人であろう。その姿には、筆一本を携えて各地を遍歴した職業的文人の躍如たる面目がみごとに描き出されている。

「往古九流百家諸士芸術衆」（宝寧寺明代「水陸画」）

◈羅貫中のその他の作品

羅貫中が編纂したとされる小説は『三国志演義』のほかにも『隋唐両朝志伝』『残唐五代志伝』『平妖伝』それに『水滸伝』などがある。しかしながらこれらの作品が本当に羅貫中の手になるのかは、大いに疑わしいであろう。ここで興味深いことは、『三国志演義』以外のこれらの作品の一部に、『三国志演義』の明らかな影響が感じられることである。つぎに万暦四十三年（一六一九）刊で、「東原貫中羅本編次」と題する『隋唐両朝志伝』の一節を書き下しで引用してみよう。[*7] 物語は隋末唐初の戦乱期を、唐王朝の実質上の建国者である太宗、李世民を中心に描いたものであるが、そのなかで敵の大将、単雄信が降服した場面での、太宗（秦王）と単雄信、および太宗の謀臣でかつ単雄信とは義兄弟の契りを結んだ仲である徐世勣の三人の会話である。

秦王笑っていわく、「今日の事、まさに何如《いか》にすべき」と。雄信いわく、「大王容《い》るるを肯《がえん》じ、雄信が歩騎兵を将《ひき》いれば、天下は慮《おもんばか》るに足らざるなり」と。秦王点頭《うなず》けり。雄信は徐世勣を目視《にら》みていわく、「阿弟《おとうと》よ、何ぞ一言なきや」と。世勣は答えていわく、「愚弟はもと兄を救わんとおもいしも、汝《なんじ》は袍を割《さ》き義を断《た》ちし時を忘れしや」と。雄信は黙然たり。（巻七）

「割袍断義」とは、これに先立ち単雄信が太宗を危地に追い込んだ時、徐世勣が単雄信の紅袍（戦羽織り）をつかんで、義兄弟の縁に免じて太宗の助命を乞うたのに対し、単雄信が紅袍を剣で断ってそれを拒んだことを指す。この場面の会話が『三国志演義』の「白門楼呂布殞命」における呂布と曹操および劉備の会話(四四ページ)を換骨奪胎したものであることは、言うまでもないであろう。

このような箇所は同書のなかに少なくないのであって、この小説は明らかに『三国志演義』をひとつのモデルとして作られているのである。このことは『三国志演義』の影響力の大きさを示すと同時に、いわゆる羅貫中編次が具体的に何を意味しているかを物語っているであろう。つまりそれは、羅貫中が実際に編纂したというのではなく、羅貫中の編にかかる『三国志演義』に範を仰ぎ、そのプロットの一部を借用したということを実は意味すると思える。右のような両者の類似を証拠に、両者ともに羅貫中編とみなすとすれば、それは「羅貫中編次」の陰にかくれた真の編者の罠にはまったも同然である。

なおこのように『三国志演義』にヒントを得たプロットは、羅貫中編とされる小説以外にもみられる。たとえば秦淮墨客、紀振倫編の『楊家府演義志伝』(万暦三十四年刊)で、太行山にたてこもった楊家の当主、楊継業が、宋の太祖に降服するに際し三つの条件を出したのは、関羽が曹操に降るにあたり三つ条件をのませた話を借用したものであろう。

このような換骨奪胎をやってのけ、羅貫中の名前をかたった真の編者とは、明代の出版業者、いわゆる書坊にやとわれていた職業的文士たちにほかならない。彼らはいわば元代の書会先生、才人の後裔であった。彼らにとって羅貫中という名前は、おそらくその職業を代表するシンボル的存在となっていたのであろう。

この考えをさらにおし進めれば、『三国志演義』形成の段階で、すでに羅貫中の名が利用されていたと仮定することも、むろん可能である。前述のごとく、『三国志演義』自体の序文や題署以外に、それが羅貫中の編にかかることを証明できる確実な資料は存在しないからである。要は、元末から明代にかけて、羅貫中に代表されるような遍歴する職業的文士集団のなかから『三国志演義』をはじめとするいくたの小説が生まれた、ということが言えるに過ぎない。かくして羅貫中の謎は、ますます深まってゆくのである。

＊1――以下の内容についてより詳しくは、金文京「羅貫中の本貫」(『中国古典小説研究動態』第三号　汲古書院発行　一九八九年)を参照されたい。
＊2――王利器「羅貫中与三国志通俗演義」(『社会科学研究』一九八三年一号『三国演義研究論集』四川省社会科学院出版社　一九八三年)。
＊3――何心『水滸研究』(上海古籍出版社　一九八五年)二五ページ。
＊4――侯精一「山西理髪社群行話的研究報告」(『中国語文』一九八八年二号　中国社会科学出版社)。
＊5――『唐甫里先生文集』(四部叢刊初編本)巻十七。
＊6――呉連城「山西右玉宝寧寺水陸画」(『文物』一九六二年第四・五期合刊号　文物出版社)、また『宝寧寺明代水陸画』(文物出版社一九八八年)参照。
＊7――この点は、中国古典小説研究会の一九九二年夏期合宿における上田望氏の発表「読史小説試探――隋唐演義小説を手がかりとして」より示唆を受けた。

五

人物像の変遷

◈関羽はなぜ神か？

『三国志演義』の人物を論じるのに、なぜ劉備でなく、孔明でなく、関羽からはじめるのか。それは、関羽こそがこの物語のかくれた主人公、いや真の主人公と言ってもよい、と思えるからである。魯迅は『中国小説史略』の中で『演義』の人物描写を評して、「劉備の長厚を顕《あらわ》さんとしては偽《いつわ》りに似《に》、諸葛の多智を状《たち》さんとしては妖《よう》に近し。ただ関羽においてのみ特に好語《こうご》多く、義勇《ぎゆう》の概《おもむき》は時々に見るがごとし」、つまり劉備は温厚にみせようとしてかえって偽善者のようになり、孔明の智恵者ぶりはまるで妖術使いかと思われる。ただ関羽だけが見事な描写で、その正義感あふれる勇者ぶりをまのあたりに見るようだ、と言って、その例として華雄を一刀のもとに斬る場面（第五回）をあげている。まことにそのとおりであろう。

実際『演義』を読んでいると、作者はただ関羽のかっこよさをみせたいだけで、あとはみんな引き立て役ではないか、と思えてくることもしばしばである。明代の三国関係の戯曲を見ても、「貂蟬を斬る」「燭を乗《と》りて旦《あした》に達《いた》る」「独り千里を行く」「単刀会」と関羽劇のオンパレードである。芝居は小説とちがって、一番かっこよいところだけをやればよいわけであるから、自ずとこうなるのに不思議はない。

ところがである。その関羽のかっこよさの大半が、実は絵空事だと言ったら驚かないであろうか。まず関羽といえば青竜刀、そして赤兎馬であるが、このふたつからしてすでに何の根拠もない。次に数々の名場面、「温酒華雄を斬る」「文醜を斬る」「五関に六将を斬る」「蔡陽を斬る」「華容道に曹操を釈《ゆる》す」これが全部つくり事であった。「貂蟬を斬る」や「燭を乗りて旦に達る」、それに死後の「玉泉山に聖を顕《あらわ》す」などは言うまでもない。残ったのは「顔良を斬る」「骨を刮《けず》って毒を療す」それに「水にて七軍を淹《した》す」ぐらいなものであろう。そのうえ関羽の第一の部下、周倉も架空の人物、息子の関平は本当は実子なのに、小説ではなぜか義理の間柄になっている。こうやってひとつずつベールをはいでゆくと、ついには陳寿が彼を評した「剛にして自ら矜《ほこ》り、短をもって敗を取る、理数の常なり」、つまり剛情で傲慢な欠点のために自滅したのは当たり前だ、という冷酷な言葉が待ちうけている。関羽ファンにとって、これはつらい。

　関羽が実像をはるかにこえて立派に描かれているのは、むろん彼が神となったからである。関羽は関公となり、関王となり、ついに関帝となって、文の孔子とならぶ武神の頂点に立った。勇将ではあっても必ずしも良将ではなかった関羽が、なにゆえこのように尊崇されたのであろうか。兄の劉備さえ神でないのに、自分が神になっては、義理にもとるではないか。関羽はいったいどうして神になったのか。

　まず考えられるのは、人々がその死に同情し、あるいは祟りを恐れたため、つまり怨霊として祭られたことである。菅原道真が天神様になったのと同じであろう。しかし怨霊というのであれば、劉備も張飛もそして孔明も、みな怨みをのんで死んだ怨霊有資格者である。それに道真が受験の神様になったのは、もともと学問が得意であったからだ。関羽はどうであろう。試みに横浜の関帝廟に行ってみられよ、彼はいまや金もうけのための財神である。しかし関羽が金もうけが得意だったという話は聞いたことがない。

関羽が神となったのは、どうやら彼の行状や性格とは関係なく、その生まれ故郷のせいであるらしい。関羽の故郷は、山西省解州(現在の運城市)であった。解州には、中国最大の塩湖として古来有名な解池がある。塩が人間の生命に不可欠であることは言うまでもない。沿海部にすむ人々にはその有難さが分らないが、内陸部では、塩はしばしば貨幣として使用されるほどの貴重品となる。英語のサラリー(salary)は塩(salt)に由来する言葉である。古代ローマでは兵士の給料を塩で払っていたのである。このため塩の産地は経済的、政治的にきわめて大きな意味をもっていた。もし塩の産地をおさえることができれば、その塩によって生活するすべての人々の死命を制することができるからである。日本のような島国でも、海のない甲斐の信玄は、敵に塩を送ってもらわねばならなかったのである。

解池は、中国史上まさにそのような地位を占めていた。古代中国文明の発祥地であるいわゆる中原とは、この解池塩の消費地域にほかならない。秦の始皇帝(在位前二二一—前二一〇)も解池を制することで統一への足がかりをきずいたのである。

ということは、解池を中心にした塩の交易路、いわゆる塩の道があったということであろう。

そこで解州一帯の人々は、古くから塩の製造販売に従事する商人となった。やがて漢代になると、塩は国家の専売品となる。おおもとさえおさえればよいのであるから、専売にするのはたやすい。塩の専売は莫大な利益を政府にもたらした。それによって塩商人も勢力をまし、政府の庇護のもとに活動を全国に広げ、のちには金融にまで手をのばして、中国全土の経済権を制覇するにまでいたったのである。これが近世のいわゆる山西商人（山西は解州を含む山西省と西隣の陝西《せんせい》省をいう）の活躍である。

一方政府による塩の専売は、民間における塩の密売を生み、塩の密売はさらにそのための組織としての秘密結社を生んだ。山西商人が全国の経済権を制覇すれば、秘密結社も全国に組織を広

武安王（関羽）像版画（金代山西平陽徐家刊）

げ、闇の世界を支配する。両者は表裏一体の関係にあったろう。中国史上、政治の混乱期に反乱を起したのは、唐末の黄巣、元末の張士誠など多く塩の闇商人である。近代では蒋介石が塩商人の息子であり、彼の政権を財政的に支えた孔祥熙は、山西商人の出身であった。さらに山西地方は古来より遊牧民族と対峙する軍事上の要地であったが、そこで必要とされる莫大な軍事費は、主に塩商人が負担した。山西はまた多くの軍人を輩出し、軍隊は状況の変化によって、全国各地に移動して行く。商人が軍人を支え、軍人は秘密結社と手を組む。

かくして明と闇、表と裏の両面において、塩は中国の政治、軍事、経済を動かしたが、そのルーツにあたる山西の解州が生んだもっとも有名な人物、それが関羽であったのである。郷土意識の強い中国人の例にもれず、山西人は郷土の英雄である関羽を神として祭り上げ、彼らが出かけて行く先々にその神像を担いで行った。軍神、商業神、そして秘密結社の守護神としての関羽に対する信仰は、こうして全国に広まって行ったのである。

四川省の山奥の町、自貢市には、一七三六年に建てられた山西商人の出張所、西秦会館が残されているが、それは同時に関羽を祭る関帝廟であり、解放後の現在では自貢市塩業歴史博物館としてつかわれているという。また現在、中国および華僑経済圏における金融センターである香港の中環《セントラル》に行けば、中国塩業銀行の大きな看板をみることができるであろう。華僑の海外進出によって、今や関帝信仰は東南アジアをはじめ世界中に広がり、各地に関帝廟が建てられることになったのである。たかが塩とあなどってはいけない。それにしても関羽がもし解州の出身でなければ、こんなにあちこちに関帝廟ができたかどうか、あやしいものである。

このような関羽の神格化の過程で、彼にはさまざまな神話や伝説が生まれることとなった。中国では古くから政府が宮中で軍神を祭る習慣があったが、その初代は、黄帝と戦って敗れたとされる神話中の人物、蚩尤《しゆう》である。蚩尤は体中が鉄で出来ているうえ、鉄石をくらう鉄の化身であったが、かの漢の高祖、劉邦も天下統一後さっそく蚩尤を祭っているのである。ところが唐代になると、その地位は、周王朝の創業をたすけた太公望、呂尚にとってかわられ、呂尚は武成王という称号をあたえられた。呂尚またの名は姜子牙は、のち明代の神魔小説『封神演義』で大活躍する人物である。次の宋代、正式の国家祭祀は依然として武成王にささげられるが、民間から関羽の存在が徐々に頭をもたげ、政府はついに彼を武安王に封じた。この時代に、関羽が解池で蚩尤と戦って破ったという伝説が生まれているのは、興味深いであろう。

その後、関羽の地位は急上昇し、武成王の権威を圧倒するが、これはちょうど関羽信仰が全国的に普及していった時期に相当する。のちに述べる(一八〇ページ以下)元代の語り物『花関索伝』で、桃園結義が姜子牙廟、すなわち武成王廟の前で行われることになっているのは、両者の消長を反映するものであろう。その後も神としての関羽は出世をつづけ、明の万暦四十二年(一六一四)には、「三界伏魔大帝神威遠振天尊関聖帝君」というおそろしく長い称号をもらい、そしてついに清初の順治九年(一六五二)にいたって、「忠義神武関聖大帝」として、めでたく三代目軍神に就任した。

一方、国家祭祀の中での関羽の地位が確定したのとちょうど同じ時に、満州人の清王朝打倒を目的として生まれた秘密結社においても関羽が守護神として崇められるようになったのは、なんとも皮肉である。この秘密結社の守護神としての関羽の性格を示す伝説を一つだけ紹介しよう。

関羽の顔がなつめのように赤いというのは、『演義』の読者なら誰でも知っていようが、むろんこれも関羽にまつわるフィクションの一つである。中国人の色彩感覚では、赤は誠実、忠心をあらわすが、またそれは元末の紅巾賊から中国共産党の紅軍にいたるまで造反のシンボルでもあった。関羽の顔が赤いについては、次のような伝説がある。

関羽は生まれ故郷で悪代官を殺害して追っ手におわれる身となったが、ふと河の水で顔を洗ったところ、水中の聖母(または観音)の神助によって、たちまち顔が赤くなり、追っ手の目をくらまして、関所をぬけて逃れることができたという。一説ではこの時、関所で名を聞かれ、でまかせで関と名のったので、本姓は関でないという。

これこそまさに弱きを助け悪をこらしめるアウトサイダー的英雄に相応しい話であろう。こうして関羽は、体制と反体制の双方から神として信仰されることになったのである。

『三国志演義』の形成は、まさにこの関羽の神格化と歩みを合わせて進められた。関羽がそのかくれた主人公であったのは当然であろう。『演義』の作者とされる羅貫中も、関羽と同郷の山西人であった。

◈劉備の涙

桃園結義の後、三人は各々自分の武器を作った。関羽は青竜刀、張飛は丈八蛇矛、そして劉備は双股剣である。双股剣がどんなものか知らないが、『演義』の挿絵を見ると、劉備はたいてい二刀流である（八三ページ図を参照）。そして二刀流を使うのは、民間の物語や芝居の中では、またいてい女性と相場が決まっていた。京劇「覇王別姫」での虞美人も二刀流である。

もっとも劉備が双股剣をふりまわしたのは、黄巾賊の乱からせいぜい虎牢関で呂布とわたりあった（第五回）頃まででであろう。その後はそんなぶっそうなものはよして、もっぱら情に訴えて人を動かすという手法に出る。そのきわめつきが涙であった。彼は孫権の妹との結婚のあと、荊州に逃げ帰るため、夫人の前に跪いて雨のごとく涙を流してみせた（第四十六回）。うそ泣きの名人、泣いて天下を取ったと言われても仕方あるまい。つまり女性のつかう武器をすてて、本物の女の武器を手にしたのであろう。

しかし、実在の劉備はむろん泣いて天下を取ったわけではない。督郵を鞭うったのは、張飛ではなく彼であり、博望坡の勝利も孔明ではなく彼のものである。髀肉の嘆をかこつだけの雄心は十分にあったのである。

ではどうして小説の劉備はかくも女々しくなりはてたのか。答えはかんたん、劉備にいろいろやられては、ほかの人がこまるからである。彼の配下には関羽がいる、張飛がいる、趙雲がいる、そして孔明がいる。これらの英雄、傑物に存分の働きをさせるためには、彼はだまってみこしの上にのるしかなかったであろう。時々泣いてみせるのはせめてもの愛嬌である。義兄弟というものに、多少とも同性愛的な側面があるとすれば、劉備は女役であったと言ってもよいかもしれない。

これを比喩的に言うならば、劉備は『三国志演義』という歴史小説が成り立つための枠組を支えているということになるのではないか。『演義』は三国という時代の歴史を描いた小説である。しかし本当は、『演義』はそのなかに登場する英雄のロマンを描こうとした小説なのである。その代表は関羽であろう。しかし英雄のロマンがいかに感動的であっても、歴史という枠を跳び出してしまってはもともこもない。ちょうど関羽がいかに活躍しても、劉備がいなければ意味をなさないのと同じである。かくして劉備は、並いる英雄たちのロマンのために、女々しく涙を流すのである。

しかし中国の小説を見てみると、このような人物はどうも劉備ひとりではなさそうだ。たとえば『西遊記』の三蔵法師玄奘がそうであろう。日本のテレビドラマでは、玄奘役は女優がやることになっているようであるが、実際の玄奘は、険しい道中をものともせず、一人でインドにまで行った大冒険家であった。しかし『西遊記』のなかでは、彼もやはりめそめそと泣いてばかりいる。あるいは『水滸伝』の宋江もそうであると思える。実在の宋江がどういう人物であったかは分らないが、少なくとも部下をひきつれてそこら中を荒らしまわったのであるから、相当な乱暴者であったろう。しかし小説の宋江は、泣きはしないがいたっておとなしい。

劉備、玄奘、宋江という中国三大小説のリーダーには、明らかに共通点がある。人の上に立つリーダーでありながら、自分は無能非力、その代り、まわりには有能な人物がいっぱいいし、だまっていてもすべてやってくれる。泣けばもっとやってくれる。つまりは人望があるということであろう。

ここには、能力よりも人徳を重んじる中国流のリーダー像があらわれていよう。リーダーたるものは、皆の先頭に立ってリーダーシップを発揮したりすべきではない。それよりも自ら人徳をみがき、衆望を担うことが重要である。自分は動かず、人を動かすのである。行動する強力なリーダーが待望される現代には、このようなリーダー像はあまり理解されないではあろうが。

しかしリーダーが女性的というのは、時代と地域を超えた普遍性をもっているようにも思える。西洋中世の騎士は、自分の敬愛する女性のために戦ったが、古来より戦士集団というものは、たいてい女神を崇めているものであるらしい。『三国志演義』も『水滸伝』も、そして『西遊記』も、すべて基本的には男性による戦闘集団の話であるから(『水滸伝』には若干女性がいるが)、リーダーには女神の代替物がもとめられるのである。もしそこに同性愛的な連帯があるとすれば、上に立つのはやはり女性役であろう。

◈張飛の逆転劇

『三国志』によれば、関羽は地位ある者には傲慢であったが、部下の兵士にはやさしかった。

張飛は逆に部下には厳しかったが、上の地位の者には従順であったという。そして両者ともにそのために命をおとした。それでは死後、張飛は支配階級に重んぜられ、関羽は民衆に敬愛されたかというと、これまた逆であるから面白い。関羽は神として崇拝されたが、民衆が親しみを感じたのは、明らかに張飛の方であった。「三国志」にまつわる民間の説話をみると、張飛については、がさつ者のようだが本当は智恵があるといった、いわゆる「粗中に細あり」をテーマとした好意的なものが多い。ところが関羽については、傲慢なためにしくじったという、あまり好意的でないものが間々目につく。

思うに上に従順で下に厳しいのは凡人の常であろう。張飛はふつうの人だったのである。凡百の人間は、非凡さには敬意を払っても、親しみは感じない。逆に地位のある人間は、凡人がいくら従順にしてもただおかしく思うだけである。

関羽の顔は赤い。それに対して張飛の顔は黒い。『演義』ではそうなっていないが、芝居の瞼譜《くまどり》や民間伝説ではそうである。赤にせよ黒にせよ、顔がその色に塗られるのは、凡俗を超えた神のしるしであった。したがって張飛も本来は神であったのである。しかし彼は神の座からすべり落ちて、道化になった。元雑劇の莽張飛《マンチャンフエイ》は、いたるところトラブルを捲き起こす天真爛漫で愛すべきトリックスターである。

張飛のこの性格は、『水滸伝』の黒旋風李逵と花和尚魯智深に共通している。『西遊記』の孫悟空、そして猪八戒にも少し似ているであろう。この三つの小説に、このように似たキャラクターの人物あるいは怪物が登場するのは、それらがすべて宋代の寄席の講談から始まっているからにほかならない。内容と演じる芸人が変っても、聴衆は同じであるから、そこに自ずと聴衆の嗜好、それを通してのひとつの時代精神があらわれてくる。テレビの時代劇と現代ドラマに、同じような性格の人物が出てくるようなものであろう。この時代の人々は、女々しいリーダーと暴れん坊のトリックスターが好みであったらしい。

もうひとつ、雑劇と民間説話の張飛は、肉屋であった。『演義』も「酒を売り猪《ぶた》を屠《ころ》す」と紹介するが、具体的描写はない。屠殺業は罪深い職業と意識され、それに従事する者はしばしば賤民視された。しかし罪深い賤しい人間は、それだけに救済され悟りを開く機会も多いという聖俗逆転の思想が、この時代にはあったのである。元雑劇の「任風子《にんふうし》」は、肉屋の出家悟道をテーマとした芝居であるが、その背景には、この時代に多くの信者を得た新しい道教、全真教の教えがあった。張飛が肉屋とされたのも、「任風子」と同じ動機からであろう。肉屋の鎮関西を殺して出家した『水滸伝』の魯智深は、最後に杭州の六和寺で悟りを開き、坐化した。孫悟空も猪八戒も、やがて神として天上界に帰ってゆく。かくして時代は、一介の平凡な武将を、時代の価値観をくだくトリックスターとしてとらえ、そこに救いへの啓示を托したのであった。

◈科学者としての孔明

『演義』を読んで不思議に思うことのひとつは、関羽の死に逆上して無謀な対呉戦争を始めようとする劉備を、どうして孔明は止められなかったかということであろう（第八十一回）。答えは、むろん歴史がそうであったからであるが、孔明には劉備を止める力、というよりはむしろ実績がなかったのである。歴史上の孔明はそれまで戦争をしたことがなかった。だから劉備を止められないのは当然であろう。孔明がはじめて戦争を指揮したのは、劉備の死後、南方に遠征した時である。それまで彼はずっと後方工作担当であった。『三国志』の彼の伝は、「先主外に出づれば、亮は常に成都を鎮守し、食を足らしめ兵を足らしむ」と述べる。戦争の準備をするのはうまいが、実戦の指揮官としてはどうであったろう。これについては、陣寿の評、「変に応ずる将略は、その長ずる所に非ざるか」というのが、当たらずといえども遠からず、と史家の意見はほぼ一致している。

しかしこれはまたなんと『演義』の孔明像とへだたっていることか。孔明は戦略の神様であったはずである。だがそういえば、『演義』を読んでいると、孔明はいつも勝っているのに、結果的には敗戦になっていて、なんだと思わされることがしばしばあった。赤壁の戦いでの神がかり的な働きがそうであったように、それらはおおむね作り話だったのである。孔明は政治家としてはきわめて有能な名宰相であったのに、『演義』はそちらの方にはあまり注目せず、彼を、魯迅の言葉を借りれば、魔術師のように描いてしまった。それはなぜか。

戦争をするには戦略がいるが、戦略は今も昔も科学技術と密接な関係がある。ただし昔の科学は今からみれば迷信である。現代の軍事家はレーダーで敵を探すが、昔のレーダーは占いであった。かくして星占い、雲占い、風占いなどが、みな軍事技術として利用された。占いといっても、たとえば星占いであれば天文観測もやるわけであるから、科学とは表裏一体、いやむしろ科学の前身である。そしていつの時代でも科学者は戦争に奉仕し、科学は戦争によって進歩するのに変りはない。

昔の軍隊には、このような占い師としての科学者が大勢いて、重要な役割をはたしていた。世界中の神話や伝説で活躍する英雄をみても、たとえばアーサー王におけるマーリンのごとく、たいていは魔術師的な人物がその傍らにいて戦略の助言者となっているのである。とすれば戦争文学としての『演義』のなかにも、当然それが出てこなければならないであろう。ざっと見渡したところ、その役割を演じられるのは孔明以外にいそうもない。

近世の軍隊では、そのような軍事技術者はしばしば道士であった。元の雑劇をはじめ芝居の中の孔明が道士の扮装で出てくるのはそのためである。『水滸伝』では、公孫勝がこれに相当するであろう。

赤壁の戦いの時、十万本の矢を一夜で集めた孔明に感心した魯粛が、どうして霧が出ると分ったのかと聞くと、孔明は、「将たるもの天文に通じず、地利を識らず、奇門を知らず、陰陽を暁《さと》らず、陣図を看ず、兵勢に明らかならざれば、これ庸才なり」とうそぶき、三日前から霧の出ることは分っていたと自慢気に答える（第五十五回）。これを現代風に言いかえれば、科学技術の勝利ということであろう。魯迅は孔明を魔術師と評したが、魔術師こそは科学者の父であった。

『演義』の孔明は、前近代における中国的科学者像の一つの投影であろう。

　しかしここでひとつの疑問が生まれる。天文地理に通じ、三日後の霧を予測できる孔明であれば、蜀が三国を統一できないことも当然、知っていたはずではないか。それなのになぜ劉備の求めに応じて無駄な努力をしたのであろう。答えは、その不可なるを知りてなおこれを為す、つまり不可能とは知りつつ、大義のため劉備の恩顧に報いるために、あえて一身をささげたということで、これは特に日本人好みの忠臣、諸葛亮像である。しかしそうだとしても、だめだとわかっているなら、どこかに醒めた部分があったはずである。元代の雑劇などには、この種の醒めた孔明像がしばしば登場する。『演義』でも、三顧の礼で孔明が昼寝から目覚めて詠んだ、「大夢誰が先に覚《さ》めん、平生我れ自ら知る」という詩には、この点が示されているだろう。大夢とは漢王朝復活の夢、しかしそれが夢にすぎず、やがては覚めることを、自分は平生から知っているというのである。

　この詩は、北宋の王輔道の作とされる「漁家傲」詞に、「日月に根なく天は老いず、浮生は総べて銷磨され了《おわ》る。陌上《はくじょう》の紅塵は常に擾擾《じょうじょう》たり。昏《くれ》ては復た暁《あ》ける。一場の大夢誰が先に覚めん」(『能改斎漫録』巻十七)とあるのをおそらくは踏まえている。「漁家傲」は、俗世間の功名のむなしさと隠遁への思いを述べたものである。このような醒めた孔明像の極致は、後に述べる『花関索伝』で、劉備が死ぬとさっさと隠遁してしまう孔明であろう。それは科学者、孔明から導かれた、「出師表」などとは異なるもうひとつの孔明像であった。

◈曹操の「悪」

京劇の瞼譜《くまどり》では、関羽は赤、張飛は黒、そして曹操は白である。白は不吉と悪を象徴する。『演義』における曹操は、まさに悪の代表であろう。

中国語の「悪」には二つ意味がある。一つはワルイ、もう一つはツヨイ。したがって曹操はワルイやつであり、ツヨイやつである。ちなみに「善」にも実は二つ意味がある。すなわち一つはヨイ、もう一つはヨワイ。「怕悪欺善」は、「悪をおそれ善をあざむく」ではなく、「強きをおそれ弱きをあなどる」という意味である。ではヨイひとでヨワイひとは誰か。言わずと知れた劉備である。劉備が「善」である以上、曹操は「悪」であらねばならぬであろう。そうでなければ『演義』の世界は成立しない。曹操が「悪」でなければ、劉備はただのヨワイひとではないだろうか。

歴史上の曹操は、たしかにツヨイやつであった。が、はたしてそんなにワルイやつでもあったかといわれると、実は疑念が残る。ツヨイゆえにワルイ、という論理が多分に働いているような気もするのである。

しかし今頃そんなことを議論してもはじまらないであろう。たしかなことは、曹操はツヨイやつであったと同時に、当時一流の詩人、文化人であったことである。赤壁の戦いの前夜、彼が槊《ほこ》を横たえて歌った、例の「月明らかに星稀に、烏鵲南に飛ぶ」というあの詩は、たしかに曹操の自作であった。戦いには敗れ、すっかりワルイやつにされてしまったが、小説のなかで自作の詩を披露することができたのであるから、もって瞑すべしであろう。文学に無縁な劉備などは論外としても、孔明はせっかく「梁父吟」という詩を作ったのに、小説のなかではそれを歌わせてもらえなかった。彼の岳父、黄承彦が婿の作として吟じた「梁父吟」は、なぜか全然別の詩である。詩人がワルイやつであったとしても、一向に構わないであろう。

◈孫権のユウウツ

劉備の蜀が善、曹操の魏が悪であるとすれば、孫権の呉はどちらでもない、強いて言えば、道化であろう。

実際、呉の君臣たちは『演義』の中で徹底的にコケにされたと言ってよい。孔明が一夜で十万本の矢をそろえた話が、本当は孫権のことであったのをはじめ、よいことはすべて人のことにされてしまい、まるで身に覚えのないことを押しつけられ、嘲笑されたのである。周瑜が孔明のために怒り死にさせられた(第五十六回)などというのは、その最たるものではないか。これは全く気の毒というものである。真実を知る者は義憤にたえぬであろう。

がしかし、本人たちは案外平気で、そんなことはどうでもいいよ、と言ったかもしれない。魏と蜀はお互いを滅ぼして、中国を統一するために必死であった。しかし呉はそうでもなかったのである。孫権とてあわよくば統一中国の帝王になれれば、と思わぬことはなかったろう。しかし彼のより大きな関心は別のところにあったはずである。

呉は三国の中でもっとも若い国である。当時、呉の地域は山越蛮夷《さんえつばんい》などとよばれた原住民のすむ未開地がかなりの部分を占めたが、おりからの戦乱のため、多くの漢民族が北方からその地へ移住してきたのである。彼らは原住民と絶えず戦い、征服しながら開発を進めねばならなかった。蜀も南方に異民族地域をかかえており、さればこそ孔明の南征が必要であったのであるが、蜀の南征が一過性のもので移民をともなわなかったのに対して、呉は南海にまでいたる広大な土地の開発に熱心であった。

呉の南部は当時の人々にとっていわばニューフロンティアであったろう。幌馬車に揺られて、インディアンと戦いながら、西へ西へと向ったアメリカの開拓民にとって、ヨーロッパの覇権争いは遠い出来事であった。とまではいかないまでも、それにやや似た状況ではあったにちがいない。三国のなかでもっともおそく帝号を称したのは孫権である。孫氏は早くに江南の地に定住した土着豪族であったが、その部下の多くは周瑜、魯粛のような、この時期の北方からの移住者であった。呉の国づくりは主に彼らの手になったのであって、孫氏と同じ土着豪族たちは、むしろ消極的であった。赤壁の戦いの時、曹操への降服を主張したのは、彼ら豪族たちである。同じことは蜀についても言えるのであって、蜀の中枢は諸葛孔明をはじめ荊州からの移住者で占められており、蜀の土着勢力、たとえば陳寿の先生であった譙周などは、むしろ魏との合体を望んでいた。

ともあれこの若い国のリーダーとそのブレーンたちは、みな若々しい青春の活力と勇気、そして聡明さに恵まれた人々であった。ところがどうしたことか、その多くは不幸にも若くしてこの世を去った。孫権の父、孫堅は三十七歳、兄の孫策は二十六歳、もっとも信頼した周瑜は三十六歳、魯粛は四十六歳、呂蒙は四十二歳で死を迎えている。彼らがもし長生きしていれば、三国の歴史は変っていたかもしれない。

父と兄、それに頼れる臣下がみな若死にを遂げるなかで、孫権だけが長生きをした。かつて「子を生まば、まさに孫仲謀のごとくあるべし」と曹操を感嘆させた颯爽たる青年君主も、老いたのちは酒に溺れて政治をあやまり、そのため呉は衰退に向ったのである。まわりが若者ばかりになって、さみしかったのかもしれない。若者の国で長生きするのは、つらいことであろう。孫権は呉の年号で太元二年(二五二)、七十一歳で死んだ。呉はその後、内紛をくり返したが、それでも三国の中ではもっともおそくまで存続し、蜀と魏が亡んだはるかのち、晋の太康元年(二八〇)にようやく滅ぼされた。蜀や魏のように統一戦争に血道を上げず、国内に余力があったからであろう。

◈魯粛の真価

三国の人物のなかで、もっとも広い視野と見識を備えていたのは誰か、ともし聞かれれば、それは魯粛であると迷わず答えたい。

三国の基本構造はいうまでもなく三者鼎立であり、それはふつう孔明の天下三分の計によって発案されたと考えられている。しかしそれよりも早く、周瑜の推薦で魯粛がはじめて孫権に会った時、彼は江東に鼎足して、天下の情勢を観望するよう孫権に勧めているのである。そして三国鼎立を実現させるうえで力があったのも、やはり孔明よりはむしろ魯粛であったろう。

曹操に追われて荊州から敗走する劉備を自らの判断で訪ね、友人の弟である孔明を呉に同道して同盟を結び、根強い主和派の反対を排して、周瑜をよびよせ、赤壁の戦いを勝利にみちびく基礎を作ったのは魯粛であった。しかし魯粛の真のえらさが発揮されたのは、戦いの後である。

戦後、荊州の領有をめぐって、孫権と劉備は対立するが、この時の双方の実力から言えば、孫権が荊州を占領することは不可能でなかったろう。現に周瑜はそれを強く主張している。しかし魯粛は、鼎立を実現させるため、大局を考えて劉備に譲歩するよう孫権を説得したのであった。こちらがより強い立場にいる時に、大局を考えて弱者に譲歩するというのは、外交上もっとも難しいことがらではないだろうか。魯粛はよくそれをなしうるだけの見識と胆力をもった人物であった。これに比べると、のち劉備が荊州に恋々とするあまり、曹操との戦機を逸したのなどは、大いに見劣りがすると言わねばならない。

しかも魯粛は、言うべき時に言うべきことはきちんと言った。荊州をめぐって関羽と単独会見した際、魯粛の激しい叱責に、さしもの関羽も返す言葉を失った、と『三国志』は伝える。

しかしこれらはすべて『演義』のなかでは歪曲されている。関羽とのいわゆる単刀会では、魯粛はすごすごと逃げ帰ることになるし、孔明との関係も完全に主客が顛倒し、魯粛はあわれで滑稽な狂言廻しの役を割りふられているのである。真の賢者の運命とは、案外そのようなものであるのかもしれない。

六

三国志外伝……『花関索伝』

◈よみがえる花関索

先に『三国志演義』のかくれた主人公は関羽であると述べたが、その関羽の息子といえば関平と関興であろう。ところが関羽にはもうひとり三人目の息子がいたことになっているが、ご存じか。毛宗崗本の第八十七回、孔明が「南蛮」を征討すべく成都を出発すると、まもなく「関公の第三子関索」なる人物が突然あらわれるのが、すなわちそれである。関索は孔明にこう語る。

荊州《けいしゅう》失陥以来、難を鮑家荘《ほうかそう》に逃れ、病いを養っておりましたが、つねづね西川《せいせん》(四川)に行って先帝(劉備)にまみえ、父の仇をうちたいものとは思うものの、傷口いまだふさがらず、そのままになっておりました。近頃ようやく傷もなおり、また呉の仇どももみな誅殺されたと聞きおよび、ただちに帝にまみえんと馳せ参じるところ、おりよく道中にて征南の軍に出会いましたゆえ、おそれながらまかり出でたる次第でございます。

孔明は大いに感激してさっそく彼を配下に加えるが、しかしその後の関索は雲南征討の話のなかで、その名が四回ちらっと出るだけで、別にさしたる活躍もせぬままいつのまにやら姿を消してしまう。

明代後期に福建地方で出版されたテキストの多くには、この人物について毛本よりさらに詳しい別系統の話を載せているが、いずれも突然あらわれていつのまにか消えてしまうこと、それに鮑家荘にいたとか、呉の仇敵はみな誅殺されたとか、なにやら得体の知れぬことを口走り、小説全体のストーリーとどこか調子が合わないところが共通している。要するに『演義』のなかでもどこか浮き上がった印象のうすい人物であろう。関羽の息子ときかれてこの関索の名がすぐに思い浮かぶようなら、「三国志」マニアとしてまず合格といってよい。

史実としての関羽の息子はやはり関平と関興のふたりだけであったから、この関索は当然、架空の人物ということになる。いったいこの人物はどのようにして『演義』の世界に入りこんできたのであろうか。

関索は『演義』のなかでこそ影がうすいものの、それ以前の宋元代にはなかなかの有名人であったらしい。まず『演義』とならぶ長篇小説『水滸伝』に登場する百八人の豪傑たちは、みな綽《あだ》名《な》をもっているが、そのうち楊雄の綽名は病関索《びょうかんさく》である。有名人でなければあだ名の対象には選ばれないであろう。病気の関索というのは先の『演義』の話に合致している。

『水滸伝』は梁山泊に集う盗賊の物語であるが、この時代の実在の盗賊やその盗賊を取締まる側の軍人(これも盗賊と大差ないが)の中に、朱関索、賽《さい》関索、賈関索など、やはり関索にちなんだあだ名をもった人物がいた。面白いのは当時、都会の盛り場で興行した相撲取りの醜名《しこな》にも、賽関索、小関索、張関索、厳関索などがみえることである。女占賽関索というから女相撲もあったらしい。[*1] 関索はよほどの力持であったにちがいない。

さらに『演義』のなかで、関索が従軍したことになっている現在の四川、雲南や貴州地方には、関索嶺、関索廟、関索城などの地名が今でものこり、中でも貴州省の関嶺布依《ブイ》族・苗《ミャオ》族自治県には、関索鎮という村があって、村役場には「関索人民法庭」やら「関索派出所」なんていう看板がかかっているのである。『演義』のあまたの登場人物のなかで、現在の地名となって、派出所の上にその名がついているのは、おそらく関索だけであろう。そしてこれらの土地にはまたたいてい、かつて関索がやってきて活躍したというような伝説が伝わっている。それらの伝説は今でも土地の人々によって大切に保存されており、四川省広元市郊外にある関索夫人、鮑三娘の墓にいたっては、近年修復されたばかりのようである(次ページ写真参照)。小説の中ではまるでぱっとしないのに、これまた不思議な話であろう。

そこで『演義』のもととなった元の『三国志平話』をみると、その孔明南征のところにはちゃんと関索の名が出ているのである。ただしそれは、不危城にたてこもって反抗する太守の呂凱が、「三万の軍を引いて出戦すると、関索が詐って敗れた」といきなりその名が、しかも一度だけあらわれるので、前後の関係がまったく分からない。一方、宋元代の古い短篇小説を集めた明の『清平山堂話本』を見ると、そのなかの「西湖三塔記」という作品の中で、登場人物の容貌を描写して、「三国内《さんごくない》の馬超《ばちょう》の如《ごと》く、淮甸内《わいでんない》の関索《かんさく》に似たり」と言っている箇所がある。これだと関索は

関索鎮（上。高橋智氏撮影）と鮑三娘（漢将軍関索夫人）の墓（下。中裕史氏撮影）

「三国」の馬超と対になっており、「三国」以外の話の人物のようにとれるが、しかし「淮甸」(淮河の流域)が何を指すかが不明である。

以上の断片的な資料から考えると、宋元時代の民間では、関索は広く知られた英雄であったはずで、おそらくは彼にまつわるまとまった物語が存在したであろう。しかしその物語は明代以降、断片と痕跡のみを残して、あたかも小説中におけるその人物のように、いつのまにか消えてしまったのである。ところがそのいったんは消え去った物語が、意外にも地下からふたたびその姿をあらわした。それが『花関索伝』である。

◈『花関索伝』の発見

一九六七年、上海市西北の嘉定《かてい》県で偶然ひとつの古い墓が発掘された。その墓の主の棺を開くと、屍体の枕元に数冊の本が置かれていたが、調査の結果、それらは明の成化年間(一四六五―一四八七)に北京の永順書堂という本屋が刊行した十六種の説唱詞話および戯曲「白兎記」であることが判明したのである。説唱詞話というのは、元明代の民間で流行した語り物の一種で、主に七言句による韻文のうたと散文のせりふによって物語をかたる形式である。そのなかのひとつに関索を主人公とした物語、『花関索伝』があった。[*2]

『花関索伝』は、版面の上部三分の一ほどに挿絵を配した上図下文式の体裁をとるが、これは福建で出版された元の『平話』シリーズや明代の小説によくみられるスタイルである。言ってみ

『花関索伝』

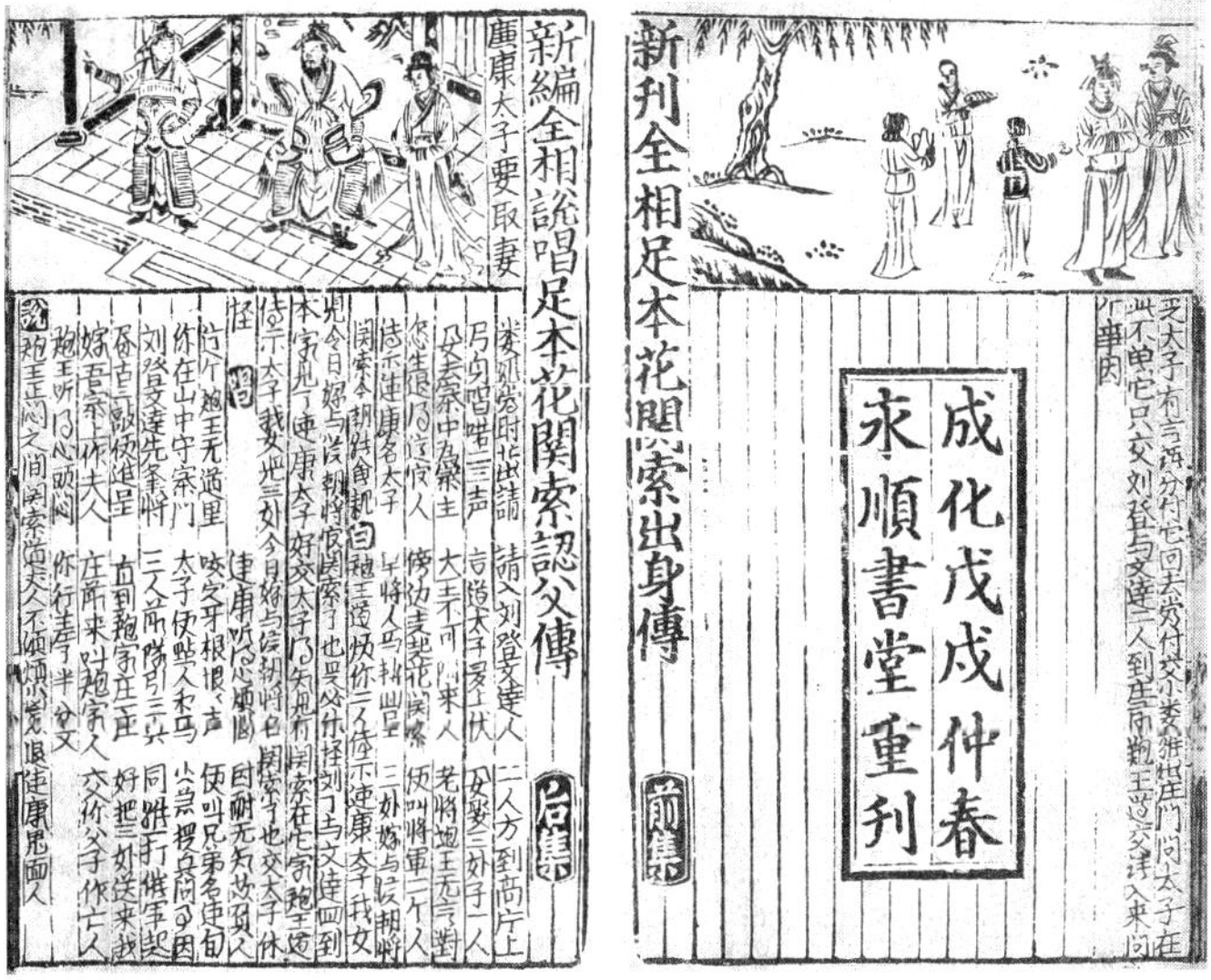
新刊全相足本花関索出身傳　前集

成化戊戌仲春
永順書堂重刊

新編全相說唱足本花関索認父傳　后集

れば一種の劇画であろう。奥付には成化十四年（一四七八）重刊とあるから、初刊はそれ以前、物語の成立はさらにその前の元代にまでさかのぼると考えられる。

墓主はこの土地の名士で、成化年間に西安府の同知、今でいえば西安市の副知事をつとめたことのある宣昶《せんちょう》という人物の子もしくは孫にあたる人物であった。いずれにせよお墓の中にまで持って行くほどであるから、よほど愛読していたのであろう。次にその内容のあらましを紹介してみよう。

劉関張桃園結義の際、関羽と張飛はすでに妻子がいたが、それではうしろ髪を引かれて存分な働きができない、いっそ妻子などいない方がよいではないか、しかし自分の家族を殺すのは忍びないから、お互いに相手方の家族を殺そうということで相談がまとまる。そこで張飛が関羽の家に行ってみると、関羽夫人の胡金定は身重の体であったため不憫に思い、殺さずに逃がしてやる。ついでに関平の命も助けて、自分の伴として連れ去る。

命拾いをして実家の胡家荘に逃げ帰った胡金定は、やがて男の子を生む。歳月は流れて七年後、子供は一月十五日、元宵節のお祭の晩に灯籠見物にいって迷子になり、索員外という長者にひろわれる。索員外はかねてより丘衢山斑石洞にすむ道士、花岳先生のもとに自分の息子を出家させる約束をしてあったが、花岳先生があらわれると、代りにひろった子の方をあずけた。そこで子供は山中で花岳先生について、武術の修業をすることになった。

九年後のある日、子供は先生の言いつけで、山中に水を汲みにゆくと、突然近くの岩が音をたてて割れ、なかから水が流れてきた。いそいで椰子の盃で水を汲んでみると、不思議にもそこに九匹の蛇が浮かんだので、思わず一杯のんでしまう。するとどういうわけか、今までにない怪力が身について、帰りに遇った山賊をなんなく退治してしまったのである。そこで子供は花岳先生に別れを告げて山を下り、胡家荘に母を訪ねてゆく。胡家荘では子供が父の関羽に似ず小男なのではじめは疑うが、母の胡金定が、耳の後の瘤をおぼえていて、やっと母子の名のりをあげる。子供は花岳先生、索員外の姓をとって、花関索と名のることにした。

その時ちょうど太行山の十二人の強盗が襲ってくるが、花関索は父がのこした黄竜槍などの武器を手に戦って、敵を降参させてしまう。そこで花関索は母を連れ、部下となった強盗たちを率い、父の関羽を訪ねて旅立つこととした。

道中、花関索は鮑家荘の娘で武芸達者な鮑三娘と試合をして勝ち、彼女を妻とする。また鮑三娘のもと婚約者で、頭に角がはえた廉康太子と戦ってこれを殺してしまう。ついで蘆塘寨を訪れた花関索は、王桃、王悦の姉妹と戦ってこれもまた妻にする。その他、さまざまな敵をやっつけたすえ、ようやく関羽のもとにたどりついて、父子の対面をはたした。

その後、花関索は、廉康太子の弟で金睛獣に乗った廉旬と戦ったり、落鳳坡で曹操が開いた宴会で、剣舞のすえ呂高天子を刺殺したりと活躍、ついで劉備の西川征討に従軍し、ここでも呂凱、王志、周覇、周倉などの敵を次々と倒して、ほとんど花関索ひとりの働きによって、劉備らは成都に入城することができた。

ところが花関索は、酒席で劉備の義子、劉封と口論したため劉備の怒りをかい、喧嘩両成敗、花関索は雲南、劉封は陰山の北に流罪となる。やがて呉の孫権が荊州を攻め、関羽が敗死したので、劉備はいそいで雲南の花関索をよびかえすが、運悪くその時、花関索は瀕死の重病であった。そこへ花岳先生がどこからともなくあらわれ、薬をあたえたので、病気はたちどころに平癒し、すぐに軍勢をしたがえて父の弔い合戦に出かける。

しかし呉国第一の猛将、鉄旗曾霄と戦った花関索は、黄竜槍を折られて大敗、憤激のあまり一時気を失うが、その時彼の魂は冥界にゆき父の関羽の霊に会う。関羽は玉泉山潭中に沈んでいる自分の刀があれば、曾霄を倒せると告げる。よみがえった花関索が刀をさがしだして曾霄を破り、父の仇の陸遜、呂蒙をとらえて、父の霊前で血祭にあげた。

その後、劉備が関羽と張飛を思うあまり病いを得てみまかると、孔明は臥竜山に修業をしに帰ってしまい、落胆した花関索も病気となって、看病の甲斐なく死んでしまう。三人の妻とあまたの部下は、みな自分の古巣へと帰ってゆき、かくして軍団は瓦解、物語は終りを告げるのである。

◈『花関索伝』と英雄叙事詩

とまあ以上ごくかいつまんで内容を紹介したが、これだけでもこの物語がいかに驚くべきでたらめな話であるかは、十分に知れるというものであろう。ここで活躍するのは徹頭徹尾、花関索ひとりだけであり、関羽や張飛、孔明でさえもその引き立て役にすぎない。主な登場人物と大まかな設定こそ「三国志」によっているものの、主人公の花関索および妻の鮑三娘をはじめ、彼の敵となった数々の得体の知れぬ妖怪のごとき人物たちは、すべて架空の存在であり、内容の大半も「三国志」とは何のかかわりもない荒唐無稽な話である。花関索が呂蒙や陸遜を血祭にあげたり、劉備の死後、孔明がさっさと臥竜山に引きあげたりするところなどは、まさに噴飯ものであろう。明代以降『三国志演義』が歴史志向を強めてゆく中で、この物語が消えてしまったのは当然であった。

『花関索伝』の奇蹟的ともいうべき発見によって、宋元時代、この人物がなぜかくも人気があったのか、盗賊や相撲取りがなぜ関索の名前を愛用したのかという謎は解けた。また『演義』で関索が、「鮑家荘で病いを養った」「呉の仇敵は誅殺された」などと言っているのも、そのままではないが、この『花関索伝』と関係があることは明らかである。また『平話』で関索が呂凱と戦うことになるのも、やはりこの『花関索伝』と共通する。呂凱は本来、孔明の味方で、戦うべき相手ではない。

しかしそれよりもさらに重要なことは、この荒唐無稽な物語が、花関索という一人の英雄を主人公として、その異常な誕生(父なし子)と生い立ち、魔術師的な人物のもとでの修業と超能力の獲得、そして遍歴と冒険、あまたの勝利の栄光とロマンスから最後の悲劇的な死にいたるまでの一生を、韻文によって描いているという点で、いわゆる英雄叙事詩《エピック》の概念にぴたりと当てはまることであろう。

自来、中国の文学は虚構よりは事実を重んじ、いわゆる「怪力乱神」を語らぬのをその文学観の正統としてきた。西洋をはじめその他の地域の文学と比較してみると、中国文学にはまず系統的な神話と長篇の英雄叙事詩が欠如しており、ついで小説と戯曲の発達がおくれるが、その原因の大半はこのような事実尊重の文学観に帰することができよう。二十世紀初頭のいわゆる文学革命の時期に、西洋の文学を中国に紹介した胡適や周作人などの文学者は、みな西洋文学にくらべての中国文学の特色として、まず神話と英雄叙事詩の欠如を挙げている。

たしかに中国の古典文学には、西洋のごとき、またインドのごとき長編の叙事詩は存在しない。しかし目をいったん古典文学の外に転じれば、必ずしもそうとは言えないのである。まず中国の周辺にすむ諸民族には、チベット人の「ゲサル王」、モンゴル人の「ジャンガル」、そしてキルギス人の「マナス」(これを現在の中国では三大英雄叙事詩とよぶ)など豊富な叙事詩の伝統がある。また雲南や貴州にすむ少数民族も、天地開闢の神話を語る多くの叙事詩をもっている。さらに現在中国の各地に伝わる語り物芸能や民歌のなかにも、広東の「木魚書」や江南の長篇呉歌のように、英雄叙事詩的色彩の濃い作品をもつものは少なくない。

このように古典と現代、中心と周縁の対立において、英雄叙事詩はきわだって対照的なあらわれ方をしていると言えよう。そして『花関索伝』の発見は、このような英雄叙事詩が、周縁や現代のみではなく、実は中心の古典的世界においても意外に早くから存在したのではないかということを示唆しているのである。

◈神話と伝説の世界

自従盤古分天地
三皇五帝夏商君
周朝伐紂興天下
代代相承八百春
周厲王時天下乱
春秋列国互相呑

盤古《ばんこ》が天地《てんち》を分《わ》けてより
三皇《さんこう》　五帝《ごてい》　夏商《かしょう》の君《きみ》
周朝《しゅうちょう》は紂《ちゅう》を伐《う》って天下《てんか》を興《おこ》し
代代相承《だいだいあいう》けること八百《はっぴゃく》の春《とし》
周厲王《しゅうれいおう》の時《とき》　天下《てんか》乱《みだ》れ
春秋列国《しゅんじゅうれっこく》互相《たがい》に呑《の》む

右は『花関索伝』の冒頭の部分、このあと秦から前漢、後漢へと続き、ようやく三国時代の幕開けとなって、桃園結義へとつながってゆく。盤古は天地開闢の時にあらわれ、死後その屍体から山川、日月、草木などが生まれたとされる神話上の帝王であった。このように天地創造のはじまりから代々の王朝名を列挙してゆくやり方は、未開民族によくみられる神話の原初的形態としての系図語りによく似ているであろう。『花関索伝』は、その内容においても、また右のような語りの形式においても、神話もしくは伝説的要素の色濃い作品であった。

次に主人公である花関索および関羽の形象にみえる、神話、伝説的性格を、三つの方面から述べてみよう[*3]。

①まず第一は、剣神もしくは剣の英雄としての性格である。『花関索伝』で、関羽の死は次のよ

うに語られる。

呉軍に追われた関羽は玉泉山へと逃げるが、そこで愛馬の赤兎馬が関羽の青竜刀とともに水の中へ沈む。これをみて関羽は死ぬのである。のち花関索は、呉の曾霄に父譲りの黄竜槍を折られて仮死状態に陥るが、その時、冥界で会った父の啓示により、水中から刀を取りもどし、曾霄を破ることができた。つまり関羽父子は、青竜刀や黄竜槍などの武器によって結ばれており、武器の喪失は敗北と死を、またその獲得は再生と勝利をもたらす。彼らは武器と生死をともにする武器の化身であった。

このような特徴は、死に臨んで愛剣エクスカリバーを水中に投じたアーサー王をはじめ、ユーラシア大陸各地の神話や英雄伝説に共通するパターンとしてみえ、神話学者によって剣神もしくは剣の英雄伝説とみなされている。なおエクスカリバーは、アーサーが大理石の中から抜き取った剣であったが、花関索にも石の箱の中から取り出した斧で敵を倒す話があり、また雲南地方には関索が槍を挿したとされる挿槍岩の遺跡が残されている。同様に関羽にも、桃園結義の前に石の下から刀を抜いたという話が、民間伝説や元の雑劇にはみられるのである。これらはみな「石から出る剣」という共通のモチーフをもっているであろう。

さらに武神としての関羽の原像である古代神話の英雄、蚩尤は、体中が鉄でできたまさに武器そのものであったが（一五九ページ）、花関索もまた「渾是《すべて》濱州一塊鉄」と、鉄のかたまりとして形容されている。そのほか、花関索と闘って敗れた廉康は、民間の伝説では、体中が鉄で、ただ喉だけが肉であったとされる。このように体中にただ一箇所だけ弱点があるというのも、ゲルマンの英雄ジークフリートをはじめ、多くの英雄伝説に共通する。『花関索伝』およびそれにまつわる伝説群には、このような剣神・剣の英雄の神話と伝説が反映していよう。

②次は水神である。関羽の刀が死に際して水中に沈み、花関索がそれを水中から得て再生したように、彼らの武器は水と深い関係がある。それは、青竜刀、黄竜槍という名に端的にあらわれているように、それらの武器が竜の化身とみなされたからにほかならない。花関索は当初、岩の裂け目から流れ出た水にうかぶ蛇をのんで怪力を身につけ、それによって父の武器、黄竜槍を継承したのであった。竜も蛇の水中に棲む水神の化身であることは、言うまでもないであろう。

民間の伝説では、毎年陰暦の五月十三日、関羽の誕生日に関羽が天の河の水で青竜刀を洗うため、この日は雨がふるといい、これを磨刀雨とよぶ。関羽は剣神であると同時に、水神でもあったのである。関羽の顔が水で洗って赤くなったという先に述べた伝説(一六〇ページ)も、水の女神の洗礼によって、神に変身したことを元来は物語っていよう。

③最後は小童である。花関索は小びとであった。そのため山を下りて母を訪ねた時、大男の関羽の子がこんなに小さいはずがないと、信じてもらえなかったし、また別の箇所で彼は、「上下不長四尺五」上下四尺五寸にもみたない、「身材不抵拳来大」体は拳ほどの大きさもない「小童」と形容されているのである。この小びとの花関索が、大男の敵を次々と倒すのであるから、これは一寸法師の話と同じであろう。明の銭希言の『獪園』という書物に、当時流行の「弾唱詞話」の

文句として引用されたものには、「棗核様小花関索、車輪般大九条筋」つまりなつめの種のようにチビの花関索、しかし車の輪のように大きな九つの筋肉がモリモリ、とまるでポパイのようなことが書いてある。ポパイがブルートをやっつけるためには、ホウレンソウの罐詰が必要だが、それに相当するのが、花関索にとっては蛇の浮いた椰子の盃の水であったわけである。

このように小童は、水神と密接な関係があった。そのもっとも分りやすい例は、河童であろう。柳田国男が言うように、河童こそは水神のなれのはてであったからである。河童の霊力の秘密も、やはり頭の上にのった水の入った皿にあったことは言うまでもない。

この皿や盃、そしてお碗や瓢簞などの容器も、霊力の宿る場所として、水神信仰などを考える際には重要である。アーサー王の話などで有名な聖盃伝説も、やはり盃の霊力の一種であろう。日本の酒呑童子や金太郎は、花関索によく似たところがあるが、彼らの力の源泉も、酒よりはむしろ盃の方にあったかも知れない。

酒呑《しゆてん》童子は本来捨《す》て童子であったとされ、生まれてすぐ山の中に捨てられたのであるが、花関索が迷子となり、やがて山中にあずけられたのは、捨て子の変型であろう。

以上、三つの側面から花関索および関羽の形象を考えてみたが、これらはバラバラではなく、複合してひとつの神話的な象徴を形づくっている。その同一の神話的象徴が、世界の各地に存在することについては、むろんその間に、ある特定の時代と地域から他への伝播と影響があったことを想定して構わない。しかしより根元的な次元では、それはおそらく人類の無意識の奥底にひそむ、普遍的なあるなにものかのあらわれであって、時代と地域を超え、さまざまなかたちを取って、神話、伝説はもとより小説や映画、絵画、そして漫画などのなかにくり返し映し出されているのである。

◈叙事詩と小説

『花関索伝』は、少なくとも表面的には「三国志」の世界を描いているはずであった。ところが読みすすんでゆくうちに、不思議にもそこに『水滸伝』や『西遊記』など別の世界が立ちあらわれてくるのである。

たとえば花関索が劉備に従軍して西川に進攻するのは、一応「三国志」の世界での話であるが、そこで花関索が対戦する相手は、みな『水滸伝』風の盗賊である。いや劉備や関羽、張飛自体からして、興劉寨にたてこもったりするところは、盗賊とえらぶところがない。花関索の部下となった太行山の十二人の盗賊にいたっては、『水滸伝』の原型である『宣和遺事』のなかにも顔を出しているのである。

そしてこの『水滸伝』的な盗賊の世界の皮をもう一枚めくると、そこには頭に角をはやしていたり、金睛獣に乗ってとびまわったりする妖怪たちが姿をあらわすのであった。金睛獣は『西遊記』では、牛魔王の乗り物である。このほかにも『花関索伝』には、金頭王、銀頭王など、まるで『西遊記』風の妖怪が登場している。そればかりか、『西遊記』の孫悟空には、花関索にきわめてよく似たところがみられる。先に花関索の性格を、剣の英雄、水神、小童という三つの側面から述べたが、この三つの点は孫悟空にもすべて当てはまるのである。

まず孫悟空は石から生まれたうえに、太上老君の八卦炉で焼きがはいって、鉄のような体となり、しかも如意金箍棒を手にもった鉄の化身、武器そのものの象徴である。

次に日本の河童がエンコウ、すなわち猿猴ともよばれ、サルと密接な関係があるように、サルは水の精の化身であるとみなされていた。孫悟空の原型のひとつである唐の李公佐の小説「李湯」のなかの無支祁《むしき》は、やはりサルのかたちをした水怪であり、そのほか明代の『西遊記』の戯曲には、孫悟空の姉として亀山水母なる水の女神が登場している。

孫悟空はしばしば自分の毛を抜いて、小さな分身を作るが、そうでなくても彼自身が、対戦する妖怪からはチビよばわりされていたことは、「尿胞雖大無斤両、秤鉈雖小圧千斤」(第三十一回)、つまり膀胱のうきぶくろは大きいだけで重さがないが、分銅は小さくとも千斤を圧するぞ、というその啖呵からも明らかであろう。ところでこの同じ啖呵を、実は花関索も切っているのである。馬に乗ってもこぶしほどの大きさで、槍をふりまわすさまはまるでサルだ、という敵の罵りに対して、花関索はやはり、うきぶくろと分銅の比喩で切り返している。

このように見てくると、花関索とはいったい関羽の息子なのか、それとも梁山泊の一味なのか、はたまた孫悟空の兄弟なのか、分らなくなってくる。ここでは明代以降、歴史小説、盗賊小説、神魔小説と分化してゆくべきものが、なお未分化のままで混然としていると言えよう。

先に劉備と玄奘および宋江に、共通のキャラクターがみられるのは、それらがすべて宋代以降の講釈から派生したものであったためであると述べた（一六三ページ）。この場合にも一応はそれと同じことを考えてよいかもしれない。

しかしさらによく考えてみると、『花関索伝』におけるこの混沌は、都市の芸能としての講釈よりも前の段階の、神話的象徴の同一性をなお強くとどめた英雄叙事詩のものであることが分るであろう。一般的にいって、神話の基本構造というものは、民族や地域によってそんなに変化のあるものではない。しかしそれは時代とともに徐々に解体し、各々の地域と時代とによって、特定の歴史事件や人物と結びついてさまざまな伝説を生み、さらには小説などへと転化してゆくであろう。

中国近世の小説が、語り物としての叙事詩を母胎として誕生したことは、ほぼまちがいない。そのことは、先に述べた盤古の天地開闢にはじまる神話的系図語りが、明代の小説にもなお部分的に用いられていることなどからも想像できよう。しかしそれらの小説では、すでに全体としての叙事詩の語りの構造は破壊され、散文によるあらたな構造に組みかえられている。そしてまさにその語りの構造の解体と再編によって、それに支えられていた神話的構造と神話的象徴の同一性も崩壊し、別々の小説作品へと分化していったのである。『花関索伝』は、その崩壊直前の姿をとどめた作品であろう。

◈叙事詩と演劇

語り物としての叙事詩文学は、その構造の解体と再編によって小説へと生まれ変わる一方、語りの形式をほぼそのとおりにとどめたままで、演劇へと転化していった。

近年中国西南の雲南、貴州および揚子江中流一帯の江西、安徽などの地方では、儺戯《なぎ》という名で総称されるさまざまな仮面劇の存在が報告されている。[*4] 儺戯は、古代の追儺《ついな》儀式、というのは日本の節分の鬼やらいの原型であるが、それに由来するきわめて宗教色の強い祭祀演劇である。

従来中国には、古代にごく簡単な仮面舞踊はあったものの、本格的な仮面劇はないと考えられていた。元の雑劇や明の伝奇、そして今日の京劇などは、すべてくまどりを顔に塗ることはあっても、仮面は用いない。しかしこれも英雄叙事詩同様、中国周辺には、日本、朝鮮、チベットなどみな仮面劇の長い伝統があるのに、中国にだけそれが存在しないことが奇妙に思われていたのである。しかしこの儺戯の発見によって、中国にもかつては仮面劇が広く行われていたらしいことが、ようやく判明したのであった。

これらの儺戯の中でも特に興味深いのは、安徽省の貴池に残るそれである。貴池一帯の農村には、二十世紀の初頭に筆写されたと思える儺戯の脚本が伝わっているが、驚くべきことに、その大半が、上海近郊の明代の墓の中から発見された成化年間の説唱詞話と内容はもとより、字句までもがほとんど一致したのであった。これは成化本説唱詞話につぐ第二の大発見であろう。

この貴池の儺戯脚本を調査した王兆乾氏によると、たとえば先に引いた『花関索伝』冒頭、盤

「花関索」演劇関係図

北京
黄　河
嘉定（『花関索伝』
発見地）
南京
広元（鮑三娘墓）
成都
長　江
上海
貴池
（儺戯「花関索」）
万載（跳戯「鮑三娘・花関索」）
貴陽
安順（地戯）
昆明
澄江（関索戯）
香港

古開闢以下の系図語りは、儺戯の脚本「花関索」では張飛が歌うことになっている。つまり貴池儺戯「花関索」は、説唱詞話『花関索伝』をほぼそのままのかたちで、演劇脚本として利用したものであった。

また安徽省の西南に位置する江西省の万載県で毎年正月に行われる「跳儺」の儀礼のなかには、花関索と鮑三娘が武器を取って闘ったのちに結婚する場面を対舞で演じる簡単な仮面劇が伝わっている。そこでふたりが歌う歌詞は、田仲一成氏の記録によれば、[*5]『花関索伝』と同じくやはり七言句から成り、一部に『花関索伝』と同じ文句がみえる点から考えて、貴池の儺戯「花関索」と何らかの関係があると想像される。

一般的に言って、語り物が演劇に転化するのはきわめて自然であろう。一人の語り手が間接話法ですべてを語るのを、複数の扮装した俳優が、地の文を所作に代えて、直接話法で会話すれば、演劇になる道理である。語り物から演劇への転化は、手近なところでは日本の浄瑠璃をはじめ世界中にその例がみられる。張飛が系図語りをしたりするのはいかにもおかしいが、これは語り物が完全に演劇になりきっていない過渡的な段階を示していると考えられよう。

中国の語り物は、その韻文部分の形式によって二通りに分けられる。ひとつは唐詩などでおなじみの七言詩や五言詩、つまり一句の字数が同じ形式で、特に七言詩を多用する。これを「詩讃系」といって、『花関索伝』などの詞話はこれに属する。もうひとつは宋代に流行した詞のように、一句の字数がまちまちないわゆる長短句の形式で、これを「楽曲系」といい、宋元代の諸宮調などがその例となる。[*6] このうち「楽曲系」の語り物は、諸宮調から元の雑劇が生まれたように、早くから演劇に転化し、演劇史の流行となった。しかし一方の「詩讃系」の語り物は、残された作品数が少なく、それが演劇に転化したかどうかもはっきりしなかったのである。これは「楽曲系」が都市の芸能として知識人、文人に好まれ、文芸化が進んだのに対し、「詩讃系」の方は主に農村に行われ、祭祀的な性格を強く残していたためと想像される。「詩讃系」の詞話をつかった仮面劇が元代の農村で行われていたらしいことは、当時の法律文書である『元典章』に、それを禁止する法令があったことから、ある程度分っていたが、成化本説唱詞話と貴池儺戯の脚本の発見によって、「詩讃系」の演劇の存在が確認された。

江西省南豊の儺舞の関羽（上）と貴州省安順の地戯の関索（下。共に著者撮影）

現在知られている儺戯の脚本は、貴池や万載県のものをも含めて、基本的にすべて七言句を主体とする「詩讃系」である。しかもその大部分は、三国劇のように戦闘場面の多い武劇であった。うち雲南省澄江県に伝わる「関索戯」は、もっぱら三国劇を演じるものであり、現在では関索の登場する演目はないが、その名称からしてかつては存在したと考えられる。また貴州省安順の「地戯」は、やはり三国劇などの武劇を演じるが、「地戯」の研究者、高倫氏によると、なかに関索を扱ったものがあるとのことである。なお「関索戯」や「地戯」を伝承する村々には、明代初期に江西や安徽地方から移駐してきた屯田兵の子孫であるという言い伝えがあり、それを証明する家系図なども残されている。[*7] これらの演劇は、江西、安徽一帯の儺戯が伝播して成立したものと考えられよう。これまた軍隊によって芸能が伝播したひとつの例であった。

今日、中国を代表する劇種である京劇をはじめ、各地に伝わる地方劇の大部分は、仮面こそ用いないものの、その歌辞が七言句を基調としていることからみて、「詩讃系」と密接な関係があると思える。京劇や各地の地方劇のなかには多くの三国劇があって、今でも民衆に愛好されているが、なかには劉備の義子で、関羽を救援しなかったために劉備の怒りをかった劉封を、針をうった太鼓のなかに閉じ込め、山上からころがして殺すという内容の「滾鼓山《こんこざん》」や、姚斌という猟師が関羽になりすまして赤兎馬を盗むという「真仮関公《しんかかんこう》」など『演義』をはじめそれ以前の文献にはみえない荒唐無稽な内容の演目がある。ところがこのふたつの話は、ともに『花関索伝』のなかに同じものがあり、これによってその起源が明代以前にまで溯り得ることが分ったのである。これなども『花関索伝』発見がもたらした大きな収穫であろう。『花関索伝』の発見は、「三国志」物語および『三国志演義』の研究にとってはむろんのこと、小説、演劇、講唱文学(語り物)から神話、そして中国文学史全体の枠組にまでおよぶ大きな問題をわれわれに提示している。

＊1――周紹良「関索考」(『学林漫録』第二集 一九八一年)。
＊2――『花関索伝』については、井上泰山他『花関索伝の研究』(汲古書院 一九八九年)を参照されたい。
＊3――金文京「関羽の息子と孫悟空」上下(『文学』第五十四巻六号・九号 岩波書店 一九八六年)参照。
＊4――儺戯については、田仲一成『中国巫系演劇研究』(東京大学出版会 一九九三年)参照。
＊5――田仲一成前掲書の二四六ページ以下を参照。
＊6――詩讃系の語り物と演劇については、金文京「詩讃系文学試論」(『中国――社会と文化』第七号 東大中国学会 一九九二年)参照。
＊7――田仲一成前掲書三七一ページ以下参照。

七

『三国志演義』の出版戦争

◈出版と書坊

『三国志演義』は、明代以降に成立した中国近世のありとあらゆる小説のなかで、おそらくはもっともよく読まれた作品であろう。あるいは二十世紀に入ってからの近代小説を数に入れたとしても、その地位は揺るがないかもしれない。明代以後の小説は、原則としてすべて商業出版の産物であるから、よく読まれたということは、よく売れたということであり、それだけ数多くのエディションが大量に出版されたということになる。実際、明清間に各地の民間の出版業者、これを中国では古く書坊といったが、彼らが刊行した『三国志演義』のテキストの数は、現在残っているものだけでも、百種類は下らないであろう。実際はその数倍あったに相違ない。

しかも、清代中期以降は毛宗崗本の天下であり、毛本一色になるので別であるが、それ以前の明代のテキストは、いくつかの系統によって内容や表現にかなりのちがいがあり、しかも同じ系統に属するテキストであっても、書坊の間で版木を流用したような場合を除いて、字句まで完全に同じテキストは、これまでにひとつも知られていない。

昔の中国の本は、版木を彫って刷る木版印刷によって作られたが、この方法でもっとも簡便に本を出版するには、すでにある書物を版下としてつかい、それをそのままなぞって彫り、印刷すればよい。これを覆刻もしくはかぶせ彫りという。この方法はいわばコピーと同じことであり、版下をわざわざあらたに書いたり、校正をしたりする手間が省けるのである。ところが『三国志演義』のあたまのテキストには、この簡便な方法をつかったと思えるものがほとんどない。字形まではなぞらず、ただ同じ版式で出す場合は翻刻といい、覆刻についで手軽な方法であるが、これによったものもあまりないようである。

つまりはそれだけ書坊間の競争が熾烈であったのだろう。競争は、わが社独自のテキストを出したいという意欲と、他社の本をそのままコピーすればクレームがつくという意識を生んだ。当時はむろんまだ版権という考えは確立していないが、他人が出した本と同じものを無断で出版するのは非難にあたいするという認識は、すでにかなり普及していたようである。清代の本の表紙に、しばしば「翻刻必究」の文字がみえるのは、その証拠である。かくして各々内容の一部もしくは字句、表現の異なる約四十ほどのテキストが残された。

それにもかかわらず、従来明代の『三国志演義』の諸テキストについての研究が、たとえば『水滸伝』や『西遊記』ほどにさかんではなかったのには、少なくともふたつの理由があったであろう。ひとつは、『三国志演義』は三国時代を描いた歴史小説であるから、若干の潤色や表現のちがいはあっても、語られる事柄に相違はないはずだという先入観がはたらいたこと。いまひとつは、現存諸本中もっとも古い嘉靖元年(一五二二)序刊の『三国志通俗演義』(張尚徳本)が、通俗小説のテキストとしては異例に早いものであり、かつその字体の端秀、印面の精美、ともに小説版本中群を抜いているため、この張尚徳本が最古にして最善、羅貫中原本の姿をもっとも忠実に伝えるテキストであって、以後の諸本はみなこれから出たものにすぎない、という強い印象をあたえたことである。そのため従来の研究では、毛宗崗本の改訂を除いて、テキストについてはほとんど問題にならなかったと言ってよい。

◈張尚徳本の問題点

しかし右の前提は、ふたつとも正しいとは言えない。まず内容については、たしかに大筋は史実にそっており変りがないが、細部の事実やつけ加えられたフィクションにはかなりの異同がある。その最大のものが先に述べた関索もしくは花関索の話であった。現存する諸テキストは、この話の有無によって、後述のようにいくつかの系統に分けられるのである。

次に、よく調べてみると、張尚徳本はその外見の立派さと刊行年代の早さにもかかわらず、決して最古のテキストでも、最善のテキストでもないことが分る。その証拠はこの本の随処にみられるが、いまふたつだけ例をあげてみよう。

張尚徳本の巻十二「張永年反難楊修」の条に次のような話がある。蜀からの使者、張松は、曹操の著わした兵書『孟徳新書』を楊修からみせられると、一読してただちに全文を暗誦してみせ、「この本は戦国時代のもので、蜀では子供でも暗誦できます、曹操どのはきっと盗作されたのでしょう」と言って楊修をやりこめる。このことを楊修から聞いた曹操は、大いに驚いて、もしや古人と自分との暗合かと疑い、「遂にその書を扯《やぶ》き砕《くだ》かしめ、これを焼く」ということになるのだが、張尚徳本ではその後に次のような注がついている。

柴世宗の時に方《はじ》めて刊板あり、旧本は書を板に作る、差《あやまり》なり。

つまり「旧本」では、「書を焼く」というところが「板を焼く」となっているが、板本をつかった印刷は五代の後周の世宗（在位九五四―九五九）の時はじめてできたのであるから、これは誤りであるというのである。これによれば、張尚徳本以前に「旧本」が存在したことになるであろう。ところが張尚徳本より後に福建で出版されたテキストを見ると、まさにここのところが「板を焼く」になっている。ということは、福建本は、刊行年代こそおくれるが、かえって「旧本」の姿をよくとどめているということになるのである。すなわち張尚徳本は必ずしも最古のテキストではない。

しかし右のケースは、三国時代にすでに木版印刷があったとする「旧本」の非常識をただしたのであるから、最古ではないかもしれないが、なお最善とは言えるであろう。ところが逆に、嘉靖本が改めた結果、かえって事実を誤った例も少なくないのである。

たとえば張尚徳本巻一で、将軍、皇甫嵩と朱儁《しゆしゆん》が黄巾賊と戦う場面に、次のようなところがある。

その時、皇甫嵩と朱儁は官軍を領して賊と大戦す。賊は戦いて利あらず、乃ち長社のしろに退き入り、草に依りて営を結ぶ。嵩は四面より囲定《かこ》む。嵩は儁にいわく、「賊は此に在りて草に依りて営を結ぶ、火攻を用いてこそ勝つべし」と。

ところが、同じ箇所をのちの福建刊行の葉逢春本等で見ると、次のようである。

その時、皇甫嵩と朱儁は、官軍を引《ひき》いて賊と大戦し、利あらずして長社のしろに退き入り、草に依りて営を結ぶ。賊は四面より囲定《かこ》む。嵩は儁にいわく、「賊は外に在りて草に依りて営を結ぶ、火攻を用いてこそ勝つべし」と。

両者比較してみると、張尚徳本では長社城にたてこもったのは賊軍の方で、官軍がそれを包囲したが、葉逢春本ではそれが逆になっていることが分るであろう。ではどちらが正しいのか。『後漢書』の「皇甫嵩伝」などでは、みな長社に立てこもった皇甫嵩を賊が包囲し、皇甫嵩は「今賊は草に依りて営を結ぶ、風火を為し易し」と言って火攻めにすることになっており、史実に合致するのは葉逢春本の方である。張尚徳本は、葉逢春本に二度みえる「依草結営」が、前者は官軍、彼者は賊軍ととれるあいまいさにまどわされて、攻守の位置をかえてしまったのだろう。もし逆に、張尚徳本の誤りを葉逢春本が史書によって改めたのであれば、葉逢春本の記述があいまいなのは変である。しかも葉逢春本を含む福建系のテキストは、のちに述べるように(二二七ページ)、史書によって事実をただすようなことに興味があったとは思われない。つまりこの場合もやはり、福建本は「旧本」の姿をとどめており、張尚徳本はそれを改悪したと考えられる。すなわち張尚徳本は、最善のテキストでもなかった。

このようなケースは、細かい人名や地名の例をも含めるとかなりの数にのぼり、もはや張尚徳本が最古、最善のテキストで、その後のテキストはすべて張尚徳本から出たという前提は成立しなくなった。研究はふりだしにもどったのである。

『三国志演義』は中国小説史上、最大のベストセラー、ロングセラーであった。一般的に言って、ベストセラー、ロングセラーであればあるほどテキストの数が多くなり、また小説が一人の作家の作品であるとか、著作権とかいうような概念が稀薄であった時代にあっては、テキストの数が多いほど、競争の激化が内容や表現の異同を生むであろうことは、容易に想像できる。『水滸伝』や『西遊記』のテキストをめぐっては、これまではなばなしい議論がくり広げられてきたが、テキストの数において勝るとも劣らない『三国志演義』にも、必ずやそれに匹敵するだけの問題点が潜んでいるにちがいない。

書物の種類や系統を研究する書誌学者は、どうしても人があまり知らない珍しい書物の探求に熱中しがちで、もっともありふれた、したがってもっともテキストの多い書物は、往々にして等閑視する傾向がある。『三国志演義』もその例にもれぬであろう。

◈テキストの系統――関索と花関索

明代および清初に出版された『演義』のテキストは、その出版地、および内容の異同によっていくつかの系統に分けることが可能である。これについては、すでに詳しい専門の研究があり、[*1]ここではそのあらましだけを述べるにとどめよう。

まず刊行地によっては、福建系と南京、蘇州、杭州などの江南系に大別される。福建省北部の建陽地方は、宋代より廉価で、それだけにしばしば質のよくない書物を大量に出版してきたことで有名な一大出版センターであった。元末に『三国志平話』を含む平話シリーズが刊行されたのもこの建陽である。明代にこの建陽地方で刊行されたテキストは、ほとんどすべて『三国志伝』という題をもっており、『平話』と同じく、版面の上部に挿絵を配した上図下文のスタイルをとる。劇画スタイルの通俗的なテキストと言えよう。

これに対して江南の諸都市は、副都の南京、南宋の旧都、杭州、そして経済の中心地、蘇州と、当時もっとも文化のさかえた先進地域であった。張尚徳本がどこで刊行されたかは不明であるが、おそらくこれらの都市、なかでも南京の可能性が高いと思われる。江南系には張尚徳本のように挿絵のないものがあり、また挿絵のあるものは、上図下文ではなく、半面あるいは見開き全面の、しかもきわめて精巧な絵がらをもつ。福建本にくらべて、高級志向の強いテキストといえよう。これらのテキストは、初期のものは張尚徳本のように『通俗演義』を称しているが、後期になるとただ『三国志』だけを題とするようになる。なお『演義』は全部で二百四十回からなる章回小説であるが、福建系はこれを十巻もしくは二十巻に、江南系は二十四巻もしくは十二巻に分けるというちがいがある。

次に、内容によっては、すでに述べたごとく、花関索および関索の話の有無によって、少なくとも以下の五つの系統に分けることが可能である。関索と花関索は、元来同一人物であるが、ここでは便宜上、孔明の南征に関索が従軍する話を関索系、荊州にいる関羽のもとに母を伴って花関索が訪ねてくる話を花関索系とする。

❶——非関索・花関索系——張尚徳本・葉逢春本

関索も花関索も登場しないテキストで、江南系、福建系各々の現存するもっとも古いテキストである、嘉靖元年(一五二二)序刊『三国志通俗演義』二十四巻および嘉靖二十七年(一五四八)序刊『新刊通俗演義三国志史伝』十巻(スペイン、エスコリアル図書館蔵、巻三・十原欠)がこれに当たる。

つまり『演義』には、もともと関索の話も花関索の話もなかったのであり、それらはどちらも後に追加されたものであった。もし羅貫中の原本というものがあったとすれば、この二本はそれにもっとも近いテキストと言えよう。すでに述べたように、元の『平話』には、孔明南征部分に関索が名前だけ登場していたから、それはおそらく羅貫中の大改訂作業の過程で切りすてられたと考えられる。

このふたつのテキストは、関索、花関索の話を載せない以外にも、たとえばこれ以後のすべてのテキストが全体の目次をまとめて冒頭に置くのに対して、各巻ごとに別々に目次を掲げるなど、古い形式を保っており、形式、内容ともに羅貫中原本に近いという点では共通するが、それ以外では実は対照的な性格をもっており、それぞれ江南系、福建系の現存最古の版本として、両者の特色を代表している。

A『三国志通俗演義』(張尚徳本)　まず二十四巻本『三国志通俗演義』の方は、その冒頭の弘治七年(一四九四)金華、蔣大器の序に、「書成りて、士君子の好事者争いて相謄《うつ》す」といい、ついで嘉靖元年の張尚徳の序にいたって、「簡帙浩瀚《かんちつこうかん》にして善本は甚だ艱《かた》し、これを梓に寿して(出版して)四方に公けにするを請うは可なるか」、つまりボリュームがあるうえ、よいテキストは得がたいので、出版してはどうだろうかと言っている点から考えて、民間出版における『演義』の最初の刊本であったと考えられる。それ以前、民間では写本で流布していたのであろう。

また張尚徳の序の最後に「小書庄」の印がある点から考えると、彼は出版業者であり、この本も彼の出版物であったかと思える。張尚徳は脩髯子と号し、また関西の張子と名のるが、脩髯すなわちながいヒゲというのは、関羽にあやかろうとしたのだろう。関西は関羽などの出身地、山西地方をも指す。張尚徳という名も、張益徳を連想させるから、彼はよほどの「三国志」ファンであったにちがいない。

このテキストの誤字の状況を調べてみると、地名の「烏程」を「烏城」に誤るなど、北方の方言を話す人間でなければ間違い得ない例があり(程 chéng と城 chéng は北京語では同音であるが、南方音ではそうならない)、北方系の要素が強いと考えられる。明代の朝廷で刊行された本を内府本というが、その中に『三国志通俗演義』があったことは、万暦年間(一五七三―一六二〇)の宦官、劉若愚の『酌中志』によっても知ることができる(四ページ)。張尚徳本では、漢字に意味のちがいによって二つの声調がある、いわゆる破読字(たとえば「為」は、「なす」の場合は平声、「ため」の場合は去声)には、すべて漢字の四隅に圏点をつけて声調を表示する声点がついているが、これは内府本の特徴である。またその重厚な版式も、当時の他の内府本によく似ており、もととなった底本は内府本であったと考えられる。おそらく当時、民間では写本で流通している情況の中で、朝廷の出版物である内府本、もしくは官版を入手して、それを底本として出版したのであろう。

また当時の書目『古今書刻』に「都察院三国志演義」があり、さらに鄭以禎本の『演義』には「金陵国学原板」とある。都察院は政府の監察機関、金陵国学は南京の国子監のことであり、当時の政府機関でもやはり『演義』が刊行されていたらしい。その底本もやはり内府本であったろう。ただし「小書庄」の張尚徳が、内府本、または官刻本とどう関係するかは、不明とするしかない。

張尚徳本は明末にいたるまで何度も刊行されたらしく、現在残っているテキストの中には、関羽の死の場面を簡略にしたものがある。これは後に神としての関羽をはばかって、省略したのであろう。また清初の満州語訳『演義』の底本も張尚徳本であったと考えられる。このほか、張尚徳本と同系統に属するものとしては、嘉靖年間刊の残葉一枚(上海図書館蔵、張尚徳本とは版式が異なり、本文の字が一字だけちがう)、および二〇一〇年に韓国で発見された朝鮮銅活字本『三国志通俗演義』がある。

B『新刊通俗演義三国志史伝』（葉逢春本）　次に十巻本『新刊通俗演義三国志史伝』は、福建の書林、葉逢春（蒼渓）の刊行である。その嘉靖二十七年、元峰子の序は、「三国志伝加像序」と題し、書林の葉静軒子が読者の退屈を慮って図像を加え、葉蒼渓がそれを出版した、と述べている点から考えて、はじめて挿絵を加えたテキストであったろう。張尚徳本には、挿絵はなかった。福建には『平話』にみられるように、もともと上図下文式の挿絵の伝統があったが、それを羅貫中本に応用したのである。

またこの葉逢春本は、杭州の民間の『通鑑』学者であった静軒先生こと周礼の作った詩を、全書に大量に挿入している。図像を加えた葉静軒子は、この静軒先生にあやかろうとしたのかもしれない。これに対して張尚徳本は、すでに述べたように『十七史詳節』によって登場人物の論賛を加えたほか、景泰五年（一四五四）の進士であった尹直の詩などを引用する。ここにも両者の風格の相違があらわれていよう。

張尚徳本は、「官」的な雰囲気を濃厚に漂わせ、高級官僚や上層知識人を読者として想定していたと思えるのに対し、葉逢春本はねっからの民間の産物であり、読者も中下層の知識人や商人など、いわば識字階層の底辺、字だけでは退屈で、本を投げ出してしまいそうな人々であった。そこで絵を加えたり、静軒先生の分りやすい詩を入れたりと、読者サービスにこれ努めているわけである。価格も当然、前者の方が高かったであろう。

❷——福建本花関索系統(二十巻本)——余象斗本など

葉逢春本の十巻を、さらに二十巻に分け、花関索の話を加えたもの。荊州の関羽のもとに、突如、花関索と名のる息子が母の胡氏と三人の妻を伴ってあらわれ(巻九「関索荊州にて父を認《し》る」)、のち西川各地を転戦して軍功をたて、最後は雲南で病死するという話のあるテキストである。すでに述べたように、これらの話は、成化本説唱詞話『花関索伝』とおおむね一致する。『花関索伝』から直接であるかどうかは確言できないが、ともかくそれと同様の話によって、原作に挿入したことはまちがいない。ただ『花関索伝』では、花関索は雲南で病死せず、その後も活躍して父の仇を討つことになるが、それでは史実に反して困るので、雲南で死ぬことにしてあるのであろう。

この花関索の話があとから加えられたものであることは、その話の前後に矛盾があることからしても明らかである。いま一例をあげよう。

❶の非関索・花関索系のテキストでは、四川遠征中に龐統が落鳳坡で横死すると、劉備は関平を使者として荊州に送り、悲報を知らせる。すると孔明は、「関平を使者として送られたのは、関羽どのに荊州守備の重責を任せるというお心だろう」と言って、関羽、関平父子を荊州に残し、自分は張飛、趙雲とともに劉備の救援のため四川に向う。これは何の矛盾もない。ところがこの花関索系のテキストでは、劉備の使者として荊州に行くのは、関平ではなく、関索である。ところが孔明はやはり関羽と関平に荊州を任せて出立するのである。しかし四川から来た使者が関索であるなら、関平はこの時、まだ劉備とともに四川にいるはずではないか。関平は劉備に従軍し

ていることになっているのであるから、使者として荊州にもどらない以上、関羽とともに荊州を守ることは不可能であろう。つまり花関索系のテキストは、使者を関平から関索に変えながら事後処理を怠ったため、破綻を来たしたのである。なお❸❹の関索系テキストは、この部分に関索が登場しないので、❶に等しい。

この系統の現存するテキストでもっとも刊行年の早いものは、余氏双峰堂が万暦二十年(一五九二)に刊行した『音釈補遺按鑑演義全像批評三国志伝』二十巻である。音釈(難しい字の読み方)、補遺(補足説明)、按鑑(『通鑑綱目』にもとづいた)、演義、全像(すべてのページに絵入り)と長々と宣伝文句が並ぶところが、いかにも商業出版らしい。双峰堂は余象斗の屋号であるが、余象斗は、のちに述べるように、明末の商業出版をある意味で代表する人物であった。

この系統のテキストは他に六種知られているが(巻末の一覧表参照)、内容はすべて同じ、字句も似たりよったりである。ただし同版のものを除いて、完全に同じものはない。なお双峰堂本の最後のページの挿絵には、「書林忠怀(懐)葉義刻」とあり、もとは葉義(忠懐)が刊行したものであったらしい。あるいは❶の葉逢春本となんらかの関係があるかもしれない。

❸——**福建本関索系統(二十巻本)**——熊清波本など

❷と同じく二十巻本だが、花関索の話はなく、関索の話を挿入したもの。雲南征討に向う諸葛孔明の軍中に、突如関羽の第三子と称する関索があらわれ(巻十五「孔明兵を興し孟獲を征す」)、以後従軍するが、大した軍功もないまま消えてしまう。

この系統のテキストには、万暦二十四年(一五九六)書林誠徳堂熊清波刊の『新刻京本補遺通俗演義三国全伝』をはじめ十七種のテキストが知られている。これらのテキストの文章は、❷の花関索系にくらべると簡略で、一種の節略本であるといえる。ただし部分的には❷の諸本には見えない詩や字句もあり、❷をもとに省略したというわけではなく、また同じく関索の話のある❹系統のテキストとの関係も考えねばならず、その間の関係は複雑である。

さらにその版式にも特色がある。上図下文スタイルには変りはないものの、やや変則的で、たとえば誠徳堂本は、挿絵のない本文だけのページと上図下文のページが混っているし、また楊美生本のように上図下文ではあるが図の欄がせまく、ページの両側の数行は、上から下まで字だけというものもある(二一七ページ図参照)。本文の節略といい、挿絵の縮小といい、それがテキストのコンパクト化を目指していることは明らかであろう。

❷の花関索系のテキストでは、孔明の雲南征討以前に関索はすでに病死しているのであるから、雲南征討に従軍するこの系統の話とは、両立しないことになる。そして前者が『花関索伝』の影響を受けているとすれば、後者は『平話』と共通するのである。ただし『平話』の関索は、呂凱と戦うという点で『花関索伝』と同じであるが、こちらでは呂凱は味方であり、内容は『平話』と一致しない。

花関索系と関索系のどちらが先に成立したのかはむずかしい問題である。しかし後者がコンパクトな、したがっておそらくは廉価なテキストを目指していることを考えれば、こちらの方があとで出現したと考える方がより自然であろう。その際、たんなる❷の節略本ではメリットがないので、むしろ❶の葉逢春本系統をもとに、花関索の話の代りに関索の話を入れたり、あるいは全体は簡略なテキストでありながら、ところどころにわざと❷のテキストには見えない字句を入れたりして特色を出し、❷の諸本に対抗しようとしたのではないかと想像される。このあたりの問題はいまだ未解決であるが、各書坊間のアイデア合戦の観があり、競争の熾烈さをうかがわせて興味深い。

❹——江南本関索系（十二巻本）——周曰校本など

❶—Aの張尚徳本系統の二十四巻を十二巻としたもの。そのうえで❸の諸本と同じく、孔明の南征に関索が従軍する話を挿入するが、関索が登場する場面が❸にくらべてやや少ない。❸では関索の名が十二箇所にみえたのに、こちらは八箇所のみである。

さらにこの系統の諸本では、巻二の「孫策大いに厳白虎と戦う」をはじめ、全書で計十一箇所にわたり、『三国志』などの史書によって、張尚徳本にはないエピソード、および周静軒の詩を挿入している。その他の点では、内容、字句など、基本的に張尚徳本に等しい。

この系統には、万暦十九年（一五九一）南京の万巻堂周曰校刊の『新刻校正古本大字音釈三国志通俗演義』十二巻（万暦十九年の挿絵のあるテキストと、それ以前に出た挿絵のないテキストがある）をはじめ、杭州や蘇州などで出版された十五種ほどのテキストが知れるが、その特徴は、挿絵のないものがあること、また挿絵のあるものは全ページをつかった精巧なものであること、そして明末

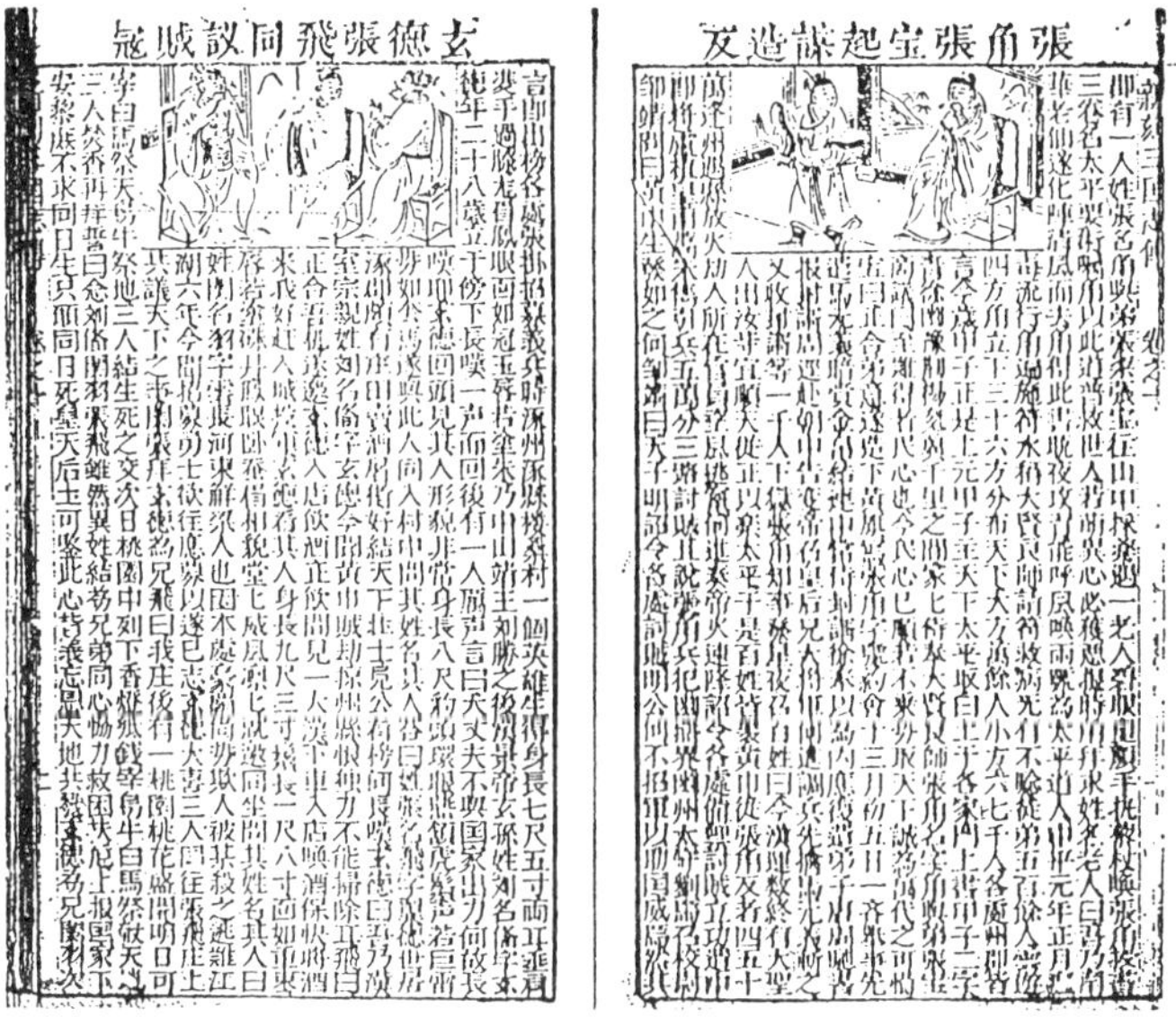

楊美生本『三国志英雄志伝』（大谷大学図書館蔵）

清初に出されたものは、『三国志』と題し、李卓吾や鍾伯敬など、当時の有名な文人の批評を加えている点などであろう。批評はただし本物ではなく、偽託である。

また内容的には、史書によって十一のエピソードを補っているように、全体として歴史志向が強い。関索の話にしても、❸系統の諸本では、いつの間にか関索が消えたままであるのに対し、こちらの周曰校本などでは、補注（巻十一「諸葛亮六たび祁山を出ず」）で雲南などの関索にまつわる地名、伝説を引いて、一応の考証を試みている。「燭を秉りて旦に達る」の話を注で出したのも、この系統であった。毛宗崗本は、この系統から出ているのである。

なお関索の話がつけ加わったのは、❸の福建本と❹の江南本とでは、どちらが先かというのも、にわかに断じがたい問題である。関索の話はもともと福建刊の元の『平話』にあったこと、福建本の方が関索の登場回数が多いこと、そして福建本巻頭の「君臣姓氏附録」には関索の名前を出すのに、江南本巻頭の「三国志宗僚」では関索の名がないこと、および張尚徳本にはない静軒先生の詩を江南本は福建本によって補っていることなどから考えると、福建本の方が先であるように思える。しかし福建本は、誠徳堂本に「重刊杭州攷正三国志伝序」があるように、江南本の影響を強く受けており、その逆の可能性もないわけではない。今の段階では何とも言えぬであろう。

❺――関索・花関索系――『三国志演義』『水滸伝』合刻本

花関索と関索がどちらも出てくるテキストで、雄飛館刊『精鐫合刻三国水滸全伝』（二刻英雄譜）がそれに当たる。このテキストは題をみても分るように『水滸伝』と『三国志演義』を合刻したもので、版面を二分して上部は『水滸伝』、下は『三国志演義』になっている。ところが『水滸伝』は『三国志演義』よりも長いので、スペースの調和をはかるため、後者をできるだけ長くする目的で、花関索と関索の双方の話を載せたのであろう。『三国志演義』のテキストとしては、例外とみなすべきである。

◈南京・福建の対決

南京をはじめとする江南系のテキストと、福建系のテキストは、すでに述べたように対照的な性格をもっていた。前者が文人志向型であるのに対し、後者はより通俗的であり、前者が史書との関係を重んじるのに対し、後者はどちらかといえば花関索の話にみられるように、フィクションへの関心が高い。前者が高級なテキストであるのに対し、より普及していたのは後者であるとも言えよう。

このような両者の性格および読者層の相違は、また両者の現時点での所在状況にも反映している。江南本の代表である張尚徳本は、現在中国各地になおかなりの部数が蔵されているが、日本を含む海外には、残本をも含めてわずかに四部が確認されているのみで、しかもそれらはすべて、二十世紀になってから中国より流出したものばかりである。

これに対して福建本は、もっとも古い葉逢春本はスペインに、余象斗本は日本、ドイツ、イギリスに、といったように、そのほとんどが海外にあり、中国国内にはあまり残っていない。しかも海外所蔵の大半は、十七、八世紀頃の海上交易によって海外にもたらされたものであるらしい。福建は沿海地域であり、当時西洋や日本と交易した商人の多くは福建人であった。彼らは自分たちが読むために、そしてまた商品として、福建で出版された書物を海外へもち出し、それらは貴重な舶来品として大切に保存されたのである。特にヨーロッパでは、中国書は書籍というよりは一種の珍しい骨董品としてよろこばれたようである。そのためには字ばかりのものよりも、福建本のような絵入り本の方が好都合であったろう。

一方、中国国内では、福建本は通俗的でありふれたテキストであり、ちょうど現代人が読み終った雑誌や漫画を捨ててしまうのと同じような扱いを受け、そのためにほとんど残らなかったのだと思える。しかもそれだけではない。清初になると福建本は淘汰されるべき厄運にめぐり合った。

福建はもともと宋代より出版の盛んなところであった。しかも福建の書坊は、『三国志演義』とは特殊なつながりをもっていたのである。『演義』と『通鑑綱目』との関係については前にふれたが（二三四ページ）、その『通鑑綱目』の著者である朱子は、書坊のあった福建の建陽地方で生涯の大半を過した。黄氏や劉氏などのちに活躍する建陽の書坊のしにせの多くは、先祖がみな朱子の弟子であり、『通鑑綱目』も彼らの力によって世に出たのである。元代に『三国志平話』を出したのもやはり建陽の書坊、虞氏であった。しかし明初にいわゆる羅貫中本の『演義』が生まれると、『平話』は時代おくれの粗野なテキストとして顧みられなくなったため、建陽の書坊は『平話』から

『演義』にのりかえざるを得なかった。ただし『平話』と同じ上図下文のスタイルをとり入れたり、花関索の話を加えたりして、あくまでも通俗的な福建本独自の特徴を出すことを忘れていない。

一方、江南の諸都市、特に副都の南京は、当時の文化の中心として、新しい理念によるより歴史主義的な色彩の強い小説作りを目指す運動においてもやはり中心地であった。そのため建陽の書坊は、南京の出版界の動向に注目せざるを得なくなったのである。当時の出版のなかでもっとも重要な部門は、小説ではなく、実は科挙の試験用の受験参考書であったが、大学にあたる国子監があり、高級官僚の集まる南京は、科挙の情報を得るためにも重要な地であった。それも南京への注目度を高める大きな要因となったであろう。この時期の福建の刊行物が、しきりに「京本」を標榜したのは、南京の動向への敏感さと、流行におくれまいとする心理のあらわれと言ってよい。なかには福建から南京に出向いて商売をするものもあらわれた。

明代末期は経済の発展を背景に、人々の文化的水準が飛躍的に向上した時代であったが、そのような状況のなかで、福建本はまたもや徐々に時代おくれとなり、南京本に対して劣勢に立たされるようになったと考えられる。

❷の花関索系のうち熊冲宇種徳堂本は、その封面に「金陵万巻楼蔵版」と題するが、これは明らかに南京の万巻楼の名をかたったものであろう。そして❹の呉観明本においては、福建本の特徴をすべて捨て去り、全面的に周曰校本など南京系のテキストを受け入れるにいたったのである。

呉観明本に名前がみえる劉素明は、南京の刻工であり、それは福建の書坊が南京で出版したものであったかもしれない。

やがて清初の毛宗崗本が登場するにおよんで、福建本はほぼ完全に葬り去られることになった。おりから建安の書坊は大火に見舞われて壊滅的な打撃を受け、その長い出版業の歴史に終止符を打ったのである。

◈余象斗の出版業

福建本は従来、民間の商業出版による俗本として、必ずしも高い評価を受けていなかった。福建本にはつねに粗悪、俗悪というイメージがついてまわる。しかしこの当時もっとも広く普及していたのは、ほかならぬその粗悪本、俗悪本であった。これまでのテキスト研究は、最善、最古のテキストはどれかを探求することを目的としていたが、その時代を理解するためにはむしろもっとも広く読まれたテキストにこそ注目すべきであろう。そういう意味で、福建本の存在はもう一度考えなおさねばならない。明代後期は中国史のなかでもきわめて特色のあるユニークな時代であったが、福建の出版文化は実はその重要な一翼を担っていたと思えるのである。

そこで、ここでは明末の福建の出版業者の代表として余象斗をとりあげ、その出版活動を、小説を中心に考えてみることにしたい。余氏は宋代からつづく建陽の書坊のしにせ中のしにせであった。余象斗がその家業をついで出版をはじめたのは、彼自身の語るところによれば、万暦十九年(一五九一)科挙の試験に落第してより後のことであった。すなわち彼もまた科挙に意を得なかった不遇な知識人のひとりであったのである。彼はそのうっぷんを、出版業に従事することで晴らそうとしたのであろう。

その翌年の万暦二十年、余象斗が出版した『三国志伝』は、すでに述べたように現存する花関索系のテキストのなかでもっとも早いものであるが、その冒頭には序文とともに「三国弁」と題する次のような意味の一種の宣伝文が掲げられている。

坊間で出版された「三国」は数十にとどまらないが、絵入り本は劉、鄭、熊、黄の四つの姓の本屋が出したものだけである。しかし宗文堂(鄭氏)本は、人物がみにくく、字にも誤りがあり、そのうえ長い間絶版になっている。種徳堂(熊氏)本は、欠陥本で字体もよくない。仁和堂（黄氏）本は、紙と板は新しいが、なかの人名や詩を一部削除してある。ただ愛日堂(劉氏)本だけは誤りがなく、教養ある読者のめがねにもかなうが、今ではもう板木が古くなり、見づらくなってしまった。そこで本堂《わたし》は、有名人の批評や圏点(重要な箇所にマルや点をつけること)を附して校正にも万全を期し、人物、字体、挿絵ともに省略したりおろそかにしたりせずに本書を出し、読者諸賢におくるものである。お買いもとめの際には是非「双峯堂」のトレードマークを確かめられたい。

劉、鄭、熊、黄の諸氏は、いずれも余氏と同じく書坊のしにせである。うち劉、黄二氏の先祖が朱子の弟子であったことは、すでに述べた。彼らは互いに姻戚関係によって結ばれており、それまでは同族経営により協力して出版事業をすすめてきたのである。ところが余象斗は、その同業のしにせの出版物を俎上にのせて、一々その欠点をあげつらった挙句に、自分の本を自画自讃して、買う時はトレードマークを確認せよ、というのである。これは相当露骨な売り込みと言わねばならないであろう。『演義』をめぐる出版競争の火付け役は、彼であったかもしれない。しかも不思議なことに、彼は右の四家の本にケチをつけながら、絵入り本の元祖である葉逢春本については何も語らない。葉氏のテキストが余象斗本とつながりがありそうなことはすでに述べたとおりであった（二二四ページ）。この辺にどうも余象斗の企業秘密がかくされていそうである。

そして彼の右の戦闘的な宣伝文が、ではその本の実質に見合っているかというと、これが実はとんでもない誇大広告であったから始末がわるい。彼の本のセールスポイントは、名公（有名人）の批評と圏点、校正のただしさ、挿絵や字面の立派さということになるが、挿絵はともかく、その他は相当に割り引いて考える必要がありそうである。まず圏点などはどこにもついていない。批評というのも、たとえば赤壁の戦いの孔明が七星壇で風を祭るところで、「孔明登台を評す」として、「七星の壇に登り、東南の風を祈る、この時の孔明の神妙はほとんど人と殊《こと》なるなり」というように、陳腐でばかばかしい、言わずもがなのものばかりであった。おそらく自分で名公を気どって書いたのであろう。校正にいたってはお世辞にも正確とは言えない。これでは散々にやっつけられた他の書坊もおさまらないであろう。

では余象斗本の本当の特色はどこにあったか。余象斗本の序文「題全像評林三国志伝敍」に、次のような箇所がある。

先儒いわく、「春秋なる者は史外伝心の要典なり」と。しかして(我れ)はいう、「三国誌《ママ》なる者は史外紀事の要書なり」と。

ところが、彼はこれと同じようなことを、万暦二十二年(一五九四)に出版した『水滸志伝評林』の序文でも言っている。

昔人いわく「春秋なる者は史外伝心の要典なり」と。愚《われ》はすなわちいう「この伝は紀外叙事の要覧なり」と。

両者の趣旨は一致しており、彼の言わんとするところは明らかであろう。すなわちあらゆる歴史書の原点である『春秋』は、歴史を通じて、歴史を超えたところにある心を伝えようとするものである。その心とは、いわゆる『春秋』の大義にほかならない。それに対して「三国」や「水滸」は、歴史以外の事を記録するものだ、と彼は言っているのである。これによって彼は、『三国志伝』と『水滸志伝』を、『春秋』に対する『左伝』『公羊伝』『穀梁伝』と同等の地位に置こうとした。そしてそれはむろん『三国志伝』と『水滸志伝』をセットとしてとらえることをも意味する。のちに「三国」と「水滸」を合刻した『二刻英雄譜』が出現する発想の原点はここにあった。

それでは彼は、『三国志伝』と『水滸志伝』のいったいどこに共通点を見いだしていたのであろうか。

余象斗の『水滸志伝』の特徴は、田虎、王慶の乱を宋江らが討伐する話（現行の百二十回本の第九十一回から第一百十回まで）の挿増にあった。「水滸」に田虎、王慶の話を最初にもちこんだのは余象斗ではなく、彼以前にすでに挿増本が存在したことが今日では知られている。しかし余象斗は、さらに彼と同姓の余呈なる人物についての話を創作して、それを田虎、王慶の話のなかに入れており、彼がこのような挿増になみなみならぬ関心をもっていたことがうかがわれるのである。そして「三国」と「水滸」をセットとしてみる発想からすれば、『三国志伝』において、『水滸志伝』の田虎、王慶の話に相当するのは、花関索の話をおいてないであろう。

花関索の話を『三国志伝』に挿入したのは、余象斗ではないかもしれない。しかしそれは必ずや余象斗と同じような発想をもった書坊であったに相違なかろう。少なくとも余象斗本以後に出たテキストにおける花関索の話は、みな余象斗本に一致しており、その点は『水滸志伝』の田虎、王慶の場合も同じである。今日、余象斗刊の『三国志伝』と『水滸志伝』がともにそろって現存するのは、彼のテキストの当時における影響力の大きさをある程度裏書きしていよう。

余象斗の関心のなかで、『三国志伝』と『水滸志伝』をつなぐ接点は、両者の挿増の部分にあったと思える。彼が双方の序文のなかでくり返し述べる「史外の紀事」「紀外の叙事」というのは、これら挿増の部分を指すにちがいない。

歴史もしくは歴史書以外の事とは、つまるところフィクションにほかならないであろう。余象斗は、おそらくこの二つの小説を、フィクションという観点から眺め、あらたにフィクションを挿入することで、彼の出版する商品を特徴づけようとしたのであった。彼が余呈の話や、『西遊記』の続篇というべき『南遊記』『北遊記』を創作したのは、決して偶然ではなかったであろう。毛宗崗に代表される明代以降の歴史小説観が、歴史主義の立場からフィクションをおさえ、あるいはそれを歴史の中に取り込もうとしたのとは逆に、余象斗は歴史という装置を利用して、より積極的にフィクションを語ろうとしたのである。

このような彼の考えを理解したうえで、もう一度先の宣伝文をみると、そこに彼が自らの本を自讃した文句として、「人物と字画は各々省陋なし」という一句が目に入る。つまり人物は省略していないし、字や絵も立派であるというのであろう。この「人物を省略していない」というところに、実は人物を附加したという彼の真意がさりげなく語られているのではないだろうか。ともかく彼の本のセールスポイントがそこにあったことだけはまちがいない。

歴史とフィクションをめぐるこのような考えは、むろん余象斗ひとりだけではなく、建陽の書坊全体にある程度共通するものであったろう。そしてそれは、南京を中心とする江南本の認識と対照をなしていた。たとえば「三国」「水滸」とならぶもう一つの重要な小説『西遊記』では、三蔵法師の数奇な出生と、母との再会、父の仇討ちを内容とするいわゆる「江流和尚説話」が、小説に挿入された経緯は異なるものの花関索や田虎、王慶の話にほぼ相当すると考えられよう。そしてこの「江流和尚説話」は、朱鼎臣本などの福建本にみえ、南京の世徳堂本はこれを削除したのである。「江流和尚説話」が、『花関索伝』における花関索の生い立ちと基本的に同じ構造の伝説であることは注意されてよいであろう。

余象斗はこのように、独自の小説観によって、はなばなしく彼の出版活動をくり広げた。しかしその彼も、別の宣伝文では、「余《わ》れは金陵等の板および諸書雑伝を重刻す」と述べるように、金陵すなわち当時の文化の中心地たる南京に関心を払わざるを得なかったのである。時流の大勢に抗うことはむずかしい。余象斗がのちに出した『三国志伝評林』では、花関索の扱いが前よりもいくぶん軽くなっている。建安の書坊はその後いよいよ南京への傾斜をつよめ、ついには呉観明本のように建安の書坊でありながら南京系のテキストにのりかえるものが出現する。呉観明本もその見返しの部分に宣伝文をのせるが、それは次のように述べている。

此の刻《ほん》は図絵は精工、批評は游戯、……また先刻の批評三国志本と一字も同じからず。覧る者これを弁ぜよ。

「游戯」というのは、いわば芸術的というほどの意味である。「先刻の批評三国志」は多分に余象斗などの福建本を意識しよう。余象斗本のような陳腐な批評とは一字も同じでないから、読者は気をつけてほしい、というこの宣伝文は、余象斗本に代表される福建本への絶縁状にほかならない。そこには荒唐無稽なフィクションよりも、歴史的に根拠のある物語をより芸術的な観点から鑑賞し、批評しようとする新しい小説観がある。『三国志演義』の出版をめぐるあつい戦争はここにいたって終りを告げたのである。

◈『三国志演義』と受験参考書

余象斗が宣伝文句の中で、「有名人の批評や圏点」をセールスポイントとしたこと、しかし実際には有名人の批評などはないこと、すでに述べたとおりである。ただし『演義』の中には、有名人が校正したと称するテキストが存在する。たとえば、万暦三十一年(一六〇三)忠正堂熊仏貴刊の『新鋟音釈評林演義合相三国志史伝』は李廷機校正、万暦四十八年(一六二〇)書林與畊堂費守斎刊の『新刻京本全像演義三国志伝』は張瀛海(名は以誠)閲、そして刊年不明の『新刻湯先生校正古本按鑑演義三国志伝』は湯賓尹校正となっている。

右の三人はみな科挙の高位合格者、すなわち李廷機は万暦十一年(一五八三)の状元(最終試験の殿試での首席)、同じく張以誠は万暦二十九年(一六〇一)の状元、湯賓尹は万暦二十三年(一五九四)の榜眼(殿試の第二位)であった。当時、科挙試験の競争は熾烈をきわめ、それを反映して民間では科挙の受験参考書があふれていた。書坊による商業出版の大半は、実は受験参考書であり、それらの書物はしばしば宣伝のため、科挙高位合格者による監修を宣伝文句としていた。右の三人、特に李廷機と湯賓尹は、当時の受験参考書にもっともひんぱんに名前の見える、いわば売れっ子である。[*2] ただし、これは彼らが本当に受験参考書を監修したのではなく、ほとんどは書坊が勝手に名前をつかった偽託であったと考えられる。

一方、受験参考書以外の小説、戯曲などの文学書、たとえば『水滸伝』、『西廂記』などに批評者として名前を冠するのは、まず李卓吾、そして徐渭、湯顕祖、袁宏道、清代では金聖嘆など、みな当時著名の文人、思想家であり、科挙の高位合格者ではない。これらも多くは書坊による偽託であった。『演義』にこれらの文人ではなく、科挙高位合格者の名前が冠せられているということは、つまり『演義』は、『水滸伝』などの一般の小説とは異なり、受験参考書に類するものとして当時の人々に扱われていたことを示唆するであろう。むろん『演義』は小説にちがいないが、当時の人々にとって、それは『水滸伝』などとは異なるやや特殊な小説であったのである。しかし『演義』にも、のちには李卓吾や鍾惺(伯敬)、金聖嘆批評本と称するもの(これらも偽託である)が登場する。それは『演義』が受験参考書のジャンルから小説のジャンルに移ったことを意味するものであろう。

＊1――『演義』の版本については以下を参照されたい。
小川環樹「関索の伝説そのほか」(『中国小説史研究』第二部第二章　岩波書店　一九六八年)
中川諭「『三国演義』版本の研究――毛宗崗本の成立過程」(『集刊東洋学』第六十一号　一九八九年)
金文京「『三国演義』版本試探――建安諸本を中心に」(同右)

上田望「『三国演義』版本試論——通俗小説の流伝に関する一考察」(『東洋文化』第七十一号　一九九〇年)
中川諭「『三国志演義』版本の研究——建陽刊「花関索」系諸本の相互関係」(『日本中国学会報』第四十四集　一九九二年)
中川諭「『三国志演義』版本の研究——「関索」系諸本の相互関係」(『集刊東洋学』第六十九号　一九九三年)
(英)魏安『三国演義版本考』(上海古籍出版社　一九九六年)
中川諭『三国志演義版本の研究』(汲古書院　一九九八年)
＊2——金文京「湯賓尹と明末の商業出版」(『中華文人の生活』　平凡社　一九九四年)参照。

八

『三国志演義』の思想

◈『春秋』の大義

『三国志演義』が劉備の蜀を漢王朝の正当な後継者とみとめ、曹魏と孫呉を漢に対する簒奪者とみなしたうえに成り立っていることは言うまでもない。簡単に言えば、劉備は善玉、曹操と孫権は程度の差こそあれどちらも悪玉ということになるわけだが、この大前提をささえているのが、すなわち『春秋』の大義、およびそれを継承した『通鑑綱目』に代表される正統論の思想である。

孔子が編纂したとされる魯の国の歴史『春秋』は、単なる史実の客観的な叙述ではなく、ある道徳的基準によって事件や人物の是非善悪を判定し、後の世に教訓を示す意図をもっていた。もっとも実際の『春秋』の本文はきわめて簡略で、それがはたして本当に孔子の手になるものなのか、あるいは本当に孔子がそのような意図をもっていたかどうか、今日の目から見れば保証のかぎりではない。しかし少なくとも孟子をはじめとする後の儒学者たちは、そう信じて疑わなかったのである。

彼らによれば、孔子が『春秋』によってもっとも強調したかったことは、君臣の別と尊王思想にほかならない。孔子が生きたいわゆる春秋時代(前七七〇—前四〇三)は、東周王朝の権威がゆらぎ、下剋上がはびこって、力と力の対決がやがてのちの戦国時代(前四〇三—前二二一)を招来する、つまりは『春秋』の大義がもっしも必要とされた時代であったからである。

臣下たるものは、むろんその分を守って、君主に忠を尽さねばならない。しかしそれは決して無条件ではなく、君主の側にも守るべき義務がある、それは王道を行うことである、というのが、『春秋』のもうひとつの重要な教えであった。

王道とは、簡単に言えば、正義と仁愛による政治を行うことであり、その反対は、武力と権力により人民を強圧的に支配する覇道である。この王道と覇道の別は、特に『春秋』を重んじた孟子の強調するところであった。

このような『春秋』の大義を三国時代に当てはめると、どうなるか。言うまでもなく三国時代は春秋時代におとらぬ混乱期であったが、そこで君主たる漢の献帝を脅迫し、もしくはないがしろにした曹操や孫権は、もとより大義にもとる「乱臣賊子」の類、一方、漢の王室の血縁につながる劉備こそは正当なる後継者ということになる。ただし劉備の正当性は、単に血縁のみによって保証されているのではない。より積極的には、彼が仁政による王道を志した点にこそ、その正当性の根拠があったのである。これに対して、特に曹操は、力の権謀術数による覇道の実行者として、排斥されねばならなかった。

ことわるまでもないことだが、この『春秋』の大義という思想は、あくまでもひとつの観念であって、それが実際の政治の場で本当に実現したことは、いくら中国の歴史が長いとはいえ、おそらく一度もなかったであろう。にもかかわらずこの観念は、時代と体制を越えて、中国人の思考と特にその政治的行動様式に大きな影響をあたえた。しかもその影響は、過去に中国文化を受容した東アジア世界全体にまで及んでいるといっても過言ではない。たとえば簡潔な表現のなかに人物や事件への毀誉褒貶を寓するいわゆる「『春秋』の筆法」は、江戸時代の水戸学派による『大日本史』の好んで用いるところとなったのである。

力と力が錯綜し、ぶつかりあう現実のパワーポリティックスを、大義名分というオブラートによって糊塗するのは、今日の国際政治の場ではむしろ常套手段であろう。そのような方法を、おそらくは世界でもっとも古くから、かつもっとも熱心に運用したのが中国人であったと言えば、皮肉にすぎるであろうか。ともあれ、実在の劉備もしくは諸葛孔明さえも、この『春秋』の大義を本気で信じてはいなかったことは、漢の献帝が曹丕によって退位を迫られたのち、なお存命中であったにもかかわらず、劉備が皇帝の位に即いたことが証明していよう。あらゆる覇権主義に反対し、社会主義の王道を世界に広めようとした、ほんの一昔前までの人民共和国も、これと相似たものであったと考えることに、格別の不都合はなさそうである。『三国志演義』は読みようによっては、そういうことをもわれわれに教えてくれる。

◈正統論と五行思想

右の『春秋』の大義を、歴史というコンテクストの中に入れて、より具体的に体系化したもの、それが正統論である。『春秋』をはじめ儒教の経典に見える考え方によれば、君主は王道にしたがって人民を統治せねばならないが、その正当性は下からの人民の支持とともに、あるいはそれ以上に、人民の意志の反映としての形而上的な天の意志によって保証されることになる。すなわち君主は天の代理として、天の摂理によって万民の上に君臨するのであって、さればこそ天子、つまり天の子とよばれるのである。

天子とは、天命を受けた唯一無二の存在であり、したがってその統治権は世界の隅々のあらゆる人々にまで及ばねばならない。「溥天《ふてん》の下《もと》、王土に非ざるはなく、率土《そつど》の浜《はて》、王臣に非ざるはなし」(『詩経』小雅・北山)とはそれを言ったものである。この場合の王とは皇帝のことである。中国本土は言うに及ばず、周辺の諸民族もみな中国皇帝の天子としての権威をみとめ、名目的にその支配下に入り、中国皇帝の冊封(中国王朝が周辺諸国の君主に爵位をあたえて属国とすること)を受けて、これに朝貢するのが建前であり、もしこれに従わぬものがあれば、遠方の化外の民として無視されるか、あるいは夷狄戎蛮《いてきじゅうばん》などとよばれ、人間以下、動物並みの扱いを受けることとなる。このように唯一の天子と中国を中心とする一元的な世界観こそが、いわゆる中華思想にほかならない。

ところで、ではいったい天はどのようにして誰が天子たるべきかという自らの意志を表示するのであろうか。中国人の観念における天は、キリスト教などの人格神とは異なり、のちに「天理」という概念に結実するように、むしろ非人格的な宇宙の根元的法則のごときものと考えられており、人間の姿をかりた神が出現して、啓示をたれたり奇蹟を行ったりすることはない。その代り、天の意志は根元的法則の具現としての自然現象のなかに示されるのである。すなわち天子が王道に基づく善政を施した場合には、風や雨もほどほどに、四季の移り変りも滞りなく、自然はすべて順調に推移する。特に新しい天子の誕生や秀れた天子の出現に際しては、竜や鳳凰、麒麟など想像上の動物があらわれるなどの瑞兆によって天の好意が示される。逆に天子が道をふみはずし、悪政を行った場合には、天は地震や洪水などの災害によって警告を発し、さらには懲罰を下すのである。このように天と人が互いに感応し合うという考え方は、ふつう天人相関説とよばれるが、それは一切の自然現象を王の一挙手一投足と結びつけて考える未開民族の世界観や、ヨーロッパの王権神授説とも通い合うものがあり、特に中国独特の思想とは言えない。中国の天人相関説のユニークな点は、それが五行思想と結びついたところにある。

五行思想というのは、万物はみな水・火・金・木・土の五つの基本原理によって生成運行するという古代中国人の世界観の根底をなす考え方である。この五行は五惑星の運動と関係があるらしいが、いずれにせよ古代中国の風土の中から経験的直観によって帰納されたものにちがいない。ところがいったんこの五行が決まると、今度はそれによって世界の森羅万象をすべて演繹的類推によって分類し、体系化する試みがなされた。たとえば色彩は、土が黄、木は青、金は白、火は赤、水は黒、方角は土が中央で、東は木、西は金、南は火、北は水、また季節は春が木、夏が火、秋が金、冬が水、のこった土は各季節に十八日ずつ割りふられる(これを日本では「土用」と言い、夏の土用にはうなぎを食べることになっている)。以下同じような方法で、五臓(脾・肺・心・肝・腎)、五味（酸・苦・甘・辛・鹹）、五音（宮・商・角・徴・羽）などあらゆる概念がこの五行によって分節される。そして五行はこのように諸概念を分節するだけではなく、また四季の推移に見られるごとく、ある一定の順序によって運行し、変化してゆくと考えられた。これが人事に応用された時、そこに王朝交替の理論が生まれたのである。

春秋時代の次の戦国時代、周王朝の滅亡はもはや誰の目にも明らかであり、人々の関心は、次

五行配当図

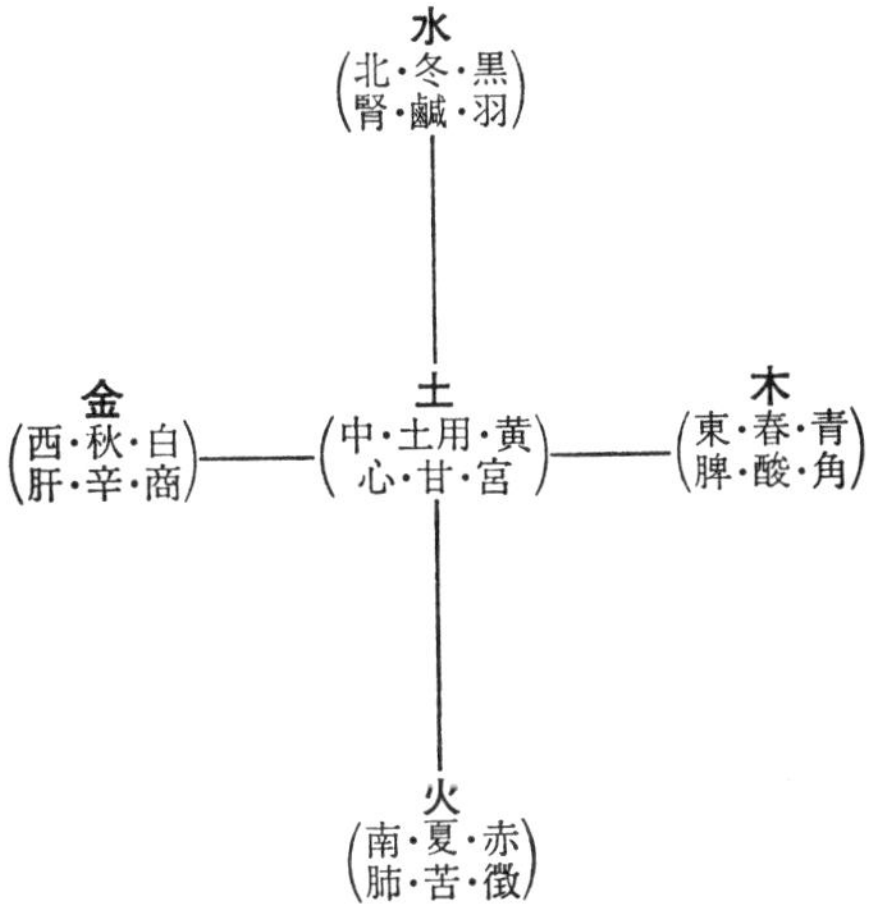

に天下を統一して天子となるのは誰か、またその天子の正当性はどのようにして証明されるべきか、という点にあつまった。この時、斉の国の鄒衍《すうえん》という思想家が、五行の運行を援用した王朝交替の理論を唱えたのである。彼の考えによると、あるひとつの王朝は、五行のうちのいずれかの徳を天から授けられることで天子となる。これを「受命」と言う。そしてやがてその王朝の徳が衰え、もはや統治にたえなくなると、今度は五行の順序で次に当たる徳をもつ王朝が新たに受命し、前王朝に取って代る。これを命が革《あらた》まる、すなわち「革命」と言うのである。

戦国時代を勝ちぬいて天下を統一した秦の始皇帝は、この鄒衍の説を全面的に受け入れて、自ら水徳をもって天下に君臨した。鄒衍の説では、周は火徳であり、それに代るのは火に勝つ水であったからである。秦は武力によって諸国を滅ぼしたが、天下を統治するためには、武力による弾圧だけではなく、自分こそが天の命を受けた真命天子であることを宣言し、人々を説得する必要があった。鄒衍はそのための恰好の理論を提供したことになろう。このように五行の運行に則った徳を備え、天命を受けた王朝のみが正統であり、そうでないものは、たとえいかに強大であってもその存在を認めないというのが、すなわち正統論である。

次の漢代になると、この理論はさらに発展し整備されたが、五行の運行法則については、まず相剋説、ついで相生説が優勢になった。

相剋説は五行のそれぞれが他を克服する関係で循環して行くもので、水は火に勝ち、火は金に勝ち、金は木に勝ち、木は土に勝ち、土はまた水に勝つという風になる。周の火徳が秦の水徳に代ったのは、すなわちこの相剋説による。これに対して相生説は、木が燃えて火を生み、火は燃え尽きて土となり、土の中から金が生じ、金のあるところから水が湧き出、その水を吸って木が成長するというように、それぞれの素材から相生じる関係による循環を説く。このほかに三統説（黒統・白統・赤統）というのもあるが、これはまた例によって中国人の三に対する偏愛から生まれたものと思える。

相剋説は武力による前王朝の打倒というイメージが強いのに対して、相生説は、徳を失った者が新たに天命を受けた有徳の者に位を譲るといういわゆる禅譲の形式に相応しいため、漢王朝から皇帝の位を譲りうけ、実際には簒奪した王莽（在位八―二三）以来、王朝交替にはもっぱら相生説の方が利用されることとなった。ただし王莽は禅譲の儀式は行っていない。この相生説によっ

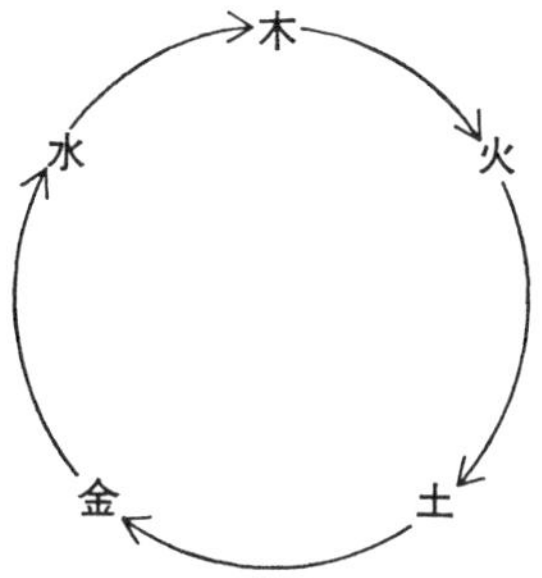

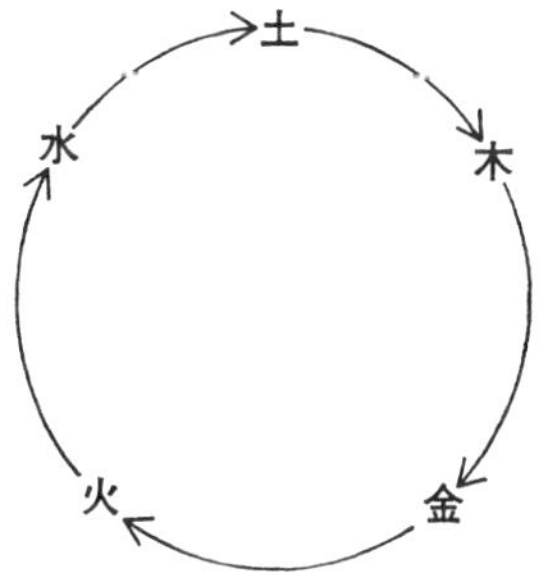

相生説（上）と相剋説（下）

て、はじめて禅譲の儀式を行い、新王朝を開き、皇帝の位にのぼったのは魏の文帝、曹丕であった。以後これが王朝交代の定例となり、宋の太祖、趙匡胤が最後の禅譲を受けるまで、七百年以上にわたって続いたのである。

漢は種々の理由によって、前漢（前二〇二―後八）の末、王莽が簒奪をたくらむ頃には、火徳の王朝とみなされていた。漢を炎漢、炎劉などとよぶのは、そのためである。したがって火徳を継ぐのは、相生説によれば土徳、その尊ぶ色は黄色である。黄巾賊がまず反乱の旗印に「蒼天已《そうてんすで》に死す、黄天まさに立つべし」のスローガンをかかげたのも、魏と呉が帝を称したのちの最初の年号が、それぞれ黄初（二二〇―二二六）、黄武（二二二―二二九）と、ともに黄色を標榜しているのも、みな火徳の漢に代ろうという意志のあらわれであった（蒼天は五行の配当からすれば赤天の方が適当であろう。これについては諸説あるが今のところ理由は不明である）。これに対して蜀は漢の後継者をもって任ずるのであるから、当然火徳のままである。蜀の最後の年号、炎興（二六三）は、漢王朝復興の悲願をこめたものであった。

三国時代以後も王朝交替のたびごとに、この正統論をめぐるドラマが繰り広げられ、各王朝は何らかのかたちで相生説による五徳のいずれかを称している。次にそれを表にしてみよう。

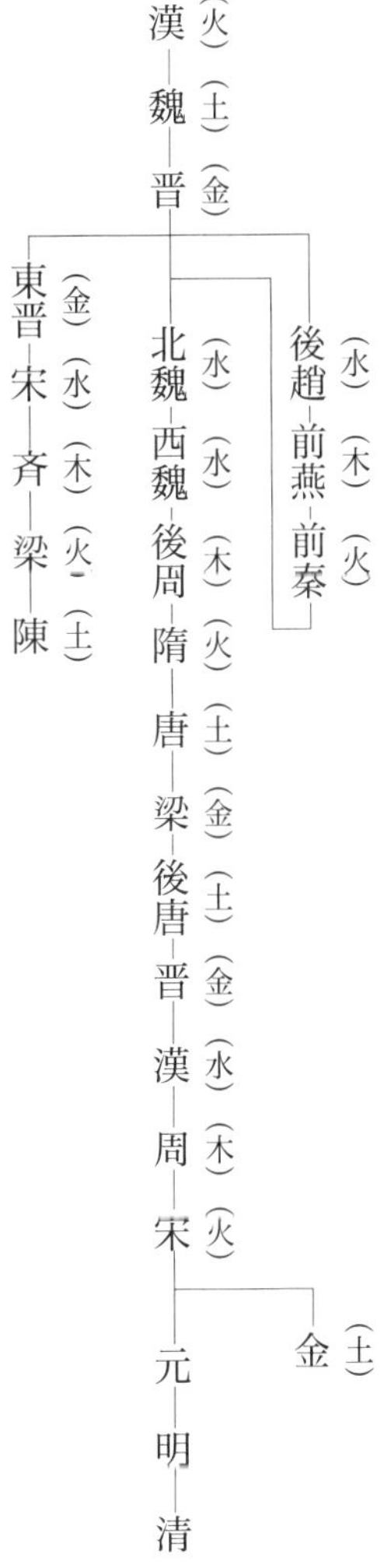

むろん五行説のような多分に神秘的な思想は、社会と政治状況がより複雑になった後世においては、その絶頂期であった漢代ほどの重要性はとうていもちえなかった。王朝が五行説により自らの徳を決めたのは、金の土徳が最後で、元はこの習慣をやめてしまった。しかし民間では依然としてこれについての種々の説が行われている。今かりに元は宋を継いだものとして土徳とすると、次の明は金徳、清は水徳、辛亥革命によって清朝を倒した中華民国は木徳、そして中華人民共和国は火徳となって漢と同じになる。とすれば毛沢東は高祖劉邦、周恩来は名宰相、蕭何ということになるであろうか。

◈『三国志演義』と正統論

『三国志演義』という作品、もしくは三国という時代が成立するうえで、この正統論が決定的な意味をもっていることは明らかであろう。正統論の最大の特色は、唯一の正統なる王朝が全世界を統治すべきであると考え、正統と認められない王朝は、閏位《じゅんい》、僭偽《せんぎ》などとよばれて、その存在がきびしく否定されることである。したがってはるか遠くの外国やまつろわぬ化外の民はともかく、少なくとも中国は唯一の正統王朝によって統一されている状態こそが正常で、分裂は異常な状態として廻避されねばならず、分裂下の各国は、どの国がはたして正統であるかをかけて、統一まで戦いつづけることが運命づけられているのである。三国時代の蜀、魏、呉の争いも、この図式によっていることは言うまでもない。

もしかりにこの正統論の図式を放棄して、たとえば蜀と魏が和議を結び、互いの存在と領土を承認したとしたら、どうなるであろうか。諸葛孔明はなにも苦労して北伐を行う必要がなくなり、三国時代はその性格を大きくかえ、小説『三国志演義』も成り立たなくなってしまうにちがいない。そんな荒唐無稽な仮定は無意味で、孔明が統一を目指すのは当然だと思われるやもしれぬが、『三国志』「諸葛亮伝」の注に引く、『漢晋春秋』によれば、皇帝に即位した孫権は、「並尊二帝」つまり呉と蜀の二人の皇帝が対等の地位であることを原則とする同盟関係を蜀に提案している。これに対して諸葛亮は、蜀内部の反対意見をおさえて、孫権の提案を呑んだ。北伐をひかえた諸葛亮としては、呉を敵にまわすわけにはゆかず、これ以外の選択肢はなかったであろうが、それにしても魏を認めない蜀が、呉の皇帝の地位を認めたのは大いなる矛盾であった。

さらにたとえば分裂がむしろ常態であったヨーロッパと比較すれば、中国の相対的な特殊性とそのなかでの正統論の意味が自ずと感得されるであろう。実際、正統論という色めがねをはずして見れば、中国は面積のうえからも、また文化と言語の多様性から言っても、ほぼ全ヨーロッパに匹敵する。あの広大な中国が、その長い歴史のなかで基本的に統一国家として存在してきたには、さまざまな理由と複雑な背景があろうが、正統論の思想はそのなかでももっとも重要なもののひとつであったと思える。

ところでこの正統論の思想は、五行説に象徴されるようなきわめて観念的な側面をもつ一方、特に王朝交替や分裂下の状況では、その時々の政治情勢に当然ながら大きく左右されることになる。観念が現実のために奉仕するのは、いつの世でも変らぬであろう。

現に、先に紹介した五行相生説の理論自体、漢王朝簒奪をもくろむ王莽一派の政治的要請によって編み出されたものにほかならない。漢は、高祖の当初は水徳を称したが、のち相剋説によって土徳に変り、最終的には、黄帝の後継者をもって任じ(すなわち土徳)、かつ禅譲のポーズを取った王莽によって相生説を逆に運用されて、火徳となってしまったのである。また先の歴代王朝五行配当図を見ると、各王朝ともに相生説によって前王朝の徳に取って代っていることが分るが、なかには北魏のようにすぐまえの前秦ではなく、さかのぼって晋を交替の対象としたような場合や、五代の後唐が唐王朝の後継者として、唐の土徳をそのまま使用した例などがあり、徳の称し方はその政治的立場によって異なっている。

『三国志演義』は言うまでもなく蜀を正統とする立場にたつが、歴代の史家がすべて蜀を正統とみなしたわけでは決してなく、これまた時の政治情勢によって変化を余儀なくされてきた。まず三国時代を扱ったもっとも古い、もっとも権威ある史書である陳寿の『三国志』は、魏を正統として書かれている。陳寿は晋（西晋）の時代の人であるが、晋は魏を継ぐことによって自らを正統とみなしたのであるから、これは当然であろう。蜀を正統とした最初の史書は、次の東晋時代の人、習鑿歯の『漢晋春秋』であった。東晋は、北方から侵入した遊牧民族に北中国を占領された晋の王室が、揚子江以南の地に逃れて建てた王朝であり、同じように蜀の一隅に漢王朝の余脈を保った劉備らに同情的であったらしい。そのうえ著者の習鑿歯は、自分が仕える荊州軍閥の桓温が、帝位簒奪の野望を抱いているのを見て、それをいましめるためにも、曹操を非とし劉備を是とする必要があったと言われる。

次に、『三国志』とともに『演義』成立に大きな影響をあたえた司馬光の『資治通鑑』は、その三国時代の叙述に当たって、統一王朝のみが正統を称しうるとの立場から、蜀、魏、呉のいずれも正統としないが、紀年には便宜上魏の年号を用いており、実質的には魏の正統を消極的ながら認めたに等しい。しかも劉備がはたして漢の王室の一員であるかどうかに疑問があるとして、蜀の正統だけは明確に否定している。司馬光が生きた北宋の時代の知識人の間では、おおむねこれが通念であったらしく、欧陽修、蘇軾など当時の代表的な文人は、みな魏の正統を支持している。ところが次の南宋の時代になると、状況は全く変ってしまった。周知のごとく、南宋は女真族の金によって北方を追われた王朝であり、その点かつての東晋と同じである。そこで東晋の場合と同様、中原の回復を目指す自らの立場を正当化するために、蜀を正統とする議論が起ったのである。その代表が、すなわち朱子の『通鑑綱目』であった。

南北朝以後の中国は、大挙して南侵する北方遊牧民によって苦しめられ、ついには遼、金、元、清などのいわゆる征服王朝が出現して、中国の一部もしくはすべてを領有するにいたった。このような異民族の侵入と支配が中国人の民族主義的な感情を強く刺激したのは当然であろう。ここにおいて正統論は、あらたに民族主義的なナショナリズムとの結合を遂げ、普遍主義と民族主義が混在する複雑な思想となった。そしてこれ以後は、五行論の神秘思想よりも民族主義の方がはるかに重要な意味をもつようになったのである。朱子が華夷の分、すなわち漢民族と異民族の別を強調するのは、そのあらわれと言えよう。幕末の尊王攘夷思想の原点はここにある。

次の元代は、異民族がはじめて中国全土を統治した画期的な時代であり、正統論と民族主義は、いやがうえにも深刻な、しかもデリケートな問題とならざるを得なかった。人々の関心は、全国を征服した元朝の正統性は認めざるを得ないとして、その元朝が継いだのは女真族の金なのか、それとも中国人の南宋なのかという点にあつまったのである。当時の知識人たちは、当然ながら民族のアイデンティティを保持するために、南宋正統説を唱えた。しかしその根拠として民族主義を直接もちだすことは、当の元朝が異民族であるだけにできない相談である。元末の有名な詩人、楊維楨が遼、金、宋の三史の編纂に際して朝廷に提出した「正統辨」という文章が、同時期の人、陶宗儀の『輟耕録《てつこうろく》』(巻三)に引かれているが、それを読むと、いかに民族問題に触れずに、その他の理由によって南宋が正統であることを納得させるかに苦心する様子がうかがわれて興味深い。そしてその理由の重要なもののひとつとして、蜀の正統が『春秋』の大義にかなうものである点があげられているのである。蜀の正統が単なる歴史的な命題としてではなく、時事にかかわる重大事として、当時の広い範囲の知識人に意識されていたことは、同じく『輟耕録』の「漢魏正閏」の条(巻二十四)を見ても明らかである。この時期に生まれた『三国志平話』が、この問題を反映していることはすでに述べた(八八ページ)。そして元末明初に編まれた羅貫中の『三国志演義』もまたこのような風潮を背景とするものであった。それが『通鑑綱目』によって蜀の正統を強調しているのは当然であろう。

そして、正統思想をさらに徹底させ、『演義』の隅々にまでゆきわたらせたのは、清初の毛宗崗にほかならない。毛宗崗本が世に出たのは康熙年間(一六六二―一七二二)の初めであるが、当時は明が亡んでまだ日も浅く、台湾には明朝復興を目指す鄭成功の余党が勢力を張っていたうえ、やはり明朝復興に名をかりた呉三桂らのいわゆる三藩の乱が南方で起る一方、文字の獄とよばれるきびしい言論弾圧が知識人に対して加えられつつあった。毛宗崗による正統論の強調は、当時のこのような政治状況と決して無縁ではない。それは、異民族統治下におけるひとつの屈折した民族主義の表現であったと言ってよいであろう。

なお正統論がこのように民族主義と結びついたことは、またそれが民衆のなかに深く浸透してゆくうえで大きな力となったことを指摘せねばならない。五行説による正統論は、本質的に支配者のものであり、その観念操作は一般民衆とは無縁であったはずである。しかし民族主義的な感情は、侵略に苦しむ民衆が支配者階級と共有できるものであり、より広い基盤からの支持を得ることが可能であった。そしてその際、蜀の正統とその「漢家復興」のスローガンは、特に印象深く民衆に受け入れられたのである。なぜならば漢は王朝名であると同時に、後世では中国人全体のよび名であり、漢の復興は異民族の圧制下にある人々にとっては、つねに現代的なテーマであったからである。とすれば漢を簒奪した魏は、自ずと異民族ということにならざるを得ない。南宋の愛国詩人として有名な陸游は、その詩の中で、「邦命は漢を中興し、大心大いに曹を討つ」(「得建業倅鄭覚民書」『剣南詩稿』巻四十二)と女真族の金を曹操の魏に喩えているのである。

このようにして正統論が民衆の支持を得ると、今度は民衆独特の価値観、たとえば善玉と悪玉をはっきり分ける考えや、いわゆる判官びいき的な意識が正統論に影響をあたえることになる。この民衆的価値観、具体的には「擁劉反曹」すなわち劉備を擁護し曹操に反対するというたぶんに情緒的な思想こそが『演義』のテーマであって、それは正統論とは別物だという考えもあるが、おそらくそうではあるまい。正統論は民衆の感情に論理をあたえ、また民衆の価値観は正統論を強化するというように両者は互いに補い合う表裏の関係にあったであろう。民衆的感情を支配者もしくは知識人の論理に吸収した、そのあやういバランスのうえに『三国志演義』は成立しているとも言えるのである。

◈ふたつの義

正統論の支配者的側面と民衆的側面というこのある種の二重性は、より巨視的には、正統論をも含む義という概念にもみられる。五行説による正統論のもっともユニークな点は、それがまた五行終始説とよばれるように、始めがあれば必ず終りがあるところにあるだろう。たとえばある王朝が、自分は五行のうちの木徳によって天命を受けた、と宣言したとしよう。するとそのとたんに、その王朝はいずれ火徳の別の王朝に取って代られることを承認したことになるのである。つまりそれは、日本の天皇のような万世一系的考えとははっきりと異なる、革命を是認した思想であった。しかも天命の行方は人心の帰趨と密接にかかわっているのであるから、この思想はもってゆきようによっては、民主的な制度、たとえば選挙を生み出す可能性もなくはなかったのである。しかしながら現実にはむろんそうはならなかった。

それは、革命の論理はつねに革命をする側の論理であって、される側の論理とはついになりえないという単純な理由による。なかには漢の中興の主で、五行思想の熱烈な信奉者であった光武帝(在位二五―五七)のように、自分の王朝はあと何年で亡びると宣言したさばけた皇帝もいないわけではなかったが、しかし彼とてもその場になれば、そうやすやすと政権を投げ出しはしなかったであろう。すなわち正統論は、理論的には革命と主権交替を容認しながらも、実際には君臣の分と、血縁関係によるその継承、固定化を願う体制の論理としてはたらいたのである。これがいわゆる『春秋』の大義の実質上の内容であり、劉備はこれを武器として打って出た。

しかし義にはもうひとつ、非血縁的な人間関係と、君臣のようなタテのつながりよりはむしろヨコの連帯を意味する場合があり、こちらもまた『演義』のなかでは重要な役割をはたしている。この非血縁的な義の意味を示すもっともよい例は、義手、義足などという場合の義であろう。義手、義足は、自分のものでない、したがって血のつながっていない、がしかし機能としては血の通った手足とほぼ変りのない手と足であろう。手足が兄弟の比喩であるとすれば、義手、義足はすなわち義兄弟である。つまり桃園結義の義である。

先に桃園結義のひとつのモデルとして、公孫瓚が商人と義兄弟の関係を結んだ事実をあげたが(二一九ページ)、このような非血縁的なヨコの関係の義が結ばれるのは、多くは商人や軍人など、定着民を中心とする社会体制の枠組の外にいる人々や集団においてであった。秘密結社や海外への移民などの場合も同じである。彼らはおもに非定着民である関係上、血縁とならぶもうひとつの論理、地縁からもある程度自由であった。このように血縁、地縁の束縛からはなれ、体制の保護を失った人々が、自らを守り共通の目的を遂げるために互いに結ぶ関係、それが結義の義であると言えよう。そういう意味で、『演義』での結義当時、劉備は草履売りのしがない王族くずれ、張飛は屠殺業者兼酒売りの商人、関羽は故郷で人を殺して逃げ出した亡命の徒と、三人がともにアウトロー的な人物として描かれているのは興味深いであろう。それは梁山泊の聚義堂につどう『水滸伝』百八人の豪傑たちと本質的に同じものであり、中国の小説や演劇が好んでとりあげる世界であった。中国の社会には、『春秋』の大義的な体制の論理とは異なるこのもうひとつの義がたしかに存在していたのである。先に紹介した貴州の屯田兵の村々で、その子孫たちが今でも毎年かかさず三国劇を演じるのは（一九八ページ）、それによって異姓間の非血縁的連帯を確認する必要があったからにほかならない。海外の華僑が関羽を熱心に信仰するのも、また同じ理由からであった。

『演義』の世界において、このふたつの義は互いに補い合う関係にあると言えるであろう。劉関張は、君臣であると同時に兄弟であり、両者の間に矛盾があるわけではない。あるいは桃園結義の義は、漢王朝復興の大義のためによく奉仕したと言ってもよいかもしれない。『水滸伝』の百八人の豪傑たちが、のち朝廷に帰順して忠義を尽すのも、基本的にはこれと同じ関係である。しかしこのふたつの義は、つねに協力し合うとはかぎらない。それは、非血縁の論理である結義の義は、本質的に、血縁による君主制を否定し、より平等な世界を目指す契機をそのなかに秘めているからである。もしこの論理を徹底的に追求すれば、それは『春秋』の大義とは相容れないものとなるであろう。『演義』では、体制秩序の破壊者としての張飛の言動のなかに、しばしばこのような側面の片鱗がうかがわれた。

すなわち結義の義のなかには、もうひとつの革命思想がかくされていたのである。その革命思想が姿をあらわし、『春秋』の大義の偽瞞をつけばどうなるか。ここでも『演義』は、両者のあやういバランスのうえに成立しているようである。関羽が悲運の死を遂げたのち、劉備はこの両者をはかりにかけたうえで、迷うことなく義兄弟の方を取り、漢の復興を顧みず、関羽のために怨みをはらそうとした、ということに少なくとも『演義』ではなっている。この一切をなげうって義に殉じる精神の美しさとその結末の悲劇性こそは、文学作品としての『演義』の最大の魅力であろう。

元来、中国における結義兄弟という習慣は、モンゴル人の間にアンダとよばれる同様の風習が見られるように、北方遊牧民の影響と関係があると思える。さらにそれは、世界中に広く分布する血盟兄弟(blood brotherhood)の習慣と本質的には同じものであろう。すなわち結義の義は、中国のなかでは周辺的な、『春秋』の大義にくらべて価値の低い概念であるかもしれないが、世界的に見れば、より普遍的なのはそちらの方であった。

◈『三国志演義』と現代中国

中国は第二次世界大戦後に生まれたいくつかの分裂国家のひとつであった。すなわちいわゆる国共内戦に勝利した共産党により中華人民共和国が大陸に誕生し、一方、敗北した国民党は、台湾に退いて中華民国の命脈を保つことになったのである。両者は以後数十年にわたって、一方が台湾解放を叫べば、他方は大陸回復を至上目的として、海峡を間にはげしい対立をつづけてきた。その対立のはげしさは、単に相手を敵とみなすという程度を越えて、敵の存在自体を認めないというところにまでいたっている。たしえば一九八〇年代までの台湾で中国地図を買うと、広い大陸はすべて中華民国の領土ということになっていて、行政区域名ももとの民国当時のままである。

一方、北京が出した中国地図の台湾の部分に、中華民国の名がないのは言うまでもない。万やむを得ず、両者が相手の政府に言及する時は、必ずそのまえに偽の一字をつけて、それがニセモノであることが強調されるのである。

このように相手を地図の上から抹殺せずにはおかない憎悪のはげしさは、単なる資本主義と社会主義の相違といった理由によってはとうてい説明することができないものであろう。それはまさに、唯一の正統王朝のみを認め、それ以外の存在を否定する正統論的な思考の産物であると考えるほかはない。先に五行説を援用して、民国は木徳、人民共和国は火徳と言ったのも、これではあながち戯れとは言えないわけである。大陸と台湾が国際会議やスポーツ大会ではち合うたびに、まず名称の問題ではげしくやり合うのも、まず何よりも名を正すことを重んじる正統論的発想を知らなければ、理解することはおそらく困難であろう。

そして同じような光景は、中国文化の影響を強く受けた朝鮮半島においても、つい最近まで眺められた。南の大韓民国と北の朝鮮民主主義人民共和国は、やはり大陸対台湾と同じ図式によって争い合ってきたのである。それは同じ分裂国家とはいえ、ドイツなどの場合とはおよそ様子の異なるものであった。東アジアの政治情勢が、冷戦構造下での対立もしくはその崩壊といった、現下の国際政治の常識のみでは解きえないことを示す好例であろう。ちなみに朝鮮半島では、中国の三国時代におくれること約三十年にして、高句麗、新羅、百済による、もうひとつの三国時代(三一三—六七六)があらわれている。

正統論的な観念は、観念の常として、現実の状況のために奉仕するとともに、時として観念自体の自己増殖のなかに現実を呑みこんでしまうのである。存在するものをあたかも存在しないかのようにみなすのは、観念のこのようなはたらきによるであろう。ところが一見強固にみえるこの正統論も、その観念の枠組に入ってこない存在に対しては、いとも無力となるのは面白い。大陸と台湾は、あれほど互いの存在をはげしく否定し合いながら、イギリスの植民地であった香港や海外の華人国家、シンガポールに対しては、両者ともにその存在を容認するばかりか、はなはだ寛大であった。

三国時代にこれと同じ例をもとめるとすれば、それはおそらく呉であろう。蜀と魏が正統をめぐって激烈な争いを繰り広げたのに対して、呉はそこから相対的に遠い立場にいた。呉の外交の立案者であった魯粛が、三国のなみいる政治家のなかでもっとも透徹した現実認識をもち、孔明に先立って三国鼎立の戦略を立て、それを着実に実行することができたのは、彼の資質もさることながら、呉のこの相対的距離のなせるわざであったと言ってよい。蜀は魏の帝位をけっして認めなかったにもかかわらず、呉の帝位はあっさりと承認し、孫権の即位に際してはわざわざ祝賀の使節まで送っていた。それはもとより呉と結び魏に対抗するという戦略の一環であったろうが、しかしいかに戦略とはいえ、魏の帝位を否定しながら呉のそれを肯定するのは、大いなる自己矛盾であろう。この自己矛盾が大手をふって通用してしまっているところに、正統論という思想の不思議さと、三国という時代の面白さがある。

かくして現代の中華世界は、大陸と台湾、および香港、シンガポールをはじめとする海外の華人勢力という三者が鼎立する、新たな三国時代の様相を呈するにいたった。この中華世界をうごかす原理には、国際情勢の影響や細部のさまざまな相違があるにせよ、かつての三国時代の図式となお多くの共通点を見いだすことが可能であろう。ところが近年になって、このような状況に大きな変化がおとずれつつある。

変化はまず一方の当事者である台湾が、従来の枠組を自ら破ったことで顕在化する。一九九一年五月、台湾の国民党政府は、動員戡乱《かんらん》時期の終了を内外に宣言した。これは大陸の共産党政府を反乱団体とみなすのをやめるという意味で、大陸政権の存在をほぼあるがままに認めたものにほかならない。つまり蜀が魏の存在を承認してしまったわけで、もはや北伐の必要はなくなったのである。と同時に、これは自らの正統的地位を進んで放棄し、かえす刀で相手にも同様の措置を迫るという新たな戦略でもあった。なお、この間台湾は大陸に対する従来の三不政策（接触せず、交渉せず、妥協せず）を徐々に緩和する一方、自由、民主、均富の現代版三民主義を標榜するにいたったが、このようなネーミングを見ると、三に対する執着の深さにほとほと感心させられてしまう。

これに対して大陸側は、一九九七年に中国に返還された香港および将来「解放」されたあかつきの台湾には、一国両制を実施すると再三にわたり表明している。一国両制とは、ひとつの国家のなかに資本主義と社会主義のふたつの制度を並存させるという、世にも不思議な考え方である。

他に類例をみないこの奇抜な発想は、しかしよく考えてみると、中国の名目上の宗主権を認め、その傘下に入りさえすれば、あとは勝手にしてよろしいという、かつての正統論的体制下における朝貢関係にどことなく似ているように思える。伝え聞くところでは、この一国両制の発案者は鄧小平であるらしいが、いずれ頭の片隅にこびりついていた古い思考形態が、無意識のうちにあらわれたのであろう。しかしながら現代の常識では、制度というものは政府によって施行されるものであり、一国両制とはふたつの政府を認めるに等しい。そして政府が国家を代表するものである以上、それはふたつの国家にかぎりなく近い発想であると言えよう。つまり大陸側も消極的ながら正統の一枚看板をおろして、相手の存在を認めたことになるのである。

このような状況のなかで、一九九一年十一月に韓国のソウルで開かれたAPEC（アジア・太平洋経済協力閣僚会議）の定例会議において、中国、台湾、香港の三者が同時加盟をはたすという注目すべき出来事がおきた。これは、国際機構の場をかりて、三者が間接的に互いの存在を認め合ったに等しく、ここにいたって正統論的な世界観による構図は、崩壊しはじめたと言ってよい。その後、一九九二年四月にオーストラリアがAPECの首脳会議への格上げを提案し、アメリカがこれを支持すると、あらためてそのための最大の障害としての「三つの中国」問題が浮上してきた。このように東アジア世界を取りまく国際情勢の激変によって、中国、台湾、香港はそれぞれに従来の枠組と発想の大きな見なおしを迫られているのである。

そもそも正統論的な世界観は、一元的な文化観および政治と文化の一致という考えを、その前提としてもっていた。過去の中国人にとって、文化とはとりもなおさず中国文化のことであり、その中国文化の代表としての皇帝が世界に君臨し、科挙によって文化的能力を試されて、選ばれた官僚がそれを補佐するというのが、中国的体制の基本であった。この体制自体は、アヘン戦争以来の西洋列強の侵略によって崩壊を余儀なくされたが、それを支える世界観は、のちのちまでも中国人の頭の中に根強く残っていたのである。それが近年の中国大陸における開放政策および台湾、香港、そして海外の中国人の価値観の多様化により、大きな変容を遂げつつある、というのが目下の状況であろう。今や多くの中国人が、中国文化以外の文化の存在を自覚し、政治と文化、そして民族の関係についてもさまざまな異なる考えを抱くにいたった。中国本土と海外とを問わず、中国人は今、古い世界観から徐々に脱皮し、新しい未知の世界へと船出しようとしているのである。その過程で、古い正統思想がどのように変化し、またふたつの義の観念がそこでどのような役割をはたしてゆくのかは、中国人のみならず、中国文化圏の周辺にすむわれわれにとっても、大きな関心事であろう。『三国志演義』は、そのような古くて新しい問題をわれわれに考えさせてくれる無類に面白い小説として、今後も読みつがれてゆくにちがいない。

九

東アジアの『三国志演義』

『三国志演義』は本場の中国だけでなく、東アジア、特に朝鮮半島と日本にも早くに伝わり、現在にいたるまで多くの人々に愛読されている。またその受容のあり方には、中国とは異なる独自の特徴がみられ、さらに中国ではすでに散佚した『演義』のテキストが保存されているなど、『演義』の歴史を考えるうえで、この両地域は重要な地位を占めている。そこで最後に、朝鮮半島と日本における『演義』の情況を簡単に紹介することにしたい。

◈朝鮮半島の『三国志演義』

❶——『三国志平話』『演義』の伝来と出版

高麗時代末期(十四世紀後半)に作られた当時の中国語教科書である『老乞大』には、高麗の商人が、元の首都、大都(今の北京)の本屋で本を買う場面があるが、[*1]買った本を列挙した中に、『三国志評(平)話』の名がある。『三国志平話』に関する中国での記録は、張尚徳本『演義』の序文に、「前代(元代)かつて野史を以て評話を作り為す」と見えるのが唯一の例であり、『老乞大』の記録は『三国志平話』についてのもっとも早い資料として貴重である。『老乞大』と同時期のもうひとつの中国語教科書である『朴通事』には、小説『西遊記』に関する記載があり、当時、高麗人が中国の小説に関心をもっていたことがわかる。『老乞大』の記事はむろん虚構であるが、『三国志平話』が高麗に伝わっていた可能性は高いであろう。のち朝鮮王朝時代には『夢決楚漢訟』という『平話』の冒頭と共通する内容の作品が現れるが、これが『平話』の影響か、それとも明代の同類の作品から出たものなのかは不明である。また日本に現存する『平話』テキストについても、日本側に記録がないため、詳しいことはわからないが、朝鮮半島から伝わった可能性も考えられるであろう。[*2]

次に『演義』については、『朝鮮王朝実録』の宣祖二年(一五六九)六月壬辰(二十日)の条に、国王が教書(命令書)の中に「張飛一声走万軍」(張飛は一声で万軍を走らす)という文句を用いたところ、侍読官の奇大升が、それは正史ではなく『三国志衍義』に見えることであり、小説にはでたらめな記述が多いので、読むべきではないと国王を諫め、かつこのような本を出版したのは不見識だと批判した記事がみえる。ちなみにこの年、宣祖はまだ十八歳の少年であった。

従来、宣祖が読んだこの『三国志衍(演)義』は、中国から伝来した本であると考えられていた。しかし近年、韓国で中国の周曰校本(無図本)の翻刻本、さらに丙子字(一五一六)による銅活字本の『三国志通俗演義』(存巻八上下)が相次いで発見されたことにより、宣祖が見たのは朝鮮で出版された本、なかんずく銅活字本である可能性が高まった。

周曰校本の翻刻本は、現在数種類のテキストが伝わっているが、そのひとつに「丁卯耽羅開刊」の刊記がある。[*3]「耽羅」は現在の済州島、「丁卯」は一五六七年、または一六二七年と考えられるが、定説をみない。一般に朝鮮王朝時代に出版された書物には、刊行年代や刊行者を明記しない場合が多く、正確な情報を得ることは難しい。

一方、銅活字による出版は宮廷内で行われたものであり、『演義』のような通俗小説を出版することは、きわめて異例である。しかし『実録』の中宗十年(一五一五)十一月四日の条にみえる銅活字(丙子字)による出版書目の中に『三国誌』があり、これがおそらく『三国志演義』であると考えられる。また現存する丙子字を用いた書籍で出版年代がもっともおそいのは、宣祖八年(一五七四)の『朱子語類』であり、銅活字版の『三国志演義』は十六世紀の中葉には出版されていたはずで、それを国王が読んだと推定される。

この丙子字銅活字本は、題は張尚徳本と同じで『三国志通俗演義』、しかし文章は周曰本とおおむね共通し、ただ部分的には張尚徳本、葉逢春本とも一致する個所がある。また発見されたのが巻八の上下であることから、張尚徳本十二巻の各巻を上下に分けたものと考えられ、二十四巻の周曰本との中間的形態を示す。このようなテキストは従来、知られていないが、朝鮮で独自に改編したものではなく、おそらくは中国にそのようなテキストがあり、それを底本としたのであろう。なお朝鮮ではこの後も、『三国志』を『三国誌』、また『演義』を『衍義』としばしば表記する。後者は宋の真徳秀『大学衍義』など儒教の著作にならって、書き換えたものであると思える。中国には『三国誌』はまれに見られるが、『衍義』は例がない。

国王の宣祖はこのほか、『包公案』を読んでいたことが親筆のハングル書翰によって知られ、中国の小説を愛読していたらしい。また当時の文人、林悌(一五四九—一五八七)の漢文体小説『元生夢遊録』には、「面如重棗」(面は重棗の如し)、「声如巨鐘」(声は巨鐘の如し)など、明らかに『三国志演義』の関羽の描写から引用した文句がみえ、国王以外にもかなりの範囲で『演義』が読まれていたことがわかる。

一方、奇大升が小説を読まぬよう国王に諫言したように、当時の支配層であった両班《ヤンパン》階級の間では、儒教的文学観から小説を蔑視する傾向が強く、たとえば杜甫の詩の注釈を書いたことで有名な李植(一五八四―一六四七)は、正史の『三国志』が『演義』に圧倒されている情況を歎き、秦の始皇帝の焚書にならって焼いてしまえばよいとまで言っている(『沢堂集』別集巻十五)。しかし李植も認めているように、『演義』は一般に広く読まれていたようで、十七世紀の著名な文人で、『九雲夢』『謝氏南征記』などのハングル小説作者として知られる金万重(一六三七―一六九二)は、壬辰の乱(豊臣秀吉の朝鮮侵略、いわゆる文禄慶長の役)以降、『三国志衍義』が盛行して、女性や子供でもみな知っており、「桃園結義」「五関斬将」など『演義』の虚構を科挙の答案に書く者さえいると述べている(『西浦漫筆』巻下)。後には中国の毛宗崗本(第一才子書)も朝鮮に伝わり、十九世紀以降その翻刻本が多数出ている。

❷――講説と翻訳、翻案小説

金万重は女性や子供も『演義』に習熟していたと述べているが、これはむろん原文を読んでのことではないだろう。女性、子供や庶民層にまで『演義』が広まったのは、おもにふたつのルートによってであったと考えられる。

ひとつは『演義』の口頭による講説、日本風にいえば講談によってである。趙秀三(一七六二―一八四五)「伝奇叟」(『秋斎集』巻七「紀異」)によれば、この頃、漢城(今のソウル)中心部を流れる清渓川《チョンゲチョン》の橋のたもとでは、民衆相手の講釈師が活躍していたが、彼らは話が山場にさしかかると語るのをやめ、聴衆が銭を投げあたえるのを待って、続きを話したという。これは中国の講釈師と同じやり方である。趙秀三があげる演目に「三国志」はみえないが、民衆の間でもっとも人気の高かった「三国志」もおそらく語られていたであろう。一七一二年、清朝に使節として赴いた金昌業の『老稼斎燕行日記』には、一行が北京の宿舎で、兵士に『三国志演義』の「博望焼屯」の一節を語らせる場面があり(巻四の正月十二日)、軍隊の中でも『演義』の講説が行われていたことを推測させる。

もうひとつはハングルによる翻訳である。ハングル訳には多くの種類があるが、いずれもだれがいつ翻訳したかは不明で、かつすべて筆写本である。中でも王宮に所蔵されていた写本[*4]は、王妃をはじめ宮中の女性たちが読んだもので、張尚徳本を底本とするが、部分的に朝鮮で独自に改訂したところもあり、翻訳時期は十八世紀頃と推定されている。それ以外、民間に流布した写本は、みな毛宗崗本を訳したもので、十八世紀末から十九世紀のものである。その多くは家庭内で主に女性に読ませるために翻訳されたもので、営利目的ではなかったが、後には貸本屋などを通じて、より広く普及した。

しかし全訳はなにぶん数十冊にもなる大部のものであったため、一般により流布したのは部分訳、あるいは部分訳にもとづく翻案小説であった。たとえば『赤壁大戦』は、毛宗崗本の四十三回から五十回までの赤壁の戦いに関する部分を、『大胆姜維実記』は『演義』の最後の部分(百五―百二十回)を、それぞれほぼ忠実に翻訳したもの、また『関雲長実記』は、全書の中から関羽に関する部分を抜き出し、特に華容道で曹操を見逃す部分と最後の死の場面を中心にまとめたものである。

これらに対して『山陽大戦』、別名『趙子竜実記』は、『演義』とは異なる独自の内容をもっている。そのあらましを述べると、曹操が大軍を率いて劉備を攻めたので、まず馬超、ついで関羽が対戦するが、かえって曹操の軍に南屏山で包囲される。その時、趙雲は四川を守っていたが、夢に関羽が現れ救援を求めたため、南屏山に駆けつけ、馬で山陽水を飛び越え、馬超と関羽を救出、さらに曹操を追いつめ、ヒゲがあるのが曹操だと言うと、曹操はヒゲを切り落とす、今度はヒゲがないのが曹操だと言うと、曹操は旗で顔をかくして逃亡する。その後、曹操は敗戦の恨みを晴らすため、偽の手紙で劉備を宴会によびだし生け捕りにしようとするが、諸葛孔明がその計略を見破り、魏と蜀の諸将の間で弓術や剣術の試合が行われるが、蜀が勝つ。曹操はやむなく退却するが、趙雲の伏兵に遭い大敗する。

これらの内容のうち、曹操がヒゲを切り、顔を隠して逃亡する部分は、明らかに『演義』での馬超の話(七十一回)を趙雲に置き換えたもの、また趙雲が馬で山陽水を飛び越える話は、劉備が的盧馬で檀渓を越えた話をヒントにしたものであろう。さらに後半の曹操が劉備を宴会に招く話は、類似の趣向が「劉玄徳酔走黄鶴楼」などの元雑劇や『花関索伝』にもある。しかし全体として趙雲を主人公とするこの作品の内容は、中国にはないもので、朝鮮で独自に作られたと考えられる。

　朝鮮では劉関張三兄弟と諸葛孔明以外に、趙雲の人気が特に高かったようで、ハングル小説『柳文星伝』では、*5「趙子竜は長坂橋で曹操の億万軍士を刀一本で対敵したが」と、有名な張飛の長坂橋での勇戦ぶりが趙雲のこととして語られており、また『沈清伝』では、「趙子竜が江を越えた青驄馬に乗ったなら、今日でも都に行けるのだが」とあり、右の『山陽大戦』の話が広く知られていたことがわかる。また日本の和歌、俳句に似たハングルの歌、時調《シジョ》でも、趙雲はしばしば題材となっており、「将帥(武将)みな将帥とはいえ、趙子竜のごとき将帥なし」、「たぶんこの将帥が出たは、劉皇叔の掻癢子(かゆいところを掻く孫の手)と思える」など、趙雲を賛美する文句がみえる。

　翻案小説には、このほか『三国大戦』『華容道実記』『黄夫人伝』『夢決楚漢訟』などがある。『黄夫人伝』は、諸葛孔明の夫人の容貌が醜かったこと、しかし才気あふれる賢夫人であったことを述べたもので、黄夫人のことは元来、『三国志』の「諸葛亮伝」裴注に引く『襄陽記』、また『演義』百十七回の注にみえ、民間伝説でもあつかわれているが、朝鮮の『黄夫人伝』では、最後に夫人が美女に変身するなど独自の内容になっている。ただしこれらの翻案小説も翻訳と同じく、いつだれが作ったものなのか明らかでないが、すべて十九世紀以降のものである。

　このほか、日本の浄瑠璃に相当する語り物、パンソリの『赤壁歌』では、兵士がハングルの本を読む場面があるなど、内容がすでに朝鮮化している。また朝鮮王朝後期に数多く現れた軍談小説、『九雲夢』『玉楼夢』などのハングル小説にも『演義』にもとづく表現が随所にみられ、『演義』が朝鮮文学にあたえた影響はきわめて大きい。

ちなみに対馬藩の朝鮮語通訳、小田幾五郎が朝鮮の国情を紹介した『象胥紀聞』[*6]（一七九四）には、「三国志ナドノ類モ諺文ニテ書キタル本有之由」とあり、ハングル訳が対馬では知られていたようである。

❸――関羽信仰

金万重は壬辰の乱以降、『演義』が盛んになったと述べているが、そのひとつの背景には壬辰の乱を通じて、関羽信仰が中国から伝来した事実がある。それ以前、朝鮮には関羽を神として信仰する習慣はなかったが、日本軍を撃退するため派遣された明の軍人たちが関羽信仰を朝鮮に持ちこんだのである。

ソウルの東大門の外には、関羽を祀る東廟《トンミョ》（東関王廟）が現存し、今では地下鉄の駅名にもなっているが、元来は南大門の外にも南廟（関聖廟）があった（朝鮮戦争時に焼失）。両廟はともに日本軍との対戦において関羽がしばしば霊験を示したことにより、明側の要請によって建てられたものである。すなわち南廟は、宣祖三十一年（一五九八）、明の遊撃（武官名）陳寅の建議により、また東廟は明の神宗（万暦帝）じきじきの命により翌宣祖三十二年から二年の歳月をかけて建設された。

廟の建設は、朝鮮にとって、戦時下の逼迫した財政に重い負担となったばかりでなく、そもそも道教と仏教が混合した関羽祭祀自体が、儒教を尊崇する朝鮮君臣には馴染めず、強い反発を招いた。中でも問題になったのは、明の武将たちが関羽の生誕日である五月十三日に、関羽に対する国王の拝礼を求めたことである。朝鮮側は困惑し、臣下の多くが反対したが、援軍として来た宗主国の要求を拒むわけにもゆかず、宣祖はやむなく南廟に詣で、香を焚いて跪拝するという屈辱を味わった。しかもその後、臣下の反対を押し切って、明の武将とともに俳優による演劇鑑賞までしている（『宣祖実録』三十一年五月十四日）。臣下たちはさぞかし切歯扼腕したにちがいない。少年時に『演義』を読んだ宣祖の胸中はどのようなものであったろうか。

明の神宗は関羽を厚く信仰し、万暦六年（一五七八）すでに関羽を協天護国忠義大帝に封じ、その後もしばしば帝位の封号を贈っている。つまりこの時点で関羽はすでに関帝であった。一方、宣祖は明から朝鮮国王に封じられたに過ぎず、人界と神界のちがいはあるものの、関羽の方が上位である。しかし朝鮮側の記録では、一貫して関羽を関王、または元代までの称号である武安王としており、関帝とはよんでいない。宣祖は明の武将、許国威に、関羽が協天大帝になったのはいつかと質問しているが（『宣祖実録』三十二年四月十七日）、おそらく明側との間に、この問題をめぐって葛藤があったと想像される。当時、朝鮮の領議政（宰相）の地位にあった柳成竜は、「記関王廟」（『西涯先生文集』巻十六）で、ソウルの関王廟には、「協天大帝」と「威震華夷」と大書した旗が風に翻り、遠近みなこれを仰ぎみたと述べるが、その心中は複雑であったろう。のち一九〇二年、朝鮮が大韓帝国を称した時、皇帝となった高宗は、関王をようやく関帝に封じた（『高宗実録』三十九年一月二十七日）。なお柳成竜の「記関王廟」は、後に述べるように、日本の『通俗三国志』およびそれにもとづく『絵本通俗三国志』に全文が引用されている。

明軍が持ちこんだ関羽信仰は、朝鮮にとってきわめて迷惑な代物であった。支配層の『三国志演義』への否定的評価には、小説を蔑視する儒教的文学観以外に、『演義』が関羽を英雄として描くことに対する反感があったかもしれない。また関羽をさしおいて趙雲に人気が集まったのも、あるいはこの点に関連しよう。

関羽の廟はソウルのほか地方にも建設された。たとえば明将、茅国器創建の星州（慶尚北道）関王廟（現在は関羽寺）、藍芳威創建の南原（全羅北道）関王廟（誕報廟）、陳璘創建の古今島（全羅南道）関王廟（現在は玉泉寺。以上は宣祖三十年）、薛虎臣創建の安東（慶尚北道）関王廟（武安王廟。宣祖三十一年）、その他、全州、河東、東莱などにも関王廟が建てられ、その多くが現存する。

関王廟の多くが現存する理由のひとつは、当初の反発にもかかわらず、その後、関羽信仰が次第に朝鮮社会に浸透していったことである。支配層である両班階級はともかく、国王を中心とする宮中と下級軍人、民衆の間に関羽信仰は徐々に広まっていった。それは、明が滅び清王朝が成立したことで、朝鮮における関羽信仰の意味が変化したこと、そしてもうひとつには関羽信仰が、朝鮮固有の巫俗信仰の中に取りこまれたからにほかならない。

一例をあげると、王朝末期の国王、高宗と王妃の閔妃は、賢霊君、真霊君という二人の巫女を信じていたが、この二人は関聖帝君の神託と称し、しばしば国政にまで干渉した。[*7] 宮中で信仰された関羽は、殿内神ともよばれ、民間に広まり、のちには関聖教などの新興宗教を生むにいたる。現在、ソウルの南山《ナムサン》(木覓山)の麓にある臥竜廟は、十九世紀中葉の創建で、一度焼失した後、日本植民地期の一九三八年に再建されたが、本殿の諸葛孔明、関羽像とともに、別殿に朝鮮神話の建国の祖、檀君や三聖(七星・山神・独星)、竜王など民間信仰の神々を祀っており、東廟には参詣する人がいないのに対して、こちらは女性を中心にかなりの信者を集めている。植民地時期には、そのすぐ下に日本人が建てた京城神社が、また近くには朝鮮神宮があり、臥竜廟は民族主義のシンボル的意味をももっていた。

このほかやはり南山の下、奨忠洞に現存する関聖廟は、王朝時代の軍営に設けられたものだが、関羽とともに関羽夫人の画像が祀られている。関羽夫人については、中国では『花関索伝』をはじめ民間伝説の資料に記述があるが、関羽夫人を祀った例は中国ではみられない。

なお東廟にはかつて『演義』の名場面を宮中の画家が描いた高さ二メートルをこえる大型の絵画十幅が置かれていた(現在、九幅のみソウル歴史博物館所蔵)。同様の「三国図」はほかにも何セットか残っており、いずれも朝鮮独特の画風で、中には先に述べた『山陽大戦』など中国にはない話の場面を描いたものもある。*8 このほか宮中で、中国の『演義』テキストの挿絵を写したものなどもあるが、不思議なことにハングル翻訳本には、中国や日本でのような挿絵は一切みられない。

❹——小中華思想と『演義』

関羽信仰の巫俗化は王室や庶民の信仰を促したが、知識人の意識に変化をもたらしたのは明の

臥竜廟

関羽夫妻の像(関聖廟)

滅亡であった。満州人の清朝が明を滅ぼし、中国を征服すると、朝鮮はやむなく清に朝貢するが、中国が異民族に征服されたことにより、中華文明は中国本土では滅び、朝鮮にのみ残ったとする、いわゆる小中華思想をもつにいたる。そしてそれが蜀を正統とする王朝正統論と結びつき、関羽信仰だけでなく、『演義』の受け入れ方にも微妙な影響を及ぼすこととなった。

十八世紀の実学者、安鼎福（一七一二―一七九一）は、毛宗崗本の『演義』について、これは天地が変易し、中華文明が夷狄によって滅ぼされた恨みを託したもので、その志は悲しむべきであると、中華文明の保持者としての朝鮮の立場を暗に誇示している（『順庵雑録』）。

当時の知識人は、表向きは清朝に服従し、その年号を用いながら、実は清朝の正統性を認めず、明の最後の年号である崇禎をひそかに使いつづけ、その継承者をもって任じていたが、そのような意識は朱子学の蜀漢正統論あるいは尊皇攘夷観を介して、『演義』の主題とも響きあっていたはずである。

このように建前と本音が乖離した複雑な心理は、『演義』に対する評価にも影響し、実際には愛読しているにもかかわらず、表向きはあくまでも儒教的文学観によって冷淡をよそおう屈折した態度となって現れる。好学の君主として知られる正祖（一七七七―一八〇〇在位）が、自分は雑書を読むのを好まず、いわゆる『三国誌』なども目にしたことがないと述べるのは（『正祖実録』二十三年五月五日）、その間の機微を語るものであろう。

❺——近現代の『演義』

朝鮮王朝最末期の一九〇八年、劉元杓が漢字ハングル混淆文の文体で『夢見諸葛亮』という小説を書いた。これは朝鮮王朝期に流行した夢遊小説の系列に属する作品で、作者が夢で孔明と問答するという形式で、実際には当時の政治状況に対する作者の主張を述べたものである。たとえば荊州の守備を関羽に任せたため、荊州を失ったのは孔明の失策であると述べるのは、亡国の危

「長坂橋上の張飛」(もと東廟にあった朝鮮王朝時代の絵画。ソウル歴史博物館蔵)

機に瀕した当時の朝鮮の情況に対する作者なりの警鐘であろう。

植民地時期にも翻訳本や懸吐本（原文に韓国語の助詞をつけたもの。「吐」は助詞のこと）、さらに『山陽大戦』などの翻案小説が活字により数多く出版されたが、一九四五年の光復以降の注目すべき現象として、日本の吉川英治『三国志』の翻訳が三種類も出たことがあげられる。これについては戦時中の吉川英治の軍部協力が問題視される一幕もあったが、日本の作品の翻訳はその後もつづき、最近では陳舜臣や北方謙三の『三国志』も翻訳されている。一方、韓国人作家によるリライトも盛んで、近年では李文烈訳が大きな反響をよび、ロングセラーとなっている。流行作家による『演義』のリライトは、中国には見られない現象で、日本と韓国の特徴であると言えよう。ただし以上に述べたように、朝鮮半島における『演義』の受容は、時に政治状況や国際情勢の影響を受け、日本や中国よりも複雑な様相を呈していると言えるかもしれない。

◈日本の『三国志演義』

❶――『演義』の伝来

すでに述べたように、日本には『演義』の前身である『三国志平話』（国立公文書館内閣文庫蔵）とその別版である『三分事略』（天理図書館蔵）が、いずれも天下の孤本として残されているが、これらがいつどのように日本に伝来したのかについては記録がない。

ついで『演義』については、江戸初期の儒者、林羅山（一五八三―一六五七）が慶長九年（一六〇四）

までに読んだ書目四百四十部(『羅山先生詩集』附録巻一)の中に『通俗演義三国志』があり、これが知られるかぎり、日本伝来を示すもっとも早い資料である。[*9] このほか、徳川家康が死後、御三家に贈ったその蔵書、いわゆる駿河御譲本には、『三国志伝通俗演義』(水戸家)、『通俗三国志』(尾張家)がある。[*10] また家康のブレーンであった天台宗の僧、天海(?—一六四三)の蔵書にも、『新鍥全像大字通俗演義三国志伝』(喬山堂本)と『李卓吾先生批評三国志』(緑蔭堂本)がみえ、[*11] 十七世紀前半には『演義』が日本に伝来し、幕府要人の目にも触れていた。その後も長崎を通じて数多くの『演義』テキストが輸入されたことは、「唐船持渡書」などの資料によって知ることができる。京都大学文学部所蔵の『二刻英雄譜』(『三国志演義』と『水滸伝』の合刻)には、この本の原所有者であった清の商人が、一六七九年に、おそらくは長崎の通事であった山形八右衛門なる人物のために、文理不審のところを解説したという識語があり、書物も山形に譲られたと考えられる。[*12] これはいわば日本人による中国通俗小説研究の第一歩であろう。

現在、日本には多くの種類の『演義』テキストが保存されており、特に明代のテキストについては、日本所蔵のものを抜きには研究ができないほどである。しかし、それにもかかわらず日本では『演義』を原文のまま、あるいは他の漢籍のように訓点をつけて出版されたことがない(『演義』の文章を訓読することは、本書でも試みたように不可能ではない)。この点、日本と同じく多くの『演義』テキストが伝来し、それらを原文のまま翻刻本、銅活字本で出版していながら、中国伝来の原本自体は、清代の毛宗崗本以外ひとつも現存しない韓国の情況とは対照的であろう。『演義』が日本で和刻本として刊行されなかったのは、それが通俗小説であり、一般の漢籍とは異なるという認識におそらくよるであろう。とすれば、翻刻を出した朝鮮では、『演義』は一般の漢籍並みにみなされたということになる。この点は、『演義』に対する日朝間の認識の違いを示すとともに、それが中国で明代末期に起こった『演義』に対する認識の変化、すなわち科挙参考書の部類から通俗文学への移行とも共通している点が興味深い。

❷――翻訳本『通俗三国志』その他

江戸初期の陽明学者として有名な中江藤樹の著であるといわれる寛文二年(一六六二)刊の仮名草子『為人抄』巻五「賊臣董卓之弁」には、王允が貂蝉をつかって呂布に董卓を殺させる「連環の計」の経緯が『演義』から訳出されている。これは部分訳ではあるが、現在知られるかぎり『演義』のもっとも古い訳である。[*13]

ついで『演義』の完訳である湖南文山の『通俗三国志』が、元禄四年(一六九一)に京都の本屋、栗山伊右衛門によって刊行された。これは『演義』の翻訳としては、満州語訳[*14](一六五〇)についで二番目に古く、また日本語に完訳された初めての外国小説であった。底本は李卓吾評本(呉観明本)であるとされる。[*15] 訳者の湖南文山については、天竜寺の僧、義轍と月堂兄弟の共名とする説(享保年間の人、田中大観の『大観随筆』)、また『通俗漢楚軍談』(元禄八年刊)、『通俗唐太宗軍鑑』(元禄九年刊)などの訳者である夢梅軒章峰、称好軒徽庵兄弟とする説(徳田武、長尾直茂氏の説[*16])、さらに両者は同じ人物とする説などがあるが、いずれにせよ詳しい経歴などは不明である。

『通俗三国志』の刊行にまつわるもう一人の人物に、西川嘉長がいる。この人物は元禄四年初刊本の刊記にその名がみえ、また同書の湖南文山序には、交際のあった嘉長翁の勧めによって本書を刊行したという趣旨の記述があり、この人物が『通俗三国志』の出版に、なんらかの関わりがあったことが推測される。一方、対馬藩の藩医、古藤文庵の著とされる『閑窓独言』には、西川嘉長は京都の餝屋で、かつて対馬の以酊庵で「三国志」の講釈を聞き、帰京後、『通俗三国志』を出版したという話が紹介されている。[*17] 以酊庵とは、朝鮮との外交折衝および外交文書作成のため、京都の禅宗五山から派遣された輪番僧が滞在した場所である。

なお『通俗三国志』首巻「或問」には、

予、異域ノ人ニ遇テ、関王ノ事ヲ問シニ、安南、琉球、女直、朝鮮、呂宋《ルソン》、暹羅《シャム》ノ諸国モ尽ク廟宇ヲ建テ祭ヲナシ、凡ソ事不ㇾ祈ト云コトナク、関爺々ト号シテ所ㇾ乗ノ舟ミナ像ヲ設ク。

と、東アジア諸国における関羽信仰の広まりを述べた後、「近来ソノ廟ノ記ヲ見ルニ曰ク」として、出処を示さずに朝鮮の柳成竜「記関王廟」を全文引用している。

長尾直茂氏は、これらの事実によって、『三国志演義』が朝鮮から対馬経由で京都に伝わり、それが『通俗三国志』につながった可能性を示唆された。[*18] そもそも『演義』伝来の初期の資料として先にあげた徳川家康の駿河御譲本には多くの朝鮮本が含まれ、林羅山も朝鮮との関わりが深いことから、『演義』が朝鮮経由で伝来したことは十分考えられるであろう。前述のごとく、韓国では最近、十六、七世紀の『演義』テキストが相次いで発見されており、今後の展開によっては、長尾氏の仮説がさらに具体的に検証される可能性もある。なお『朝鮮王朝実録』の正祖二十一年(一七九七)閏六月七日の条には、琉球から済州島に漂着した船が、『通俗三国誌』を携えていたという記事がある。

『通俗三国志』の訳文は、原文中の詠史詩などを省略し、また俗語を正確に訳していない個所がみられるが、おおむね底本である李卓吾評本の忠実な翻訳である。[*19] 注目すべきは、日本の軍記物語、特に『太平記』の定型表現が随所に援用されていることである。次に田中尚子氏によって、その一例を示そう。[*20]

原本で曹操の長男、曹昂が戦死する場面(第十六回)、原文は、

曹昂被乱箭射死、人馬塡満淯河。(曹昂は乱箭によりて射死し、人馬は淯河を塡め満たす)

であるが、これに対する訳文は、次のようである。

嫡子曹昂ハ、……了《ツイ》ニ乱レ矢ニ射死サレタリ。サレバ討レタル屍、路ニ横タハリテ、軍果

テ後モ、湞河ノ流、血ニ成テ、紅楓ノ陰ヲ行水ノ夕陽ヲ涵《ヒタ》セルガ如ナリ。

一読明らかなように、後半はかなり意訳になっているが、中でも傍線部分は、『太平記』の「サレバ軍散ジテ後マデモ、木津河ノ流、血ニ成テ、紅葉ノ陰ヲ行水ノ紅深キニ不レ異」（巻三「笠置軍事付陶山小見山夜討事」）とよく似ており、訳者が『太平記』など日本の軍記物の表現を用いていることがわかる。

このことは『通俗三国志』の成立と刊行が、『太平記』をはじめとする日本の軍記小説の流行と密接な関係にあったことを物語るが、一方、対馬以酊庵での「三国志」講釈が『通俗三国志』刊行の契機となったという先述の事実と考え合わせるなら、そもそも『通俗三国志』の原型は講釈として口述されたものであったと想像することも許されよう。講釈、講談の源流は一般に、徳川家康の前で『太平記』を講釈した赤松法印の「太平記読み」にあったとされている。「三国志」も江戸時代後期には講談の題材になっており、伊東燕晋、その弟子の伊東燕凌など「三国志」を得意とする講釈師が現れ、明治になると桃川如林口演による速記本『三国誌』が出版された。さらに「三国志」の一場面を採った「的盧の檀渓越え」や、日本で独自に考案された「大工の死相」などの演目もある。[*21]

なお『通俗三国志』冒頭の「熟《ツラツラ》邦家ノ興廃ヲ見ルニ」云々の部分は底本になく、毛宗崗本に類似の内容がみえることから、それに拠ったとする説があるが（岩波『日本古典文学大辞典』解説）、毛宗崗本の初版は一六七九年、すなわち『通俗三国志』刊行のわずか十二年前であり、時間的に無理がある。これもおそらくは『太平記』冒頭の漢文序に、「蒙窃採古今之変化、察安危之来由」（蒙〈われ〉窃《ひそ》かに古今の変化を採《と》りて、安危の来由を察《み》るに）などとあるのを参考に、独自に加えられたものであろう。

『通俗三国志』は、その後も版を重ね、天保七年から十二年（一八三六―一八四一）にかけて刊行された『絵本通俗三国志』では、校訂者の池田東籬亭が元来の片仮名表記を平仮名に改め、さらに二世葛飾戴斗による日本風の挿絵を多数加えることによって、さらに広く普及した。このほか、挿絵を伴うダイジェスト版も、羽川珍重画、享保六年（一七二一）刊の『三国志』、鳥居清満画、宝暦十年（一七六〇）刊の草双紙『通俗三国志』、桂宗信画、天明二年（一七八二）刊の黄表紙『通俗三国志』、十返舎一九作、歌川国安画、文政十三―天保六年（一八三〇―一八三五）刊の『三国志画伝』、河鍋暁斎画、明治十一年（一八七八）刊の『演義三国志』など、江戸時代から明治まで多数出版される。

またこのような「三国志」の普及を反映して、『風流三国志』（一七〇八）、『通人三極志』（一七八六）、『風俗女三国志』（一八二四）、『風俗三国志』（一八二九―一八三〇）、『傾城三国志』（一八三〇―一八三一）、『風俗三石子』（一八四四）など、舞台を日本に移したパロディー版も現れた。

呂布と貂蟬（『絵本通俗三国志』）

❸——浄瑠璃と歌舞伎

芝居の世界で「三国志」があつかわれた早い例として、まず宝永六年(一七〇九)大阪嵐座上演の歌舞伎『三国志』、ついで初代竹田出雲の第一作で、享保九年(一七二四)、大阪竹本座初演の人形浄瑠璃『諸葛孔明鼎軍談』[*22]があげられる。後者は、劉備と曹操がそれぞれ黄巾賊の首魁、張角の首を朝廷に献上したことから、その真偽をめぐる争いが発端となり、劉備と皇后の密通を疑った霊帝が誤って皇后に殺され、劉備が逃亡する話や、曹操のもとに身を寄せた関羽が、曹操に忠義の姿勢を示すため弟の関良を殺す話、司馬徽の娘、金糸蓮と玉芙蓉がそれぞれ司馬仲達と諸葛孔明に嫁ぎ、どちらも夫のために父を軍師に招こうとしたため、司馬徽が両目をくりぬき二人の娘にあたえる話、関羽の関所破りの場で関守の胡班玲と娘の蘭奢、義母の酔楊妣がからみ、酔楊妣が自害することで、関羽が関所を通過する話などがつづき、最後は孫堅の仲裁で、劉備、曹操、孫堅がみな皇帝となって天下を三分するという筋建てで、一部『通俗三国志』の内容や文章に依拠したところもあるが、全体としてはまことにもって荒唐無稽な話である。架空の女性を多数登場させているのは、それ以前の歌舞伎『三国志』で仲達、孔明両夫人の活躍が評判になったためというが[*23]、『風流三国志』など女性を主役とするのちの「三国志」パロディー物の先駆けといえよう。

この作品でもうひとつ注意すべきは、題簽にみえるその完全な外題を「三国志大全諸葛孔明鼎軍談」ということである。明の嘉靖三十二年(一五五三)刊の戯曲選集『風月錦嚢』後編巻二に「三国志大全」がある(一二九ページ)。これは「三国志」に関するさまざまな芝居の一部を抜書きしたものだが、中に関羽が貂蟬を斬る話や関羽の関所破りなどを演じる幕をおさめる。貂蟬を斬る話は、女性と残酷さが一体になっている点、日本の浄瑠璃や歌舞伎の趣向と共通するものがあり、本作品となにか関係があるかもしれない。

この作品は歌舞伎に翻案されなかったが、のちにその前半の内容をあつかった墨川亭雪麿作、歌川国貞画、天保二年(一八三一)刊の合巻『世話字綴三国誌』では、挿絵の人物が、関羽と孔明は七代目市川団十郎、劉備は三代目坂東三津五郎、曹操は三代目中村歌右衛門など、すべて当時人気の歌舞伎役者の似顔絵になっている。*24

歌舞伎と「三国志」の関係では、「歌舞伎十八番」の「関羽」が有名だが、これは元文二年(一七三七)二代目市川海老蔵(団十郎)主演、江戸河原崎座で演じられた『閏《うるう》月《つき》仁《ににん》景清《かげきよ》』で、海老蔵の畠山重忠が関羽に、市川団蔵の悪七兵衛景清が張飛に扮したのが始まりで、これが好評であったため、団十郎は、元文四年の『瑞樹《ときわぎ》太平記《たいへいき》』、また寛保二年(一七四二)の『東《ひがし》山殿《やまどの》旭《あさひの》扇《おうぎ》』でも関羽に扮した。のち天保三年(一八三二)にいたって、七代目団十郎が十八番を制定したが、その中に「関羽」がある。*25 ただしこれは、関帝廟の扉を開けて現れた関羽が、「漢の寿亭侯関羽、字は雲長、今、日の本に霊を現し、姦佞邪悪の輩を唯一《ただひと》拉ぎに取拉がん」と名乗るが、その正体は景清であったというもので、一種の劇中劇もしくは変化物として関羽を登場させたにすぎず、「三国志」の物語を演じたわけではない。

❹──関羽の流行

「歌舞伎十八番」の「関羽」は、江戸時代における関羽ブームのひとつの現れであろう。すでに述べたように、『通俗三国志』の「或問」には、関羽についてのふたつの情報が紹介されている。ひとつは、異域の人の言として、安南(ベトナム)、琉球(沖縄)、女直(満州)、朝鮮、呂宋(ルソン)、暹羅(シャム、現在のタイ)にまで関羽を祀る廟があり、航海の守護神であるという説、もうひとつは柳成竜の「記関王廟」である。

「記関王廟」は、関羽の霊験によって「倭賊」が撃退されたことを述べたもので、訳者がどういう意図でこれを引用したのか、やや不審である。しかしこの文脈での関羽像は、『通俗三国志』の流行にもかかわらず、その後に影響をおよぼすことはなかったようである。一方、前者はいわば東アジア海上貿易による関羽信仰の広まりを反映したものであるが、ただし関羽は水害を鎮めるなど水神的性格はもっているものの、航海の守護神として船にその像が祀られることはない。これより以前、日本に亡命した明の朱舜水(一六〇〇—一六八二)と水戸藩の小宅生順(一六三八—一六七四)の問答で、媽祖と関帝についての質問に対して、朱舜水は、媽祖は海道を専管する神で、船の東西洋往来をつかさどり、関帝は蜀漢の関羽で、万暦帝によって協天大帝に封じられたと述べている。*26 これからすると、『通俗三国志』は、関羽と媽祖を混同したのかもしれない。

いずれにせよ、その後は長崎の中国商人や黄檗僧を通じて伝来した中国の珍しい神という点に興味が集中し、『三国志演義』の流行や唐話ブームなどの波に乗って、知識人、文人層の間で関心が高まった。京都の儒者、伊藤東涯(一六七〇―一七三六)の「関公賛」(『紹述先生文集』巻十二)には、関羽が曹操に降服した際の三つの約束や、秉燭達旦など、『演義』にもとづくと思われる話題が詠まれているが、その後も青竜刀や赤兎馬など、『演義』や関帝信仰にちなむ漢詩、賛が数多く作られる。[*27] その流行は歌舞伎や講談によって、さらに庶民層にも広まり、たとえば江戸、浅草の奥山に巨大な関羽の籠細工が見せ物として展示されるなど、[*28] 多くの民衆に親しまれた。

このように関羽は、知識人、庶民の双方にとって親しみ深い存在となったが、本質的には日本とは直接関係のない、したがってまた信仰の対象とはなりえない、単なる異国趣味の域を出なかったとも言える。その点、中国との複雑な政治、軍事関係から、関羽信仰を受容した朝鮮半島の情況とは、きわめて対照的であろう。江戸後期に大阪の町人が設立した学校、懐徳堂の中心人物であった中井竹山(一七三〇―一八〇四)は、自分の誕生日が関羽と同じ五月十三日であったことから、同関子と名乗り、「髯公同物」という印を彫った(大阪大学懐徳堂文庫所蔵)。竹山にとって関羽は、文人趣味の一題材にすぎなかったであろう。しかし自分を関羽と同定するようなことは、中国はむろん、朝鮮半島でも絶対にありえないことであった。関羽が関王か関帝かは、朝鮮では微妙な問題であったが、日本でそんなことに頓着する人はいなかった。現在、横浜や神戸、長崎などの中華街にある関帝廟は、すべて在日華僑が建立したもので、大方の日本人にとっては、好奇心の対象、または観光スポットにすぎないであろう。このことは関羽だけでなく、日本人の『三国志演義』に対するスタンスをはしなくも物語っている。

❺――『演義』の思想史的意義

このように日本における『演義』の受容は、どちらかというと娯楽的、あるいは教養主義的色彩が強いように思える。しかしこれだけ広く長く流行した作品が、日本人の思想にまったく影響をあたえなかったということも考えがたいことであろう。その中でも特に注目されるのは、『演義』と天皇中心主義、あるいは南朝正統論との関係である。

武家政権が確立した近世において、天皇親政を説く尊王論は、水戸学、国学などを通じて広く普及し、ついには明治維新に結実する政治思想史上の重要なテーマであった。また南北朝のうち敗北した南朝を正統とする主張は、北畠親房の『神皇正統記』(一三四三)以来、近世の主導思想であった朱子学の名分論を重要な拠りどころとしていたが、これが朱子学の蜀漢正統論にもとづく『演義』の基本思想と同一のものであることは言うまでもないであろう。さらに『通俗三国志』にも影響をあたえた『太平記』の近世における流行は、南朝の忠臣、楠正成の顕彰などによって、南朝正統論に大きな役割をはたしたが、楠正成と諸葛孔明とを和漢の忠臣の鑑とする考えにも、『演義』のこの問題に対する関与がうかがわれる。なお『太平記』には、中国白話小説の紹介と翻訳で知られる岡島冠山(一六七四―一七二八)が、『三国志演義』風の白話をまじえた漢文に訳し、かつそれに訓点をつけた『太平記演義』(享保四年〔一七一九〕刊)がある。*29

近世朱子学の祖といわれ、すでに述べたように『演義』をも読んでいた林羅山の子の林鵞峯(一六一八―一六八〇)は、幕府の命により日本の通史である『本朝通鑑』を編纂するかたわら、正史

『三国志』に訓点を附したが、そこで蜀漢の正統性に言及する一方、日本の南北朝については、父の羅山と同じく南朝正統の立場を表明している。『本朝通鑑』は、司馬光『資治通鑑』の体例にならい、また現実の天皇が北朝系であることに配慮して、北朝を正統としているが、彼にはまた別に朱子の『通鑑綱目』にならって『本朝通鑑綱目』を私的に編纂する計画もあったらしく、実現していれば、そこでは南朝が正統とされたはずである。この林鵞峯の『本朝通鑑』完成と訓点本『三国志』の刊行は、ともに寛文十年(一六七〇)、すなわち『通俗三国志』刊行の二十年前のことであり、その正統論への関心は『通俗三国志』の成立にも微妙に影響していると考えられる。[*30]

このような事実から考えると、江戸時代における『演義』受容が、歌舞伎や講談など娯楽を主体とするものであったとしても、むしろそれゆえに、尊皇論や南朝正統論が庶民レベルにまで浸透するうえで、一定の役割をはたした可能性は高いと言えるであろう。

江戸中後期の庶民による川柳を集めた『柳多留』(一七六五―一八三八)に、『玄徳ハかゆひところへ手がとどき』という句がある。[*31] この句は、『三国志』「先主伝」で、劉備の身体的特徴について、「手を垂れれば膝を下る」と、その手が異常に長かったと述べるのにもとづいている。実際の劉備の手がそんなに長かったとはとても思えず、これは仏さまの三十二相のひとつ「正立手摩膝相」(直立すると手が膝にとどく)の借用で、三国志時代における仏教の影響を物語るひとつの資料であると思えるが、それはともかく、この記述は『演義』にも受けつがれ、川柳の作者は「三国志」の講談などを通じて、劉備の手の長いことを知ったのであろう。この句は、劉備の手の異常な長さを、それならかゆいところに手がとどいてよかろうと、川柳らしい諧謔をもって洒落たもので、先にあげた朝鮮の時調で、趙雲を「劉皇叔の搔癢子」というのと期せずして同じ発想であるが、それとともに、劉備はかゆいところに手がとどくように、民百姓のことを思う仁君であるという意味も、おそらくは含んでいるであろう。そこには、蜀漢正統論についての卑近な理解が示されていると同時に、その日本版である尊王論や南朝正統論への素朴な共感がこめられているかもしれない。日本においても、事情は異なるが、中国そして朝鮮半島においてと同じく、『三国志演義』は、たんなる娯楽、歴史小説を超えて、国家存立の根幹にかかわる政治思想が、民衆にまで広まるうえで、少なからぬ影響を及ぼしたと言えよう。

以上、朝鮮半島と日本における『演義』受容について、そのあらましを述べた。北京に行った朝鮮の外交使節の宿舎で、そしてまた朝鮮外交をつかさどる対馬の以酊庵で、ともに「三国志」が語られていたのは、むろん偶然にすぎないであろうが、それは東アジア交流史において、『三国志演義』がそのひとつの要素であったことを、はしなくも象徴しているように思える。

＊1――『老乞大――朝鮮中世の中国語会話読本』(「東洋文庫」六九九　平凡社　二〇〇二年)第百四話。

＊2――朝鮮半島での『三国志』の情況については、李慶善『三國志演義의 比較文學的研究』(ソウル　一志社　一九七六年)、李殷奉「韓国における『三国志演義』の伝承と受容に関する考察」(『三国志研究』第三号　三国志学会　二〇〇八年)を参照。

＊3――『新刊校正古本大字音釈三国志伝通俗演義』(鮮文大学校中韓翻訳文献研究所　二〇〇八年)に、影印と朴在淵氏の解題がある。また劉世徳「《三国志演義》朝鮮翻刻本試論」(『文学遺産』二〇一〇―一　北京)参照。

＊4――現在は韓国学中央研究院蔵書閣、ソウル大学奎章閣に所蔵されている。

＊5――以下の例については、注＊2前掲書の第三部「影響研究」参照。

＊6――『象胥紀聞』（「対馬叢書」第七集　村田書店　一九七九年）下「雑聞・朝鮮小説」。

＊7――李能和『朝鮮巫俗考』（白鹿出版社　ソウル　一九七六年）第七章。

＊8――『우리의 삼국지 이야기 Romance of the Three Kingdoms in Korea』（ソウル歴史博物館　二〇〇八年）に図版写真がある。

＊9――以下、日本における『演義』受容については、田中尚子『三国志享受史論考』（汲古書院　二〇〇七年）、上田望「日本における『三国志演義』の受容（前篇）――翻訳と挿図を中心に」（『金沢大学中国語学中国文学教室紀要』第九輯　二〇〇六年）を参照。

＊10――川瀬一馬「駿河御譲本の研究」（『書誌学』三―四　一九三四年）。

＊11――長澤規矩也『日光山天海蔵主要古書解題』（日光山輪王寺　一九六六年）。

＊12――小川環樹解説『二刻英雄譜』（『京都大学漢籍善本叢書』第二十巻　同朋社　一九八〇年）。

＊13――徳田武「本邦最初の『三国演義』の翻訳――『為人抄』について」（『明治大学教養論集』三四〇号　二〇〇一年）。

＊14――「順治朝内国史院満文檔案」（『清初内国史院満文檔案匯編』　光明日報出版社　一九八九年）の順治七年（一六五〇）四月十八日の条。

＊15――小川環樹「関索の伝説そのほか」（『中国小説史の研究』　岩波書店　一九六八年、『小川環樹著作集』第四巻　筑摩書房　一九九七年）。

＊16――徳田武「『通俗三国志』の訳者」（『日本近世小説と中国小説』　青裳堂書店　一九八七年）、長尾直茂「『前期通俗物』小考――『通俗三国志』『通俗漢楚軍談』をめぐって」（『国文学論叢』二十四号　上智大学国文学会　一九九〇年）、同「江戸時代元禄期における『三国志演義』の翻訳の一様相・続稿」（『国語国文』六七―十　一九九八年）。

＊17――中村幸彦「書誌聚談」（『中村幸彦著作集』第十四巻　中央公論社　一九八三年）。

＊18――長尾直茂「『通俗三国志』述作に関する二、三の問題」（『国文学論叢』二十六号　上智大学国文学会　一九九二年）、同「近世における『三国志演義』――その翻訳と本邦への伝播をめぐって」（『国文学――解釈と教材の研究』四六巻七号　學燈社　二〇〇一年六月）。

＊19――『李卓吾先生批評三国志』（『対訳中国歴史小説選集』四　ゆまに書房　一九八四年）の徳田武解説、および注＊9の上田論文参照。

＊20――注＊9前掲書一九八ページ以下。

＊21――吉沢英明『講談作品事典』（「講談作品事典」刊行会　二〇〇八年）。

＊22――『竹本座浄瑠璃集』一（「叢書江戸文庫」九　国書刊行会　一九八八年）に収める。

＊23――注＊22前掲書の解説。

＊24――梁蘊嫻「『世話字綴三国誌』における歌舞伎役者の似顔絵についての考察」（富士ゼロックス小林節太郎記念基金二〇〇五年度研究助成論文）。
＊25――『歌舞伎十八番』（「図説日本の古典」二〇　一九七九年　集英社）。
＊26――『朱舜水集』（中華書局　一九八一年）巻十一「答小宅生順問六十一条」。
＊27――長尾直茂「江戸時代の漢詩文に見える関羽像――『三国志演義』との関連に於いて」（『日本中国学会報』第五十一集　一九九九年）。
＊28――川添裕『江戸の見世物』（「岩波新書」六八一　二〇〇〇年）第一章「浅草奥山の籠細工」。
＊29――『日本漢文小説叢刊』第一輯（台湾学生書局　二〇〇三年）に翻字が、また『太平記演義』（科学研究費補助金基盤研究Ｂ「日本近世期における中国白話小説受容についての基礎研究」研究成果報告　二〇〇八年）に愛媛県立図書館所蔵本の影印がある。
＊30――注＊9前掲書の第一部第三章第一節「林鵞峯と三国志」。
＊31――山沢英雄校訂『誹風柳多留拾遺』（岩波文庫　一九六八年）下冊十一ページ。

『三国志演義』主要テキスト一覧　〔　〕内は略称

I 刊本

① 非関索・花関索系

a.『三国志通俗演義』二十四巻。嘉靖元年（一五二二）張尚徳序刊本。上海図書館、南京図書館等蔵。〔張尚徳本〕

＊なお嘉靖年間刊『陶淵明集』（上海図書館蔵）の表紙裏打に用いられた残葉二枚、および朝鮮銅活字本『三国志通俗演義』（存巻八上・巻八下）もこの系統に連なると推定される。

b.『新刊通俗演義三国志史伝』十巻（第三、十欠）。嘉靖二十七年（一五四八）元峰子序、書林蒼渓葉逢春刊。スペイン・エスコリアル王立図書館（Real Biblioteca de El Escorial）蔵。〔葉逢春本〕

② 福建本花関索系（二十巻本）

a.『音釈補遺按鑑演義全像批評三国志伝』二十巻（存巻一―十二、十九、二十）。万暦二十年（一五九二）余氏双峯堂刊。建仁寺両足院蔵巻一―八、十九、二十。ドイツ・シュトゥットガルト市ビュルテンベルク州立図書館蔵巻十一、十二。ケンブリッジ大学図書館蔵巻七、八。大英博物館蔵巻十九、二十。〔双峯堂本〕

b.『新刊京本校正演義全像三国志伝評林』二十巻（巻十九、二十欠）。（万暦間）余象斗双峯堂刊。早稲田大学蔵。〔評林本〕

c.『新鍥京本校正通俗演義按鑑三国志伝』二十巻。万暦三十三年（一六〇五）聯輝堂鄭少垣刊。内閣文庫、蓬左文庫、尊経閣文庫、成簣堂文庫蔵。〔聯輝堂本〕

d.『重刊京本通俗演義按鑑三国志伝』二十巻。万暦三十八年(一六一〇)楊春元閩斎刊。内閣文庫、京都大学文学部蔵。〔楊閩斎本〕

e.『新鍥京本校正通俗演義按鑑三国志伝』二十巻。万暦三十九年(一六一一)閩書林鄭世容(雲林)刊。京都大学文学部蔵。〔鄭世容本、この本はcと同版である〕

f.『新鍥京本校正按鑑演義全像三国志伝』二十巻(存巻一、二)。(万暦間)書林種徳堂熊冲宇(成治)刊。中国国家図書館蔵。〔種徳堂本〕

g.『新刻湯学士校正古本按鑑演義全像通俗三国志伝』二十巻。江夏湯賓尹校正。中国国家図書館蔵。〔湯賓尹本〕

＊この本には別に「湯学士」を「楊先生」(巻二首題)とするテキストがある(中国国家図書館蔵、存巻一、二)。

③福建本関索系統(二十巻本)

○『三国志伝』系

a.『新刻京本補遺通俗演義三国志伝』二十巻。万暦二十四年(一五九六)誠徳堂熊清波刊。台湾故宮博物院、成簣堂文庫蔵。〔誠徳堂本〕

b.『新鋟音釈評林演義合相三国史志伝』二十巻。万暦三十一年(一六〇三)忠正堂熊仏貴刊。李廷機校正。叡山文庫蔵。〔忠正堂本〕

c.『新鋟全像大字通俗演義三国志伝』二十巻。(万暦間)喬山堂劉竜田刊。天理図書館蔵。〔喬山堂本〕

d.『新鋟全像大字通俗演義三国志伝』二十巻。(万暦間)笈郵斎刊。オクスフォード大学図書館蔵。〔笈郵斎本、cと同版〕

e.『新刻音釈旁訓評林演義三国志史伝』二十巻。(万暦間)朱鼎臣輯、ハーバード大学蔵。〔朱鼎臣本〕

f.『新刻音釈旁訓評林演義三国志史伝』二十巻。朱鼎臣輯、王泗源刊。英国国家図書館蔵。〔王泗源本、eの清初補刻本〕

g.『新刻京本按鑑演義合像三国志伝』二十巻。天理大学図書館蔵。〔天理本〕

h．『新刻京本全像演義三国志伝』二十巻、巻七—十欠。木天館張瀛海閲。万暦四十八年（一六二〇）與畊堂費守斎刊。東北大学東北アジア研究センター蔵。〔費守斎本〕

i．『新刻攷訂按鑑通俗演義全像三国志伝』二十巻。天啓三年（一六二三）博古生序、黄正甫刊。中国国家図書館蔵。〔黄正甫本〕

○『英雄志伝系』

a．『新刻按鑑演義全像三国英雄志伝』二十巻。書林楊美生刊。大谷大学蔵。〔楊美生本〕

b．『精鐫按鑑全像鼎峙三国志伝』二十巻（存巻一—十一、巻十六—二十）。劉栄吾藜光堂刊。大英博物館蔵。〔藜光堂本〕

c．『新刻全像演義三国志伝』二十巻（存巻五、六、七）。中国国家図書館蔵。

d．『二刻按鑑演義全像三国英雄志伝』二十巻（存巻一、二、三）。書林魏□□刊。中国国家図書館蔵。〔魏某本〕

e．『二刻按鑑演義全像三国英雄志伝』二十巻（存巻六—十）。明建陽刊本。ドイツワイマール州立図書館蔵。

f．『新刻按鑑演義京本三国英雄志伝』二十巻。清嘉慶七年（一八〇二）刊。ハーバード大学蔵。

g．『新刻按鑑演義京本三国英雄志伝』六巻。（清初）二酉堂刊。中国社会科学院蔵。

h．『新刻按鑑演義京本三国英雄志伝』六巻。康熙四十八年（一七〇九）聚賢山房刊。毛声山先生原本と称する。復旦大学、東京大学東洋文化研究所蔵。

④江南本関索系

a．『新刻校正古本大字音釈三国志伝通俗演義』十二巻。万暦十九年（一五九一）金陵万巻楼周曰校刊。イェール大学、北京大学、内閣文庫、中国国家図書館等蔵。〔周曰校本〕

＊周曰校本には、万暦十九年以前の挿絵のない刊本（中国社会科学院蔵）およびそれに基づく朝鮮刊本がある。

b．『新刊校正古本大字音釈三国志伝通俗演義』十二巻。（万暦間）夏振宇刊。蓬左文庫蔵。〔夏振宇本〕

c．『新鐫校正京本大字音釈圏点三国志演義』十二巻。（万暦間）鄭以禎刊。元商務印書館蔵。〔鄭以禎本〕

d．『新鐫通俗演義三国志伝』二十四巻（存巻二、四、五至十一、十四至二十四）。武林夷白堂刊。慶應義塾大学蔵。〔夷白

堂本〕
e.『李卓吾先生批評三国志』百二十回。劉君裕刻図像。葉昼評。台湾故宮博物院蔵。〔劉君裕本〕
f.『李卓吾先生批評三国志』百二十回。建陽呉観明刻。蓬左文庫蔵。〔呉観明本〕
g.『李卓吾先生批評三国志』百二十回。（康熙間）呉郡緑蔭堂刊。宮内庁書陵部、京都大学人文科学研究所、北京首都図書館、中国社会科学院、フランス国家図書館蔵。〔緑蔭堂本〕
h.『李卓吾先生批評三国志』百二十回。呉郡黎光楼植槐堂刊。東京都立中央図書館蔵。〔藜光楼本〕
i.『李卓吾先生批評三国志』百二十回。雍正三年（一七二五）蘇州三槐堂・三楽斎・三才堂刊。イェール大学蔵。〔三槐堂本〕
j.『陳眉公先生批評三国志』百二十回。英国国家図書館蔵。〔陳眉公本、評は李卓吾本と同じ〕
k.『李卓吾先生批評三国志真本』百二十回。呉郡宝翰楼刊。京都大学、イェール大学、北京師範大学蔵。〔宝翰楼本〕
l.『鍾伯敬先生批評三国志』二十巻百二十回。東京大学東洋文化研究所、天理大学図書館蔵。〔鍾伯敬本〕
m.『三国志』二十四巻百二十回。遺香堂刊。東京都立中央図書館、北京大学、イェール大学、米国国会図書館蔵。〔遺香堂本〕
n.『李笠翁批閲三国志』二十四巻。芥子園刊。京都大学文学部、北京首都図書館、フランス国家図書館蔵。〔李笠翁本〕
o.『李卓吾先生評次繍絵全像三国志』百二十回（挿絵のみ存）。金閶大業堂刊。京都大学文学部蔵。〔大業堂本〕
p.『四大奇書第一種』毛宗崗評、李漁康熙十八年（一六七九）序、酔耕堂刊。京都産業大学、天理図書館、北京大学蔵。〔毛宗崗本〕

⑤ 関索・花関索系

a.『精鐫合刻三国水滸全伝』二十巻。（崇禎間）雄飛館熊飛刊。内閣文庫、京都大学文学部蔵。〔雄飛館本〕

Ⅱ影印本

（1）単刊本

① 『三国志通俗演義』〔張尚徳本〕商務印書館（一九二九年）、人民文学出版社（一九七四年）。

② 『新刊通俗演義三国志史伝』〔葉逢春本〕関西大学出版部影印本（一九九七年）

③ *Two recently discovered fragments of the Chinese novels San-kuo-chih yen-I and Shui-hu-chuan*, edited by Harmut Walravens, Hamburg C. Bell Verlag, 1982〔双峰堂本〕

④ 磯部彰編『費守斎「新刻京本全像演義三国志伝」の研究と資料』東北大学東北アジア研究センター叢書第二十九号（二〇〇八年）。

⑤ 『李卓吾先生批評三国志』（「対訳中国歴史小説選集」）ゆまに書房（一九八四年）

⑥ 『二刻英雄譜』（「京都大学漢籍善本叢書」）同朋舎（一九八〇年）

⑤ 『新刊校正古本大字音釈三国志伝通俗演義』鮮文大学校中韓翻訳文献研究所（二〇〇八年）〔朝鮮刊周日校本〕

（2）叢刊

① 『明清善本小説叢刊』初編〔周日校本・評林本・聯輝堂本・『三国志後伝』〕台湾天一出版社（一九八五年）

② 『古本小説叢刊』〔鄭世容本・喬山堂本・聯輝堂本・評林本・双峰堂本・黎光堂本・『花関索伝』〕中華書局（一九八七―一九九一年）

③ 『古本小説集成』〔張尚徳本・周日校本・『三国志平話』・『三分事略』・『三国因』・『三国志後伝』〕上海古籍出版社（一九九〇年）

④ 『三国志演義古版叢刊五種』〔双峰堂本・湯賓尹本・笈郵斎本・朱鼎臣本・清代宝華楼六巻本〕北京・中華全国図書館文献縮微複製中心（一九九五年）

⑤『三国志演義古版叢刊続輯』〔葉逢春本・夏振宇本・周曰校本・誠徳堂本・忠正堂本・李卓吾評本〕北京・中華全国図書館文献縮微複製中心（二〇〇五年）

⑥『三国志演義古版匯集』〔葉逢春本・黄正甫本〕中国国家図書館出版社（二〇〇九年）

Ⅲ主要標点本

①張尚徳本〔嘉靖本〕

『三国志通俗演義』上海古籍出版社（一九八〇年）

『三国演義』黄山書社（一九九三年）

『三国志通俗演義』花山文芸出版社（一九九四年）

『三国演義』人民出版社（二〇〇八年）

『三国志通俗演義』文化出版社（二〇〇八年）

『三国演義』岳麓書社（二〇〇八年）

②周曰校本

『三国演義』北方文芸出版社（一九九四年）

③李卓吾本

『三国演義』黄山書社（一九九一年）

『三国演義』巴蜀書社（一九九三年）

『三国演義』群衆出版社（一九九七年）

④鍾伯敬本

『三国演義』中国広播電視出版社（一九九二年）

『三国志演義』安徽文芸出版社（一九九四年）

⑤李笠翁本

『李笠翁批閲三国志』（『李漁全集』巻十、十一）浙江古籍出版社（一九九二年）

『三国演義』浙江古籍出版社（一九九三年）

⑥黄正甫本

『三国演義』人民大学出版社（二〇〇〇年）

⑦毛宗崗本

『三国演義』人民文学出版社（一九五三年初版）その他多数。

⑧会評本

『三国演義会評本』（毛宗崗本・李笠翁本・李卓吾本・鍾伯敬本）北京大学出版社（一九八六年）

⑨新校・新評本

沈伯俊『校理本三国演義』江蘇古籍出版社（一九九二年）

沈伯俊『新評新校三国演義』山西古籍出版社（一九九五年）

あとがき

　この数年来、どうやら世間では「三国志」がブームらしいということは、むろん知っていた。しかし小学校に上がったばかりの子供たちが、劉備玄徳がどうしたとさわいでいるのを聞いた時は、「三国志」ファンのひとりとしてのよろこびよりも、驚きの方が先に立ったように思う。日本とは歴史的に関係が深い中国のものとはいえ、外国の、しかも数百年前の小説が、これほどまでに普及するというのは、やはり尋常のことではあるまい。『三国志演義』という作品の時代を超えた魅力がブームを作ったのだと言えば、それまでである。しかしそれは、単なる過去の伝統のリバイバルである以上に、日本と中国をめぐる新しい時代の幕開けを予感させるひとつの動きであったように、私には思われたのである。

　私は中国文学研究者のはしくれであり、また『三国志演義』の愛読者としても人後に落ちぬ自負はあったが、まさか自分がそれについて本を書こうなどとは思いもよらぬことであった。おそらくブームが長く続き書くべき人が尽きたのであろう、ついに私のところにまでおはちが廻って来たというわけである。ちょうど『演義』のテキストを調べていたこともあり、それじゃと軽く引受けた結果が本書である。『三国志演義の世界』という題はあたえられたものであるが、私としてはむしろ『演義』をめぐる中国的世界を描いてみたいと思った。今ブームの渦中にいる少年たちが、やがて成長してこの小説の背後にある文化や世界観に興味をもった時、本書が少しでもその手助けとなれば幸いである。なお、『演義』についてより専門的な知識を得たい読者は、中川諭・上田望編「『三国志演義』文献目録稿」（『中国古典小説研究動態』第四号　汲古書院　一九九〇年）および同訂補（同上第五号　一九九一年）を参照されたい。

　本書の校正刷を待っていた今年の八月末日、『演義』研究のパイオニアでもあらわれた小川環樹先生が亡くなられた。お元気なうちに脱稿できなかったことが悔まれるが、今となっては先生のご霊前に本書を供え、せめてもの慰めとするほかはない。先生のご研究の後、世間でのブームとは裏腹に、学界での『演義』研究は低調であった。それが数年前、私がテキストを調べ出したのと前後して、日本では中川諭、上田望の両氏、中国では北京大学の周強教授が同じような観点から研究を始められた。機縁と言うべきであろう。本書はその縁のなかから生まれ、多くを右の諸氏の研究に負っている。

　最後に、この二年間さっぱり原稿が捗らないにもかかわらず、終始笑顔で接して下さった東方書店の阿部哲氏、およびこの間多大の迷惑をかけた大学の同僚と家族に対し、感謝の言葉を献げたい。

一九九三年十月三日

金文京識

再版あとがき

本書の初版(一九九三)が出てから、すでに十七年の歳月が経った。その間、著者である私にとって、本書にまつわるふたつの思い出深い出来事があった。ひとつは、本書の韓国語版が出版されたことである(『삼국지의 영광(三国志の栄光)』四季節出版社　ソウル　二〇〇二)。この本は幸い好評で、韓国政府指定の優良図書にも推薦され、おかげで大学やテレビで「三国志」の話をする機会をあたえられた。もうひとつは、スーパー歌舞伎「新・三国志」に本書がヒントをあたえたことである。ご覧になった方もさだめし多いことであろうが、「新・三国志」は、劉備が実は女性であったという設定になっている。この奇抜な設定は、本書で劉備が女性的性格をもっていると述べたところからヒントを得たそうで、おかげで大阪の松竹座での上演に招待され、芝居がはねた後、主演の市川猿之助さんと楽屋でお会いし、歓談することができた。ともに望外の幸せと言うべきであろう。

再版では、この十七年間における研究の進展をできるだけ反映させるとともに、韓国語版で増補した日本と韓国における『演義』受容の状況を、第九章としてあらたに書きたした。ただし韓国語版を全面的に改稿したもので、内容は同じでない。

本書は一般向けとはいえ、内容はかなり専門的であり、このような書物が増訂のうえ、再版されることは、昨今の出版事情からして得難いことであるにちがいない。前記ふたつの出来事にもまして、これこそは著者望外の幸せと言うべきであろう。再版を勧めてくださった東方書店の川崎道雄氏および関係者各位に心から感謝の意を表する次第である。

この間、二〇〇七年に、本書の初版でお世話になった阿部哲さんが、まだ四十四歳の若さで亡くなられた。阿部さんは私の大学の後輩でもあり、出版以外でもいろいろとお世話になった。彼の人なつっこい笑顔は、まだ私の眼底にある。本書を謹んで阿部さんの霊前に献げたい。

金文京識

二〇一〇年四月

東方選書

東方選書 39

三国志演義の世界【増補版】

一九九三年一〇月三〇日　初版第一刷発行
二〇一〇年五月二五日　増補版第一刷発行
二〇一八年一二月一日　増補版第二刷発行

著者……金文京
発行者……山田真史
発行所……株式会社東方書店
東京都千代田区神田神保町一-三　〒一〇一-〇〇五一
電話（〇三）三二九四-一〇〇一
営業電話（〇三）三九三七-〇三〇〇
振替〇〇一四〇-四-一〇〇一
ブックデザイン……鈴木一誌・杉山さゆり
印刷・製本……シナノパブリッシングプレス
定価はカバーに表示してあります

ISBN 978-4-497-21009-8 C0397

東方選書

各冊四六判・並製／好評発売中！

大月氏　中央アジアに謎の民族を尋ねて〔新装版〕
小谷仲男著／中央アジアの考古学資料を紹介し、その成果を充分に活用して遊牧民族国家・大月氏の実態解明を試みる。
◎定価二一〇〇円（本体二〇〇〇円）978-4-497-21005-0

中国語を歩く　辞書と街角の考現学
荒川清秀著／長年中国語を見つめてきた著者の観察眼が光る、好奇心いっぱい、知的・軽快な語学エッセイ。
◎定価一八九〇円（本体一八〇〇円）978-4-497-20909-2

五胡十六国　中国史上の民族大移動
三﨑良章著／三世紀末から五世紀半ば、匈奴を始めとする諸民族の政権が並立した五胡十六国時代を明らかにする。
◎定価一六八〇円（本体一六〇〇円）978-4-497-20201-7

中国たばこの世界
川床邦夫著／中国全土を調査、紙たばこ・葉巻・嗅ぎたばこ・噛みたばこ・マホルカ等、中国たばこの世界を紹介。
◎定価一六八〇円（本体一六〇〇円）978-4-497-99568-1

台湾文学この百年
藤井省三著／戦前期からナショナリズムの台頭、近年に至る過程の社会史的分析を軸に台湾文学とは何かを問う。
◎定価一六八〇円（本体一六〇〇円）978-4-497-98547-7

匈奴　古代遊牧国家の興亡
沢田勲著／北ユーラシアに覇をとなえ、漢帝国と激しく抗争した騎馬遊牧民族・匈奴の歴史、社会、文化を解き明かす。
◎定価一五七五円（本体一五〇〇円）978-4-497-96506-6

日中交渉史　文化交流の二千年
山口修著／倭人が漢王朝に朝貢した一世紀から現代までの二千年間、中国の歴史・文化における日本への影響を探る。
◎定価一六八〇円（本体一六〇〇円）978-4-497-96494-6

中国の海賊
松浦章著／鄭和、王直、鄭成功、蔡牽などの事績をたどりながら、中国人の海洋進出や中国の海外貿易の歩みを探る。
◎定価一四二七円（本体一三五九円）978-4-497-95467-1

古代中国人の不死幻想
吉川忠夫著／不死の幻想を追い求めて狂奔する人々の悲喜劇を描き、古代中国人の死生観を探る。
◎定価一五二九円（本体一四五六円）978-4-497-95446-6

薄明の文学　中国のリアリズム作家・茅盾
松井博光著／茅盾が動乱と暗黒の時代に書いた代表作『子夜』をはじめ、主な著作と彼をとりまく作家達のエピソード。
◎定価一〇二九円（本体九八〇円）978-4-497-00054-5